私が彼を殺した

新装版

東野圭吾

講談社

目次

私が彼を殺した

神林貴弘の章

1

一番端にかかっていた薄緑色のレインコートをハンガーごと取り外すと、クローゼットの中はすっかり空っぽになってしまった。僕は爪先立ちして上部の棚の上などを点検してから、美和子のほうを振り返った。彼女はレインコートを奇麗に畳み、横に置いた段ボール箱に入れようとしているところだった。光沢のある長い髪が、彼女の横顔を半分ほど隠していた。

「これでもう、洋服類は全部終わりかな」僕は彼女の横顔に訊いた。

「うん、もう忘れ物はないはず」彼女は手を休めずに答えた。

「そう。まあ、何かあれば、すぐに取りに来ればいいことだけどさ」

「うん」

美和子はレインコートを丁寧に収めると、段ボール箱の蓋を閉じた。そしてちょっと探すように顔を動かしてから、段ボール箱の後ろにあったガムテープを手に取った。

　僕は腰に手をあてて室内を見回した。六畳弱の美和子の部屋には、亡くなった母が使っていた古い洋服ダンスが置いてあった。その中も、すでに片づいている。このタンスと、作りつけのクローゼットの中に、美和子の所持するすべての衣装が入っていたのだった。何十着というそれらの衣服の中から、彼女は気候や流行、そしてその時の自分の気分に合ったものを選び、会社に着て行った。二日続けて同じ服を着ていくことを、彼女は自分に厳しく禁じていた。外泊したように思われるからだという。一週間ぐらいぶっ続けで同じスーツを着ていることがざらの僕などにしてみれば、ずいぶんと面倒なことだなと思う。しかし彼女がどんな服を着て部屋から出てくるかということは、僕にとって朝の大きな楽しみだった。だがこれからはその楽しみがない。そのこともまた、僕が諦めねばならないことの一つだった。

　美和子はガムテープで段ボール箱の蓋を固定すると、箱の上面をぽんと叩いた。

「はい、おしまい」

「ごくろうさん」と僕はいった。「疲れただろ。何か食べようか」

「何かあったかな」美和子は首を傾げた。我が家の冷蔵庫の中を思い起こしている顔だった。

「ラーメンがある。作ってやるよ」

「いいよ、あたしが作る」美和子は、ぴょんと立ち上がった。

「いいから、いいから。今日ぐらいは、おれが作ってやるから」

僕は彼女の腰に手を回し、やや力を込めて自分のほうに引き寄せた。その行為に、大した意味はなかった。少なくとも、僕としてはなかったつもりだった。だが美和子は、そうは思わなかったようだ。彼女は、笑顔にぎこちなさを滲ませた。それからアイスダンスの女性パートナーのように、滑らかに身体を回転させながら僕の腕から離れた。

「あたしが作ってあげる。だってお兄ちゃん、麺をゆですぎちゃうんだもの」そういって彼女は廊下に出ると、階段を下りていった。

僕は美和子の身体のぬくもりが少し残る左手を見つめ、吐息を一つついた。それから、薄紫色のカーペットの上に置かれた段ボール箱に近づいた。持ち上げてみると、衣類しか入っていない箱は、意外なほど軽かった。僕は箱を抱えたまま、もう一度部屋の中を眺めた。通信販売で買った安っぽい棚や、母の形見の洋服ダンスはそのままだが、見慣れたライティングビューローが消えていた。あの焦げ茶色の机に向かい、絵を描くように万年筆で原稿用紙に文字を書き込んでいく美和子の姿が脳裏に蘇った。彼女は仕事でワープロやパソコンを使うが、詩を作る時は必ず手書きするのだった。

白いレースのカーテンが揺れていた。狭い私道に面した出窓から、やや生ぬるい風が流れ込んできた。

僕は段ボール箱を一旦床に置き、窓をぴっちり閉め、鍵をかけた。

五十坪を少し上回る程度の土地に、僕たちの家は建っていた。一階にはやや広めのダイニングキッチンのほかに、二間続きの和室があった。二階には洋室が三つある。この家を僕たちの父は、四十歳になる前に建てた。といっても父は頭金を払いもしなかったし、ローンを組むこともなかった。祖父が死んだため、その遺産を相続することになったのだが、相続税を払うことができず、やむなくそれまで住んでいた屋敷を売り、残った金でこの家を建てたのだった。親戚の話では、我が神林家は、このようにして代々受け継いできた土地や家屋を、どんどんと失っているのだということだった。

一階のダイニングキッチンで、僕は美和子が作ってくれた味噌ラーメンを食べた。美和子は長い髪を、金具を使って頭の後ろで止めていた。

「向こうの家の整理は、旅行から帰ってからかい」ラーメンを啜る合間に僕は訊いた。

「そうするしかないみたい。何しろ時間がないから。明日は、式や旅行の準備で大変だと思う」

「そうだろうな」

僕は壁に貼ったカレンダーを見た。五月十八日のところが赤い丸で囲まれている。それがもう明後日に迫っていた。この赤丸を付けた時には、まだ少し時間があると思っていたのだが。

ラーメンを食べ終えると、僕は箸を置き、テーブルに頰杖をついた。

「さて、おれはどうしようかな」

「やっぱり、この家を手放すことを考えてるの？」不安そうに美和子は訊いてきた。

「手放すかどうかはわからない。人に貸すかも。だけどいずれにせよ、ここにこのまま住むつもりはない。一人で住むには広すぎるよ」

「お兄ちゃんも」美和子が笑い顔を作っていった。「誰かと結婚すればいいのに」

おそらくずいぶんと思いきって、この台詞をいったに違いなかった。それがわかるので僕は、彼女の顔を見返すようなことはしなかった。

「そうだな。考えてみるよ」

「うん……」

我々は、ちょっと沈黙した。美和子も箸を置いていた。ラーメン鉢の中は空にはなっていなかったが、もう食べる気はないようだった。

僕はガラス戸を通して庭に目を向けた。芝が少し伸び始めていた。雑草も目立つようになった。人に貸すにしても、売るにしても、その前に手入れをしたほうがいいなと僕は思った。だが手入れして美しさが蘇れば、手放すのが惜しくなるに違いない。

僕が聞いたかぎりでは、かつて我が家の先祖は、ずいぶんと財産を蓄えこんでいたようだ。しかし僕がこの家の一員になった時点では、もはやその名残はあまり見られなくなっていた。父は某証券会社に勤める平均的な会社員で、平均的な生活を維持できればそれで幸せだという感じの人だった。そしてここにこうして新しく建てられた家も、ごく庶民的なものだった。父は将来、この家を二世帯住宅として使用するつもりだった。一階の和室を自分たち老夫婦が使い、二階を息子か娘のどちらかの夫婦が使う、そんなことを夢見ていたらしい。それは順調に人生を送っていけたなら、叶えられた夢だったろう。だが突然の不幸は、もっとも油断している時に訪れた。

美和子が小学校に入学した翌日のことだった。親戚の法事のため、千葉まで出かけた両親は、そのまま生きては帰らなかった。父の運転するフォルクスワーゲンが、高速道路で大型トラックに追突されたのだ。カブト虫の愛称で知られる小さな車体は、反対側車線まで飛ばされた。両親はどちらも即死だった。頭蓋骨が割れ、脳や内臓が潰されたのだから、一秒たりとも生きていられるはずがなかった。

その日僕と美和子は、近所の知り合いの人に預けられていた。父の会社の同僚でもあるその人は、自分の子供と僕たち二人を豊島園に連れていってくれた。僕たちがジェットコースターやメリーゴーラウンドに乗っている頃、その人の奥さんは警察から暗い知らせを受け取っていた。彼女はおそらく、どのようにして幼い二人に悲劇を伝えるかということで、吐き気を催しそうになるほど思い悩んだのだろう。遊園地から帰ってきた僕たちを出迎えた彼女の灰色の顔が、そのことを物語っていた。

その近所のおじさんが、途中で一度も家に電話しなかったことを、僕は後になって何度も幸運だったと思った。なぜなら家に帰るまでは、美和子と共に夢のように楽しい時間を過ごすことができたからだった。兄妹で遊ぶのは、その日が最後になったのだ。

僕と美和子は別々に親戚の家に預けられることになった。どちらの家も子供を一人引き取る程度の余裕はあるが、二人では厳しいという状況だったのだろう。

幸いどちらの親戚も、僕たちに対してとても親切だった。僕などは、大学院まで進ませてもらえたのだ。生命保険金を含む父母の遺産から、僕たちの養育費が出されていたのだろうが、子供を一人前にするのには、金だけがあればいいというものでないことは、僕にだってわかる。

僕と美和子が離ればなれになっている間、この家は父の会社の借り上げ社宅として利用されていた。借りていた人たちが粗暴でなかったことは、再びこの家に住むようになってから知った。

僕が大学に残ることが決まった年に、僕と美和子はこの家に戻ってきたのだった。彼女は女子大生になっていた。

十五年。それが僕と美和子が離れていた時間だ。それだけの長い時間、兄妹が別れて生活していたのが、第一の間違いだった。そして十五年ぶりに同居を始めたのが、第二の間違いだった。

電話のベルが鳴りだした。壁に取り付けてあるコードレス電話機を、美和子が素早く取った。「はい、神林です」

次に訪れた彼女の表情の変化から、僕は電話をかけてきたのが誰であるかを悟った。もっとも、金曜日の昼間にうちに電話してくる相手など、かぎられていると考えるべきかもしれない。大学の研究室から僕に緊急の電話が入る可能性など少ないし、美和子は先月で、それまで勤めていた保険会社を辞めていた。彼女のもう一つの顔である詩人神林美和子の電話には、昼間だろうが休日だろうがお構いなしにかかってくるが、その電話はすでに新居のほうに移してある。昨日、今日あたりは、出版社やテレビ局の人間は、なかなか彼女を捕まえることができずにいらいらしていることだろう。

「うん、もう残りの荷物は全部詰め終わったの。今、兄とラーメンを食べてたところ」口元に微笑を浮かべたまま美和子は電話機に向かっていった。

僕は二つのラーメン鉢を流し台に置くと、ダイニングキッチンを出た。美和子が穂高誠と話しているそばでは、どういう顔をして座っていればいいのかわからない。そういう自分の姿を彼女に見られるのも嫌だった。

穂高誠――それが明後日、美和子と結婚する男の名前だ。

美和子はすぐに電話を終えたらしく、僕の部屋のドアをノックした。僕は自分の机に向かい、ぼんやりしているところだった。

「穂高さんからだった」彼女は少し遠慮気味にいった。

「うん、わかってるよ」と僕は答えた。

「今日のうちから家のほうに来ないかっていわれたの」

「ああ……」僕は頷いた。「なるほどね。それで、なんと答えたんだ」

「まだこっちでもやることがあるから、やっぱり当初の予定通りにするって答えといたわ。いけなかった？」

「いや、そんなことはないよ」いけないはずがなかった。「でも、それでいいのかい？　美和子は、早く向こうに行きたいんじゃないのか」

「明日の夜はホテルに泊まるつもりだし、今夜だけあっちに行くなんて変よ」

「それもそうかな」

「あたし、ちょっと買い物に出てくるから」

「うん、気をつけて」

美和子が階段を下りてから数分して、玄関の戸が開けられる音がした。僕は窓のそばに立ち、彼女が自転車を押しながら出ていくのを見下ろした。白いヨットパーカーのフードが、風を受けて膨らんでいた。

明後日の結婚式は赤坂にあるホテルで行われることになっていた。それで僕と美和子は、明日の夜からそのホテルに泊まることにしていた。僕たちが住んでいる横浜からだと、道路状況によっては予定通りに到着できないおそれがあるからだった。ただ明日は、いろいろな準備があるため、その前に穂高の家へ二人で行くことにしていた。彼の家は、練馬区の石神井公園というところにあった。

僕たちはそのついでに、先程梱包した段ボール箱などを車で運ぶつもりだった。家具などの主だった荷物は、先週のうちにプロの引っ越し屋たちによって運び終えられている。明日持っていくのは、その時に運びきれなかった小物や衣類だけだ。

穂高誠が今夜のうちから美和子を家に泊まらせておこうとしたことは、考えてみれば合理的なことかもしれなかった。そのほうが時間を有効に使えるからだ。それに新郎が新婦と一緒にいたいと考えるのも、無理のないことだった。

それでも僕は彼に対する不快感を消すことはできなかった。美和子がこの家で寝るのは、今夜が最後なのだ。その貴重な夜を、なぜあんな男に奪われなきゃならないんだと腹がたった。

2

この夜はすき焼きにした。それが僕と美和子の、共通した好物だったからだ。二人ともアルコールはあまり飲めないほうだったが、珍しく五百ｃｃ入りの缶ビールを二本空にした。

美和子は少し頬を染めていた。たぶん僕も目の周りが赤くなっていたことだろう。

食事を終えてからも、僕たち二人はダイニングの椅子に腰かけたまま、しばらくいろいろなおしゃべりをした。僕の大学のこと、彼女が辞めた会社のことなどだ。ただし結婚に関する話、恋愛をテーマとしたエピソードなどは語られることがなかった。無論僕は意識していたし、彼女も避けていたのだろう。

しかし結婚式を二日後に控えて、その話題が全く出ないというのは、あまりに不自然すぎた。その不自然さは、間(ま)の悪い沈黙(ちんもく)という形で表出した。

「いよいよ、最後の夜になっちゃったな」覚悟を決めて僕は切り出した。そうすると痛い奥歯を押すような感覚があった。痛みを確認して安心するわけだ。

美和子は薄く微笑(ほほえ)んで頷いた。

「なんだか、不思議。もうこの家に住むことがないなんて」

「いつでも戻ってきていいんだぜ」

「うん。でも――」一瞬うつむいてから彼女は続けた。「そうならないようにしなきゃ」

「そうだな、もちろん」僕はビールの空き缶を右手で握り潰した。「子供は?」

「子供?」

「作るのかってこと」

「ああ」美和子は目を伏せて頷いた。「彼は、欲しいっていってる」

「何人？」

「二人だって。まず女の子、それから男の子」

「ふうん」

つまらない話題を出したものだ。子供の話をする以上は、同時にセックスのことを連想しなければならない。

ふと、美和子は穂高誠とすでに肉体関係があるのだろうかという疑問がわいた。それを推察できるような、うまい質問がないものかと考えてみた。しかし結局、すぐに考えるのをやめることにした。もはやどうでもいいことだった。関係があったって、何か問題があるわけではないし、仮に現時点ではなくても、そのうちに生じるからだ。

「詩はどうするんだい？」僕は話題を変えた。実際に心底から気になっていることだ。

「どうするって？」

「書くのかい」

「書くわよ、もちろん」美和子は大きく頷いた。「穂高さんなんて、あたしという人間にじゃなく、あたしの詩を好きになってくれたんだもの」

「まあ、そんなことはないだろうけれど……気をつけてほしいなと思ってさ」

「気をつける？　何に？」

「だからつまり」僕は自分のこめかみを掻いた。「新生活の忙しさだとか、あわただしさに紛れて、本来の自分を失ってしまわないように、だよ」

　美和子は頷いた。白い前歯を唇の間から覗かせた。

「わかってる。気をつける」

「詩を考えている時が、一番幸せそうだと思ったからさ」

「うん」

　それからまた少し僕たちは口を閉ざした。空気がざわつかないような話題は、もう尽きてしまったようだった。僕にはもう手駒がなかった。

「美和子」僕は静かに呼びかけた。

「なに?」彼女はこちらを向いた。

　彼女の大きな目を見つめながら僕は訊いた。「幸せになれそうかい」

　少し逡巡した様子を見せてから、僕の妹は幾分声に力を込めて答えた。「うん、もちろんよ。きっとなれると思う」

「それならいいんだ」と僕はいった。

　十一時が過ぎると、僕たちはそれぞれの部屋に引き揚げた。僕はモーツァルトの定番曲が入ったCDをプレーヤーにかけ、量子力学に関するレポートのまとめに着手した。しかし作業はまるではかどらなかった。僕の耳はモーツァルトではなく、隣の部屋からかすかに聞こえてくる美和子の気配に奪われていた。

僕がパジャマに着替え、セミダブルのベッドに入り込んだのは、午前一時近くになってからだった。しかし眠気は全くなかった。それは覚悟していたことなので、特に焦るということもなかった。

少しすると、小さな物音が隣から聞こえた。続いてスリッパを引きずる音がした。美和子はまだ起きているのだ。

僕はベッドから抜け出ると、そっとドアを開けた。廊下は暗かったが、美和子の部屋のドアの隙間から光が漏れ、床に細い線を描いていた。

ところがその線が、僕の見ている前で、ふっと消えた。そしてまた彼女の部屋の中で、小さな物音がした。彼女がベッドにもぐりこもうとしているのだろう。

僕は彼女の部屋の前に立った。暗闇の中でドアを見つめると、室内の様子がX線カメラで透視するように頭に浮かんだ。椅子の背もたれにかけてある、彼女のネグリジェの形までもが見えるようだった。

だがすぐに小さく首を振った。この部屋の内側が、もはや僕がよく知っているものとは違っていることを思い出したからだ。美和子が愛用のライティングビューローと一緒に、椅子も向こうの家に運んでしまった。そして彼女は今夜、ネグリジェではなくTシャツを着て寝ているはずだった。

二度軽くノックした。はい、という小さな声がすぐに聞こえた。やはり美和子はまだ眠ってはいなかったのだ。

　再び明かりが灯るのが、ドアの隙間から漏れる光でわかった。そのドアが開けられた。予想通り、美和子はTシャツを着ていた。その裾から、細い素足が出ていた。

「どうしたの？」ほんの少し戸惑いの混じった目で彼女は僕を見上げた。

「眠れなくってさ」と僕はいった。「それで、もし美和子がまだ眠っていないのなら、少し話をしたいと思って」

　これに対して美和子は何もいわず、じっと僕の胸のあたりを見つめていた。兄がどんな目的でドアをノックしたのかを、はっきりと見抜いている顔だった。見抜いた上で、返答に窮しているのだ。

「ごめん」沈黙に耐えきれず、僕はいった。「今夜は美和子のそばにいたかったんだ。二人きりで一緒にいられるのは、これがたぶん最後だと思うから。明日泊まるホテルは、たしか部屋が別々だっただろう。それに、穂高さんが来るようなことをいってたし」

「これからだって、時々は帰ってくるよ」

「でも、誰のものにもなっていない美和子といられるのは、今夜が最後だ」

　僕の言葉に美和子は口を閉じた。それで僕は一歩前に踏み出した。しかし彼女は僕の胸を、軽く右手で押し返した。

「あたし、もう吹っ切ることにしたから」

「吹っ切る?」

美和子は頷いた。

「吹っ切らなきゃ、誰とも結婚なんかできないでしょ」

囁(ささや)くような声だったが、彼女の言葉は細く長い針のように僕の心臓を貫いた。痛み以外に、ひんやりとした冷たい感触も僕は受けとめねばならなかった。

「そうだな」僕はうつむき、吐息をついた。「そりゃあ、そうだよな」

「ごめんなさい」

「いや、いいんだ。おれがどうかしていたんだよ」

僕は美和子のTシャツを見た。猫がゴルフをしているイラストが描かれていた。二人でハワイへ行った時に買ったものだということを思い出した。あんな日も、もう二度とは訪れないのだ。

「おやすみ」と僕はいった。

「おやすみなさい」美和子は寂しそうに微笑み、ドアを閉めた。

身体が熱かった。僕は何度も何度もベッドの上で寝返りを繰り返した。睡魔(すいま)が訪れそうな気配はなかった。いっそのこと、このまま夜が明けてくれればいいと思ったが、時計の針の進みは、うんざりするほど遅かった。僕はこの上なく惨(みじ)めな気持ちに陥(おちい)っていた。

あの夜のことを思い出した。

僕たちの人生を狂わせてしまった夜、世界が突然歪んでしまった夜だ。

僕と美和子が同居を始めて、最初の夏のことだった。

言い訳をするならば、結局二人とも、十五年間を孤独に過ごしたのだということだと思う。表面上は明るく振る舞っていても、心の底には古い井戸のような闇が存在していたのだ。

僕を引き取ってくれた親戚の人はとても親切で、暖かい心を持っていた。僕のことを本当の子供と変わりなく扱ってくれたし、僕が妙なコンプレックスを抱くことのないよう、いつも細心の注意を払ってくれた。そしてそういった好意に応えるべく、僕は家族の一員として振る舞った。他人行儀にならぬよう常に気をつけ、時には甘えても見せた。要するに家族を演じたのだ。良い子すぎてはいけないと思い、ほんの少し悪いことをして、わざと伯父たちを心配させたりもした。いつも良い子でいるより、一旦悪さを示してから改心するふりをしたほうが大人たちは喜ぶということを、僕は知っていたのだ。

僕がそんな話をすると、美和子は驚いた顔で、自分も一緒だといった。そして彼女の体験談を聞かせてくれた。

彼女は預けられた当初、無口な少女だったという。誰とも遊ばず、いつも一人で本を読んでいたそうだ。「しばらくは仕方がない、ショックから立ち直れないんだろうって、周りのおじさんたちはいってた」その頃のことを思い出し、美和子は笑いながらいった。

無口で陰気な少女は、しかし年を追うごとに元気になっていった。小学校を出る頃には、すっかり明るい娘に変貌(へんぼう)していた。

「でも、全部演技だったの」と彼女はいった。「無口だったのも、少しずつ元気になっていったのも、全部演技。あたしは、大人たちが理解しやすいような態度をとっていたにすぎないの。どうしてそんなことをしたのか、自分でもよくわからない。たぶんそれが、生きていくために自分がしなければならないことだと感じていたのだと思う」

二人で話し合ってみてわかったことだが、僕たちは恐ろしいほどに同じ思いを抱き、同じ考えのもとで行動していた。僕たちの心の核になっているものは「孤独」だった。そして僕たちの心が求めているものは「本当の家族」だった。

同居後、僕たちはできるだけ長く一緒にいられるよう努力した。それはこれまでの分を取り返す意味もあったし、家族といることによる安らぎの虜(とりこ)になっていたからでもあった。僕たちは猫のようにじゃれあった。自分と同じ血を持つ人間がそばにいるということが、こんなにも幸福なものかと感激さえした。

そして、あの夜が訪れたのだ。

僕が美和子にキスをしてしまったのが、パンドラの箱を開くことになってしまった。頰や額(ひたい)ならば問題がなかっただろうが、僕がそれをした場所は唇(くちびる)だった。

その直前まで僕たちは、顔を寄せ合うようにして、話をしていた。父と母の思い出話だった。美和子は静かに涙を流していた。その涙を見るうちに、僕は無性に彼女が愛しく思えてきたのだった。

無論告白するならば、それ以前から僕の中には、美和子を妹としてではなく、若い女性として見ている部分があった。それについて僕は多少自らを戒めてはいたが、さほど危機感を持ってはいなかった。久しく見ないうちに格段に美しさを増した妹のことを、眩しく思う程度のことは誰にでもあると思っていた。少し時間が経てば、彼女は僕にとって妹以外の何者でもなくなると信じていた。

たぶんそれは間違いではなかったと思う。だけど僕はその少しの時間を待てなかった。心の中に潜む悪魔に、つけこまれるような隙を作ってしまったのだ。

美和子がどのような気持ちで、その時のキスを受け入れたのかは僕にはわからない。想像するに彼女のほうにも、僕と同じような心の隙が生じていたのではないだろうか。彼女の顔に、ショックの色は見られなかったからだ。むしろ予知していたことを確認したような、満足感にも似た表情を浮かべていた。

あの時、僕たちを包む空間は、世界から切り離されていた。そして時間は止まっていた。少なくとも僕たちにとってはそうだった。僕は美和子の身体を強く抱きしめた。彼女はしばらく人形のように動かなかったが、そのうちに声をあげて泣きだした。僕に抱かれるのが嫌で泣いているのではないようだった。彼女のほうも腕を僕の背中に回してきたからだ。彼女が泣きながら呼んでいるのは、父と母のことだった。彼女の声は、十五年前のものになっていた。長い時間をかけて、彼女はようやく心の底から泣ける場所を見つけたのかもしれない。

なぜあの時僕が美和子の服を脱がせたのか、なぜ彼女が抵抗しなかったのか、それは今でもわからない。たぶん彼女にもわからないだろう。あの時、ただ無性にそうしたくなったのだ——そうとしかいえない。

僕たちは狭いベッドの上で一つになった。僕が美和子の中に入る時、彼女は苦痛そうに顔をしかめた。彼女が処女であったことを、僕は翌日知った。

ぎこちない挿入の後、美和子は再び泣き声を上げた。僕は彼女の細い肩に唇を触れさせながら、ゆっくりと動き始めた。

すべてが夢の出来事のようだった。時間と空間の感覚は、依然として曖昧になっていた。僕の脳は、思考することを完全に拒絶していた。

それでも、自分たちが闇に続く長い坂道を滑り始めたという思いだけは、しっかりと胸に刻まれつつあった。

3

穂高誠は脚本家だった。小説家でもあるらしい。だが僕は彼の本を読んだことがなかったし、彼の脚本によるドラマや映画の類を見たこともなかった。だから僕は彼の作品から、彼がどういう思想の持ち主で、どんなものの考え方をする人間なのかを知ることもなかった。もっとも、作品からそういうことが推定できるのかどうかも、僕にはよくわからないのだが。

穂高とはこれまでに、二度会っていた。都内の喫茶店で、美和子から紹介されたのが最初だ。付き合っている男性がいることは事前に聞かされていたので、特に驚くことはなかった。二度目に会ったのは、彼等が結婚を決めてからだった。僕の大学の近くにあるファミリーレストランで、その報告を受けたのだった。

いずれの時も、僕が穂高と向き合っていたのは三十分足らずだった。彼のほうが、しょっちゅう携帯電話が鳴って中座をしては、急用ができたからといって立ち去ってしまうからだった。それで僕は彼がどんな人間なのかを、少しも把握できないでいたのだ。

「悪い人ではないの。少なくとも、あたしに対してはとても優しいから」というのが、美和子による穂高誠評だった。それはそうだろうと僕は思った。悪い人で、恋人に対してさえも優しくないのなら、結婚する価値なんて全くない。

とにかくそういうわけで、妹の結婚相手とじっくり会うのは、今日が最初とさえいえた。

五月十七日の午前中に、僕の運転する旧型のボルボは、静かな住宅街の中に建つ穂高邸の前に到着した。

家を見るかぎりでは、穂高誠というのは、自意識の強い、傲慢(ごうまん)な男ではないかという気がした。周囲に巡らされた高い塀(へい)と、周りとは不調和なほど白い家から想像したことだった。なぜ塀が高くて家が白いとそう思うのかと訊かれても答えようがない。何となくそんな気がしただけだ。もしかしたら、塀が低くて家の色が真っ黒だったとしても、そう思ったかもしれない。

美和子がインターホンを鳴らしている間に、僕は後ろのトランクを開け、昨日彼女が梱包(こんぽう)した段ボール箱などの荷物を取り出した。

「やあ、意外に早かったじゃないか」玄関のドアが開き、穂高誠が登場した。白いニットを着て、黒のパンツを穿(は)いていた。

「道がすいてたの」と美和子がいった。

「そう。それはよかった」穂高はこちらを見て、小さく頭を下げた。「ごくろうさまです。疲れたでしょう」

「いえ、それほどでも」

「あっ、手伝いますよ」

肩に触れそうなほど長い髪をなびかせて、穂高は玄関の前の階段を駆け下りてきた。その身のこなしは軽くて、とても三十代後半には見えなかった。テニスとゴルフを趣味にしているという話を思い出した。

「いい車ですね」段ボール箱を受け取りながら彼はいった。

「中古ですよ」と僕はいった。

「そうなんですか。しかしとても手入れがよく行き届いている」

「まじないのようなものです」

「まじない？」

「ええ」僕は穂高の目を見た。彼は意味がよくわからなかったようだが、曖昧に頷くと、僕に背を向けた。

車を粗末にすると、万一の時に裏切られるような気がするからだ――そういいたかった。僕たちの父は、フォルクスワーゲンをあまり大事にしなかった。穂高誠、おまえは僕たちが味わった悲しみのことなんか、何ひとつ知らないのだ。

穂高邸の一階には、広々としたリビングルームがあった。先日運ばれた美和子の荷物の一部が、隅に固めて積んである。それらの中にライティングビューローはなかった。

ガラス戸のそばに置かれたソファに、男が一人座っていた。グレーのスーツを着た、痩せた男だった。穂高のように血色良好ではないが、彼と同年代に見えた。男は何か書き物をしていたようだが、僕たちを見ると、素早く立ち上がった。

「紹介しておきます。僕の事務所を運営してくれているスルガ君です」穂高誠が、彼のほうを示しながら僕にいった。それから次に彼のほうを向いた。「こちらは美和子のお兄さんだ」

「はじめまして。このたびはおめでとうございます」そういいながら相手の男は名刺を差し出した。駿河(するが)直之(なおゆき)と印刷された名刺だった。

「ありがとうございます」といって僕も名刺を渡した。

駿河は僕の職場に関心を抱いたようだ。名刺を見て、ちょっと目を見張った。

「量子力学研究室……とはすごいですね」

「そうですか」

「量子力学だけで独立して研究室を持っているところがですよ。かなり大学から期待されている部門のようだ。そこで助手をしておられるとなると、将来は安泰(あんたい)でしょう」

「さあ、それはどうだか……」

「今度は、そういった大学の研究室を舞台にした作品を書いてみたらどうだ」駿河は穂高のほうを見ていった。「神林さんに取材をさせてもらってさ」

「もちろん考えてるさ」穂高誠は美和子の肩に手を回し、彼女に微笑みかけてからいった。

「ただし、けちなサスペンスドラマにする気はない。どうせなら壮大なSFを書きたいと思っている。スクリーン映えするようなやつをな」

「映画の話をする前に——」

「まずは小説を書け、だろ。おまえのいいたいことはわかってるよ」穂高はげんなりした顔を作ってから、僕のほうを向いた。「僕の手綱を引き締めるのが、彼の仕事でしてね」

「これからは少し楽になると思っているんですよ。美和子さんという強い味方ができましたからね」

駿河の言葉に、美和子はちょっと照れたようにかぶりを振った。

「そんな、あたしなんて、何の力にもなれません」

「いや、真面目な話、かなり期待しているんだ。その意味で、今回の結婚は万々歳といったところでね」駿河は弾んだ口調でいった後、こちらを見て、ふと真顔に戻った。「お兄さんには、その分寂しい思いをしていただくことになってしまいましたが」

「いえ……」僕は小さく首を振った。

駿河直之は、何かを観察するような目を、いつまでも僕に向けていた。いや、「いつまでも」という表現が適切なのかどうかはわからない。それはほんの数秒のことであったかもしれない。それどころか、コンマ数秒のことであったかもしれない。とにかく僕には、ずいぶんと長く感じられたのだ。そして僕は思った。この男には気をつけねばならない、ある意味では穂高よりも油断のならない男だぞ——。

穂高誠は独り暮らしをしていた。一度結婚したことがあり、この家を建てた時には妻がいたらしいが、数年前に別れたということだった。なぜ離婚したのかについては、僕は全く知らない。美和子が教えてくれないからだが、じつは彼女もよく知らないのではないかと僕は想像していた。

　生命保険会社に勤める二十六歳のＯＬが、結婚歴のある三十七歳の作家と結ばれるには、それなりの偶然が必要だった。もし美和子が単なるＯＬのままだったら、たぶん二人が出会うこともなかったのではないだろうか。

　きっかけは、二年前に美和子が詩集を出版したことだった。

　彼女が詩を書きだしたのは、中学三年生の時であるらしい。受験勉強の合間に、ふと思いついた言葉をノートに書き留めるうちに、なんとなく趣味のようになってしまったという話だった。そんなノートが、大学卒業時には十数冊になっていたというのだから驚きだ。

　美和子は長年それを誰にも、つまり僕にさえも見せなかったのだが、ある日家に遊びに来ていた女友達に盗み読みされてしまった。しかもその友達は、そのことを美和子にはいわず、こっそり一冊だけノートを抜き取り、家に持ち帰ってしまったのだ。彼女に悪意があったわけではない。彼女は出版社に勤める自分の姉に、それを見せることを思いついたのだ。要するに、それほど美和子の詩は、その友達の心を捉(とら)えたということだ。

そしてその直感は独りよがりのものではなかった。詩を見た友達の姉は、すぐに本にすべきだと考えた。編集者の勘のようなものが働いたのだという。

雪笹香織という名前の、その女性編集者は、間もなく我が家にやってきて、全部の詩集を見たいといった。長い時間をかけて全ての詩に目を通した彼女は、その場で美和子に出版の話を持ち出した。迷いを見せる美和子に対し、色好い返事をもらえるまでは帰らないといいきるほど積極的だった。

その後どういう紆余曲折があったのか正確には知らないが、一昨年の春、神林美和子の詩集は出版された。だが大方の予想通り、当初この本は全く売れなかった。僕はパソコンを使って、雑誌や新聞の書評欄を検索してみたが、出版後一ヵ月経っても、何の反応もなかった。

ところが二ヵ月目に大転機が訪れた。雪笹香織が強引に、女性週刊誌で取り上げさせたのをきっかけに、突然本が売れ始めたのだ。読者層は圧倒的にＯＬが多かった。本に載せる詩を選ぶ際、ＯＬの心情を表したものを中心にした雪笹香織の作戦勝ちだった。本は次々と版を重ね、ついにはベストセラーの仲間入りを果たすまでになった。

その後美和子はいろいろなメディアで取材を受け、時にはテレビ出演することもあった。家の電話がじゃんじゃん鳴るようになり、彼女はもう一本電話線を引いた。春には確定申告が必要になり、税理士に処理を依頼した。それでも四月には、気が遠くなるような額の税金を追加徴収され、おまけに腰が抜けそうな額の住民税を役所から請求された。

しかし美和子は本業である保険会社のほうは辞めなかった。僕の見るかぎり、彼女は彼女以外の何かになろうとは、決してしなかった。変わらぬよう努力しているようだった。「あたしは別に有名になんかなりたくなかったんだもの」というのが、彼女の口癖だった。

穂高誠と知り合ったのは、昨年の春頃であったらしい。詳しい経緯は聞いていないが、どうやら雪笹香織を通じての出会いだったようだ。穂高も、彼女の担当作家だったのだろう。

二人の個人的な交際がいつから始まったのかも、美和子はまだ話してはくれていない。たぶんこれからも話すつもりはないのだろう。ただはっきりしていることは、去年のクリスマスの時には、結婚の約束ができていたらしいということだ。イブの夜に帰ってきた美和子の指は、大粒のダイヤで飾られていた。おそらく家に入る前には外すつもりをしていたのを、うっかり忘れていたのだろう。僕の視線に気づいて、彼女はあわてて左手を隠したのだった。

「挨拶の締めくくりは真田先生でいこう。いろいろと世話になっているし、つまらないことで臍を曲げられると後が厄介だ」バインダーに綴じ込まれた書類を見ながら、駿河直之はいった。ソファに浅く腰かけ、手早くボールペンで書類に何か書き込んでいく。

「臍を曲げるかね」と穂高がいった。

「曲げるかもしれないといってるんだ。あの先生は、案外細かいことをいうんだよ。自分がその他大勢と一緒の扱いをされたと思ったら、後々まで根に持つかもしれない」

「やれやれ」穂高はため息をつき、隣の美和子に笑いかけた。

美和子の結婚式の打ち合わせに立ち会うのは、僕にとって針の筵（むしろ）に座るよりも辛（つら）いことだった。できれば僕は逃げ出したかった。しかし神林家の親戚の扱いについては、僕が判断するしかなかったし、事務的なことで、僕が確認しておかなければならないこともいくつかあった。それに何より、逃げ出す理由がなかった。僕は革張りのソファの上で石のように身体を固めたまま、美和子がほかの男のものになる儀式の手順を、口数少なく見守っていた。斜め隣にいる穂高誠の左手が、いつも美和子の身体のどこかに触れていることが、気になって仕方がなかった。

「その後が新郎の挨拶ってことになるんだが、それでいいか」駿河がボールペンの先で穂高を指した。

穂高は首を傾げた。

「挨拶が続くわけか。なんだか退屈だな」

「だけど、ほかにやりようがない。一般の結婚式なら、両親に花束を送る、という見せ物があるんだが」

「よしてくれ」穂高は顔をしかめた。それから美和子のほうを見て、ぱちんと指を鳴らした。「いい手がある。新郎の挨拶の前に、新婦による詩の朗読をやろう」

「えーっ」美和子は目を大きくした。「だめよ、そんなの」

「結婚式にふさわしいような詩は？」駿河が訊いた。乗り気のようだった。

「探せばあるだろう？　一つや二つは」穂高は美和子に訊いた。

「それはあるけど……でも、だめ。絶対にだめ」彼女は首を振り続けた。

「いいと思うんだけどなあ」そういってから穂高は、何か思いついたような顔で駿河を見た。

「じゃあいっそのこと、プロに読ませるか」

「プロ？」

「プロの朗読家ってことだよ。これはいいぞ。どうせだから音楽もつけよう」

「結婚式は明日だぜ。今からプロの読み手を探すのか」勘弁してくれという顔を駿河は見せた。

「それをするのがおまえの仕事だろ。頼んだからな」脚を組んだ姿勢で、穂高は駿河の胸のあたりを指差した。

駿河はため息をつき、書類に何か書き込んだ。「なんとか当たってみよう」

その時、玄関のチャイムが鳴った。

美和子が壁に取り付けてあるインターホンの受話器を取り上げた。そして相手の名前を確認すると、「どうぞ」といってすぐに受話器を置いた。

「雪笹さんよ」と美和子は穂高にいった。

「お目付役の登場か」駿河が、そういってにやにやした。

美和子が玄関まで出ていき、雪笹香織を連れて戻ってきた。敏腕の女性編集者は、固い感じのする白いスーツを着ていた。髪形といい、背中をぴんと伸ばした姿勢といい、僕はこの女性を見ると、宝塚の男役を思い出す。

「お邪魔します」雪笹香織は僕たち三人に向かっていった。「いよいよ明日ですね」

「最後の打ち合わせをしているところでね」駿河がいった。「是非お知恵を拝借（はいしゃく）したい」

「その前に、一つだけ仕事を済ませたいんですけど」そういって彼女は美和子のほうを見た。

「ああ、エッセイの原稿ね。今、持ってきます」美和子はリビングルームを出ていった。続いて、階段を上がる音がした。

「結婚式の前日まで仕事をさせるとは、さすがだね」穂高が座ったままいった。

「褒（ほ）めていただいたんでしょうか。それとも――」

「もちろん褒めたのさ。決まってるじゃないか」

「ありがとうございます」

雪笹香織は丁寧に頭を下げた。次に顔を上げる時、僕と目が合った。彼女はちょっと気詰まりそうな顔をした。会うのはこれが二度目だが、なぜか彼女は時々こういう表情を見せるのだった。

僕から目をそらし、雪笹香織は遠くに視線を向けた。その時だった。彼女の切れ長の目が、大きく開かれた。激しく息を吸い込むのがわかった。

その様子に、僕を含む三人の男は、彼女の見ている方向に目を向けた。彼女が見ているのはガラス戸のほうだった。レースのカーテン越しに芝生を張った庭が見える。

その庭に髪の長い女が一人立っていた。魂の抜けたような顔をして、じっとこちらを見つめていた。

駿河直之の章

1

そこに立っている女を見て、俺は一瞬息が詰まりそうになった。心臓が胸を内側から蹴飛ばした。

白いひらひらしたワンピースを着て立っている女、幽霊みたいな顔をしている女は、浪岡準子に相違なかった。

準子は俺たちのほうに顔を向けていたが、無論彼女が見ているのは一人だけだった。表情は空虚だが、その目はただ一点、穂高に注がれていた。

二秒で俺は事態を把握した。さらに次の二秒で、対応を考えた。

穂高は、腑抜けの顔で凍り付いているだけだ。そして後の二人も、声を発しなかった。女が誰であるか、雪笹香織は知らないはずだった。ましてや神林貴弘が知るわけがない。それが幸いだった。いや何より幸運だったのは、今ここに神林美和子がいないことだった。

「ああ、準子ちゃん。どうしたんだ、急に」俺は立ち上がり、ガラス戸を開けた。それでも彼女の目は、俺のほうに向いてくれなかった。俺は続けていった。「仕事のほうは、今日はもう終わりかい？」

　彼女の唇がかすかに動いた。何か呟いたようだ。だが、何といったのかは聞き取れなかった。

　俺は外に置いてあった男物のサンダルを履き、浪岡準子が穂高に向ける視線を遮るように、彼女の前に立った。もちろん、部屋の中にいる神林貴弘や雪笹香織に、準子の夢遊病者みたいな顔を見せないという目的もあった。

　準子がようやく俺の顔を見た。今ようやく俺がいることに気づいたように、はっとした表情を見せた。

「一体どうしたんだ？」俺は小声で訊いた。

　準子の白い頬が、みるみる紅潮していった。それと同時に、目も充血し始めた。涙のこみあげてくる音が、俺には聞こえるようだった。

「おい、駿河。大丈夫か」後ろから声がした。振り返ると、穂高がガラス戸から顔を出していた。

「ああ、大丈夫だ」と俺は答えた。答えながら、何が大丈夫なのかと自問していた。

「駿河」と穂高は小声でもう一度いった。「何とかしてくれ。彼女に気づかれたくない」

「わかっている」俺は彼のほうを見ないで答えた。彼女、とは無論神林美和子のことだ。ガラス戸のぴしゃりと閉まる音がした。穂高の頭の中は、室内にいる二人の客に、この状況をどう説明するかで占められていることだろう。

「あっちへ行こう」俺は浪岡準子の肩を、軽く押した。

準子は小さくかぶりを振った。思い詰めたような目をしていた。その目から、とうとう涙が滲み始めた。それは瞬く間に膨れ上がった。

「あっちで俺と話をしよう。こんなところにいても仕方がないだろう？　さあ、早く」

俺は少々強く、準子の身体を押した。それでようやく彼女は足を動かした。この時になって初めて気がついたのだが、彼女は手に紙袋を提げていた。中に何が入っているのかまでは見えなかった。

リビングルームからは見えないところまで彼女を連れていった。ちょうど小さな椅子があったので、そこに座らせた。そばにゴルフの練習用ネットが張ってあるところを見ると、穂高が練習の合間に休憩するための椅子らしい。椅子の横にはプランターがいくつか置いてあって、パンジーが黄色や紫の花をつけていた。神林美和子が買ってきたものだと穂高がいってたのを思い出した。

「ねえ、準子ちゃん。何のために、こんなところへ来たんだ？　しかも、チャイムも鳴らさないで、いきなり庭から中を覗き込むなんて、君らしくないな」俺は小さな女の子に話しかけるような口調で尋ねた。

「……の人？」ようやく彼女が何か呟いた。だが、またしても、よく聞き取れなかった。

「えっ、何だって？」俺は彼女の口元に耳を近づけた。

「あの人……なの？」

「あの人？　誰のことをいってるんだ」

「部屋にいた人。白いスーツを着た、髪の短い人……あの人が、誠さんと結婚する人なの？」

「ああ」準子が何のことをいっているのか、ようやく俺は理解した。そして、穂高だけを見つめていたように見えたが、そうでもなかったのだなと思った。

「違うよ」と俺はいった。「彼女は編集者だ。仕事で、たまたま来ているだけだ」

「じゃあ、どの人が穂高さんの相手なの」

「どの人って……」

「結婚するんでしょ、穂高さん。そう聞いたもの。その人、今ここに来ているんでしょ」今までこらえていたものを放出するように、準子は問いかけてきた。頬はすでに涙で濡れている。その頬のラインを見て、いつの間にこんなに痩せたんだろうと俺は思った。かつては、卵のように美しい丸みを持った頬だった。

「ここにはいないよ」と俺はいった。

「じゃあ、どこにいるの」

「さあ……俺も知らないな。そんなことを訊いて、どうするんだ」

「会いたいのよ、その人に」準子はリビングルームのほうに顔を向けたかと思うと、立ち上がろうとした。「誠さんに訊いてみる」

「ちょっと、ちょっと。ちょっと、待った。待ってくれ」俺は彼女の肩を両手で押さえ、もう一度座らせた。「さっきのあいつの態度を見ただろ？　こんな言い方はしたくないけれど、今あいつは君とは会いたがらない。いろいろと不満があるのはわかってるけど、今日のところは我慢して帰ってくれないか」

　すると準子は、何か不思議なものでも見るような目を俺の顔に向けた。

「あたし、何も聞いてないのよ。誠さんが結婚するなんて話……しかもあたし以外の女の人と結婚するなんて話、最近になって初めて知ったのよ。それも彼の口からじゃなく、病院に来るお客さんから……。それでたしかめようと思って電話をしても、すぐに切られちゃうだけ。ねえ、こんなひどいことってある？」

「たしかにあいつはひどい男だ。だから、必ず詫びを入れさせる。正式に謝りに行かせるよ。俺が保証する」俺は芝生に膝をつき、彼女の肩に両手を載せたままいった。彼女に対して、こんなふうに懇願しなければならないのが、ひどく情けなかった。

「いつ？」準子は訊いた。「いつ、来てくれるの？」

「すぐだよ。そんなには待たせない」

「今、ここへ連れてきて」準子はアーモンド形の目を見開いた。「彼を連れてきて」

「そんな無茶いわないでくれ」

「じゃあ、やっぱりあたしが行かなくちゃ」そういうなり彼女は立ち上がった。その勢いがあまりに強かったため、俺は彼女の肩を押さえていられなかった。

「待ってくれ」俺は両膝を地面についていたため、すぐには立ち上がれなかった。それで咄嗟に準子の足首を摑んでいた。

彼女は小さな悲鳴をあげて倒れた。紙袋が、彼女の手から離れた。

「あっ、ごめん」俺は抱き起こそうとした。その時、紙袋から出ているものに目がいった。

俺は身体を硬直させた。

それはブーケだった。結婚式で花嫁が持つものだ。

「準子ちゃん……」俺は彼女の横顔を見た。

彼女は四つん這いの格好で、ぼんやりとそれを眺めていた。それから、はっとしたような顔を見せ、あわてて紙袋の中身を元に戻した。

「準子ちゃん、それはどういうつもりだい」

「何でもない」準子は立ち上がった。白い服の膝のあたりが少し汚れていた。それを手で軽くはたくと、彼女はくるりと踵を返した。

「どこへ行くんだ」と俺は訊いた。

「帰るの」

「じゃあ、送っていくよ」俺も立ち上がった。

「ううん、一人で帰れるから」

「だけど」

「ほうっておいて」彼女は紙袋を抱え、機械人形のようなぎこちない足どりで玄関に向かった。俺はその後ろ姿を見送った。

彼女の姿が消えてから、リビングルームまで戻った。ガラス戸には錠がかかっていた。レースのカーテンのせいで、中に人がいるのかどうかわからない。俺は指先でガラス戸をこつこつと叩いてみた。

人の動く気配があった。カーテンがめくられ、神林貴弘の神経質そうな顔が現れた。俺は愛想笑いをし、ガラス戸のクレセント錠を指差した。

神林貴弘は無表情で錠を外した。何を考えているのか読みにくい男だ。

ガラス戸を開けて中に入ったが、穂高や神林美和子、雪笹香織の姿がなかった。

「ええと、穂高たちは？」俺は神林貴弘に尋ねた。

「二階の書斎です」と彼は答えた。「何か仕事の話があるとかで」

「ああ、なるほど」俺と浪岡準子の話し声を神林美和子に聞かれぬための、穂高の作戦だろう。「で、あなたは？」

「僕は文学の話なんかわからないから、すぐに下りてきたんです」

「ここで何をしておられたんですか」

「別に何も」神林貴弘は素気(そっけ)なく答えると、ソファに腰を下ろした。そして傍(かたわ)らに置いてあった新聞を広げた。

　準子とのやりとりを聞いていたのだろうかと俺は考えた。もし聞いていたのなら、準子がどういう立場の女であるか、この男に察知できただろうか。しかしそういったことを確認するわけにはいかなかった。せめて神林貴弘のほうから、さっきの女性は誰かという質問でもしてくれれば、それをきっかけに探りの入れようもあるのだが、神林は全く関心がないといった様子で、新聞に目を落としている。

「じゃあ、ちょっと私も二階に行ってきます」そう声をかけたが、神林は返事もしなかった。無愛想な変人だ。

　二階に上がり、書斎のドアをノックした。どうぞ、という穂高の声がした。

　ドアを開けると、窓際の書斎机に足を載せて座っている穂高の姿が見えた。その机を挟んで、神林美和子が座っている。雪笹香織は、本棚の前で腕組みをして立っていた。

「いいところに来た」穂高が俺を見ていった。「エージェントとしての仕事をしてくれ。つまり、レディたちを説得してほしい」

「何の話かな」

「美和子の詩の映像化について話し合っているんだよ。どこをどう見ても、美和子にとってプラスにしかならない提案をしているんだが、納得してもらえないでいる」

「それについては、俺も納得しているとはいいがたいな。映画の話は、しばらくはしない約束だったぜ」

穂高はしかめっ面をした。

「今すぐ作るとはいってないさ。準備だよ、準備。契約だけは先に済ませておこうという話だ。そうすれば、つまらない連中が寄ってくる心配はないし、美和子も創作に没頭(ぼっとう)できるというものだ」後半の台詞は神林美和子に向けられたもので、しかめっ面がにやけた笑いに変わっていた。

「イメージが固定される映像化については現時点では全く考えていない、というのが美和子さんの意見なんです。穂高さんも、彼女の夫になられるんですから、そのへんのところを理解してくださらないと」雪笹香織が固い口調でいった。

「理解しているさ。夫になるからこそ、彼女のためになることをやろうとしている」それから穂高は猫なで声で、未来の妻にいった。「なあ、美和子。僕に任せてくれないか」

神林美和子も弱っている様子だった。それでもこの女性のすごいところは、今にも折れそうな雰囲気を漂(ただよ)わせながら、決して折れないところだった。

「あなたの好意はうれしいの。だけど正直なところ、どうしていいかよくわからない。ねえ誠さん、そんなに焦る必要はないんじゃないの。もっとゆっくり考えさせてよ」

神林美和子の台詞に、穂高は何ともいえぬ複雑な笑みを見せた。それが彼の苛立っている時の癖だということを俺は知っていた。

穂高はお手上げといったポーズをとり、こちらを向いた。

「とまあ、こういう堂々巡りが続いているわけでね、僕としても助っ人が欲しいところだったのさ」

「事情はよくわかった」

「後はおまえに任せるよ。おまえの仕事だ」穂高は机から足を下ろした。そしてティッシュペーパーの箱に手を伸ばして一枚抜き取ると、派手な音をたてて鼻をかんだ。「参ったな、薬がきれてきたらしい。さっき飲んだばかりなのに」

「お薬、あるの?」神林美和子が訊く。

「ああ、大丈夫」

穂高は書斎机の向こう側に回り、一番上の引き出しを開けると、小さな箱を出してきた。無造作に蓋が開いていて、瓶が覗いている。その蓋を開き、白いカプセルを一つ取り出すと、ごくりと口にほうりこんだ。そして机の上に置いてあった飲みかけの缶コーヒーを手にし、ごくりと流し込んだ。単なる鼻炎薬である。二枚目を気取っている穂高にとって、持病のアレルギー性鼻炎は悩みの種だ。

「コーヒーなんかで飲んでもいいの？」と神林美和子。

「平気さ。いつもこうするんだ」穂高は瓶の蓋を閉めると、パッケージの箱から取り出し、彼女のほうに差し出した。箱はそばのゴミ箱に捨てた。「君の旅行用の荷物と一緒にしておいてくれ。僕は今日はもう飲まないから」

「明日の結婚式前に飲むでしょ？」

「下にピルケースがあるから、後でそこに二錠ほど入れて、持っていることにするよ」そういって穂高は、もう一度鼻をかんでから俺を見た。「ええと、どこまで話したかな」

「映画の話の続きは、新婚旅行から帰ってからということにしないか」俺は提案した。「美和子さんだって、今日はそんなことを話し合う気になれないだろう。何しろ、明日は大事な日だからな」

神林美和子は、こちらを見て、にっこりした。

穂高はため息をつくと、俺のほうを指差した。

「わかったよ。じゃあ旅行中に、もう少し細々（こまごま）したところを決めておいてくれ。いいな」

「ああ、わかった」

「よし、この話はここまでだ」穂高は勢いよく立ち上がった。「みんなで飯でも食いに行かないか。いいイタリアンレストランを見つけたんだ」

「その前に、一つだけ用件が」俺は穂高にいった。「菊池動物病院の件だ」

穂高の、右の眉と唇の端が、微妙に曲がった。

「取材させてもらうことになっていてね」俺は神林美和子たちのほうを見た。「そのことでちょっと打ち合わせが」

「では、あたしたちは失礼させていただきましょうか」雪笹香織がいった。

「ええ、そうね」神林美和子も腰を上げた。「隣の部屋にいます」

「五分経ったら出かけるから、そのつもりで」二人の背中に穂高は声をかけた。美和子が微笑んで頷いた。

「彼女には、何の説明もしなかったのか」隣の部屋のドアが閉じられるのを待って、俺は切り出した。彼女というのが浪岡準子のことだということは、いくら無神経な穂高でもわかるはずだった。

穂高は頭を掻きながら、再び書斎用の椅子に座り込んだ。

「説明が必要か」穂高は薄ら笑いを浮かべた。「ほかの女と一緒になるってことを、どうしてわざわざ報告しなけりゃならないんだ」

「彼女が納得できないだろう」

「じゃあ、話せば納得するのか。美和子と結婚するからっていえば、ああそうですかと諦めてくれるのかい？　同じことなんだよ。俺がどういうふうにしたって、あの女は納得なんかしないさ。いつまでも、ぐだぐだいってくるだけだ。ああいうのは、ほうっておくしかないんだよ。無視しておけば、そのうちに諦めるさ。変に謝ったり、気を遣ったりしないほうがいいんだ」

　俺は腰の前で、両手の指を組んだ。きつく力を込めておかないと、その手が震えてきそうだった。

「慰謝料を請求されても、文句をいえない立場なんだぞ」俺はいった。声のトーンを抑え、平静を装うのに苦労していた。

「どうして？　俺は彼女と婚約した覚えはないぜ」

「子供を堕ろさせているじゃないか。忘れたわけじゃないだろう。俺が彼女を説得し、病院に連れていったんだ」

「つまり堕胎には彼女も同意したんだろ」

「将来、おまえと結婚できると思ったからだ。俺がそういって、納得させたんだ」

「おまえが勝手に約束したことだ。俺がしたわけじゃない」

「穂高っ」

「大きな声を出すなよ。隣に聞こえるだろ」穂高は顔をしかめた。「わかった。じゃあこうしよう。金を出すよ。それならいいんだろ」

　俺は頷き、上着のポケットから手帳を取り出した。

「金額については、古橋先生と相談して決めておくよ」知り合いの弁護士の名前を俺は出した。「それから、金はおまえの手で渡すんだ」

「勘弁してくれよ。そういうことは無意味だといってるだろうが」穂高は椅子から立ち上がり、ドアに向かって歩きだした。

「彼女はおまえの口から謝罪の言葉を聞きたいだけなんだ。一度だけだ。一度だけ、会って話をしてやれ」

しかし穂高は首を振り、俺の胸元を指差した。

「交渉はおまえの仕事だろ。おまえがなんとかしてくれ」

「穂高……」

「話はここまでだ。食事に行こうぜ」穂高はドアを開け、腕時計に目を落とした。「五分も待たせる必要はなかったな」

隣の部屋に向かう穂高の首筋を、手にしたボールペンの先で突き刺してやりたい衝動に、俺は駆られた。

2

皆で一階に下りていくと、神林貴弘がさっきと同じ姿勢でソファに座って新聞を読んでいた。美和子が、これから一緒に食事にいく旨(むね)を話した。彼はさほど嬉しそうな顔も見せずに立ち上がった。

「あれ？」壁際のリビングボードの引き出しを開けていた穂高が声を漏らした。手に銀色の小さな懐中時計のようなものを持っている。だが懐中時計ではなく、じつは彼愛用のピルケースだった。前に結婚していた頃、当時の奥さんとペアで買ったものだということを、俺は穂高から聞いていた。

「どうしたの？」と神林美和子が訊いた。

「いや、今このピルケースを開けてみたら、カプセルが二つ入っていたんだよ」

「それがどうかした？」

「たしか空だったと思ったんだ。おかしいな、思い違いかな」穂高は首を捻(ひね)る。「でもまあいいか。明日はこれを飲めばいいな」

「いつの薬かわからないんなら、飲まないほうがいいわよ」

明日の花嫁にいわれ、穂高はピルケースの蓋を閉じる手を止めた。

「それもそうだな。じゃあ、これは捨てるとしよう」そういって中に入っていた二つのカプセルを、そばのゴミ箱に捨てた。それからピルケースを神林美和子に渡した。「後でここに薬を入れておいてくれないか」

「いいわよ」彼女はピルケースを自分のバッグに入れた。

「さてと、じゃあ出かけよう」穂高が小さく手を叩いた。

穂高の家から車で十分ほど走ったところに、そのレストランはあった。住宅地の中にあり、店自体も看板に気づかなければ、ちょっと洒落(しゃれ)た洋風民家に見えた。

穂高と俺と神林兄妹、それから雪笹香織の五人で、奥のテーブルを囲んだ。時計の針は午後三時を少し過ぎていた。中途半端な時間帯のせいか、ほかには全く客がいなかった。

「つまり見かけは極めて似ていても、実態は全く違っていたということでね」穂高がフォークを振り回しながらしゃべっていた。「アメリカと日本では、野球に対する思い入れも違うし、野球自体の歴史も違う。関心の持ち方も全く違う。そのへんを理解していなかったわけではないんだけど、想像以上だったということが、前作の失敗に繋(つな)がったということなんだなあ」

「映画だけじゃなく、小説でも、野球を扱ったものは売れないって、雪笹さんもいってたわよね」神林美和子が、雪笹香織のほうを見ていった。

雪笹は海胆(うに)のスパゲティを口に運びながら、小さく頷いた。

「結局、さも野球一色の国みたいに見えるけれど、実際には本家ほど浸透していないってことなんだな。考えてみれば、野球の試合を見ないで、応援合戦だけに熱を入れてるファンなんてものがいること自体、おかしな現象なわけだよ。いい教訓になった」

「野球ものは、もうやらないってこと?」

「ああ、もう懲りたよ」そういって穂高はイタリア産のビールを飲んだ。

穂高が昨年撮影した映画の話だった。彼が脚本を手がけたその作品は、プロ野球の世界を描いたものだった。単に題材として扱うだけでなく、プロの世界を可能な限りリアルに描写するというのが、当初からの狙いだった。それが的中したのか、一部の映画マニアや専門家からの評判はよかった。しかし興行的には全く失敗だった。穂高企画の借金を増やしただけだ。

穂高は、アメリカで野球映画が当たるのだから、いいものさえ作れば日本でもうけると考えていたようだが、俺の予想は違っていた。日本の映画ファンは邦画に幻滅している。特に野球ものなどと聞けば、プロ野球人気に便乗したお手軽映画だと思い込んでしまうだろう。その汚名を晴らすのは、並大抵のことではない。俺は最初から、この企画は危険だと主張してきた。だが穂高は聞く耳を持たなかったのだ。

野球を扱った小説が売れないのは、映画の場合と理由が違う。『メジャーリーグ』など、アメリカ映画なら日本でもヒットするが、野球小説の翻訳ものがベストセラーになったなどという話は、これまでに聞いたことがない。

そういった根本的なことがわかっていない以上、穂高が映画に手を出すのはやめさせたほうがいい、というのが俺の考えだった。この男の才能は認めるが、世の中というのは、常に高いほうから低いほうに水が流れるとはかぎらないのだ。

俺はペペロンチーニをフォークに巻き付けながら、横目で穂高を見た。三人以上の人間が集まると、自分が王様にならないと気が済まない性格の彼は、先程からずっと自分の話だけをしゃべっていた。よくこれだけ話題が続くものだと感心するほどだ。そして、こんなところは昔から全く変わらないと俺は思った。

俺と穂高とは、大学のサークルが同じだった。映画研究会だ。当時から彼は、映画監督志望だった。サークルのメンバーは幽霊部員も含めて数十人いたと思うが、本気で映画の道に進もうと考えていたのは、彼だけではなかっただろうか。

だが穂高は、我々仲間たちが全く思いもかけなかった方法で、自分の夢を叶（かな）える道を歩みだした。彼はまず、小説を書いたのだ。書くだけでなく、某新人賞に応募し、見事受賞してしまったのだ。

小説家としてしばらく実績を積んだ彼は、やがて脚本に手を出すようになった。自分の作品が映像化される時、それを手がけたのがきっかけだった。その時の小説がベストセラーになり、映画もヒットしたことが、彼のその後の道のりをぐっと楽にした。

彼が事務所を設立したのは、今から七年前だった。単なる税金対策でなく、映像のほうに手を広げていくための布石として作られたものだった。

その時、穂高のほうから俺に連絡があった。事務所を手伝ってほしい、という用件だった。

正直なところ、この申し出は、俺にとって渡りに船だった。というのは、ある事情から、失業することが確実になっていたからだ。ところが、すぐに承諾することもできなかった。とにかくその頃の俺は、かなり切羽詰まった状況に立たされていた。

当時俺は車のタイヤを作る会社で経理をしていた。退屈な仕事で、毎日が面白くなかった。それでつい、博打に手を出した。馬のほうだ。最初、少しばかり勝ったことに味をしめ、毎週のように馬券を買うようになった。しかし元々競馬の知識やテクニックを持っていたわけではない。いや、そういうものを備えていたところで、勝ち続けられるものではない。俺はたちまち貯金を食いつぶした。

ここでやめておけばよかったものを、俺は何とか損失を取り返せないものかと考えた。そこでサラ金の自動ドアをくぐった。一発大穴が来ればすべて丸く収まる——今から思うと馬鹿げているが、その時の俺は本気でそんなことを夢見ていた。それで、借りた金を、全部競馬に投入した。

後はお決まりのパターンだ。膨れ上がった借金を帳消しにするため、俺は会社の金に手をつけた。ダミー会社を作り、架空の取引があったことにして、そこの口座に会社から金が振り込まれたよう操作したわけだ。上司が、経理のどの部分をチェックするかを俺は熟知していたから、そこのところの数字さえ矛盾が出ないようにしておけば、とりあえずばれないわけだ。

だがこれは本当に「とりあえず」だった。ある時、別の件で記録をチェックしていた課長が、俺の不正を発見したのだ。課長は即座に俺を呼び、問い詰めた。俺は正直に白状した。覚悟していたことだった。

「今月中に何とか帳尻合わせをしてくれ」と上司はいった。「そうすれば、このことは公にはしない。私の胸だけにしまっておく。その後で君は辞表を書いてくれ。それなら退職金だって出るからな」

たぶん課長は、監督不行届きで自分が上から責められるのを恐れてこんなことをいったのだろう。しかし俺にとってありがたい話であることは事実だった。問題は、どうやって帳簿の穴を埋めるかだった。それに要する金額は、自分でも少々驚いたことだが、一千万円を優に超えていた。

穂高に会った時、俺はそのことを正直に彼に話した。そんなに手癖が悪い男には、事務所を任せるわけにはいかないと思われたら、それまでだと思った。

ところが穂高は、この話にさほど驚かなかった。それどころか、その借金を自分が立て替えてやるとまでいいだした。

「そんな端金で、くよくよするな。俺と組んで、一発当てればいいじゃないか。こっちのほうが、競馬なんかよりずっと面白いギャンブルだぜ」

帳簿の穴が埋まり、業務上横領で告訴されることもなく、しかも次の仕事まで見つかる

──突然幸運が転がりこんできたような気分だった。俺は即座に穂高の話に乗ることにした。

その頃、穂高は殺人的なスケジュールに追われていた。小説家として売れっ子なだけでなく、脚本家としても引っ張りだこだった。おまけに映像の製作自体にも首を突っ込もうというのだから、事務所を構えて仕事を管理する必要はたしかにあった。何しろ俺が最初にやったことは、アルバイトを募集(ぼしゅう)することだったのだ。

穂高が俺を相棒に選んだ理由は、間もなくわかった。ある時彼はこんなふうに俺にいったのだ。

「来週までに、ストーリーを二、三本考えといてくれないか。秋の単発ドラマ用だ」

この台詞に、俺は思わず目を剝(む)いた。

「ストーリーを考えるのは、おまえの仕事だろう」

「それはわかってる。だけど、いろいろと忙しくて、そこまで手が回らないんだよ。適当でいいから、何かもっともらしいのを並べてみてくれ。おまえ、学生時代にシナリオをいくつか書いてただろ？　あの中から選べばいいんじゃないか」

「あんなもの、大人の世界じゃ通用しないよ」

「かまわんさ。その場しのぎができればいいんだ。きちんとしたものは、後でゆっくり俺が考える」

「そういうことなら、やってみるが」

　俺は昔自分が考えたストーリーを三つばかりレポートにまとめ、穂高に渡した。そして結論をいってしまえば、その三つのストーリーは、すべて穂高作品として世に出てしまった。そのうちの一つは小説として出版された。

　その後も何度か、俺は彼のためにアイディアを提供した。自分自身がクリエイターになりたいという願望はなかったし、どんな創作物も彼の名前で商品化したほうが高く売れるということを認識していたから、俺のほうに不満はなかった。何より、穂高には大きな借りがあった。

　穂高企画は順風満帆で来ていたが、ある時期から前方に暗雲がたちこめ始めた。それは穂高が本格的に映画製作に乗り出したことが原因だった。

　原作、脚本だけでなく、製作、監督まで穂高は自分でやろうとし始めたのだ。俺の仕事はスポンサー探しと銀行通いが主になった。俺がかき集めた金を、穂高は景気よく使った。

　こうして作られた過去二本の映画は、いずれも借金だけを残してくれた。俺が協賛企業にチケットを押しつけなかったら、もっと悲惨なことになっていただろう。

　俺は、今後穂高企画が映画製作に関わるのは断固反対だった。俺自身は映画好きだが、それとこれとは話が違うのだ。映画が儲からないという理由からだけでいっているのではない。映画作りにばかり心を捕らわれ、彼本来の仕事である小説や脚本の仕事が滞ってしまうのが怖いのだ。実際彼はここ一年、創作活動らしきものを殆(ほとん)どしていなかった。元来原稿を書いて収入を得ている者が書かなくなれば、どこからも金が入ってこなくなるのは当然のことだ。穂高企画の口座の残金は、みるみる減っていった。

ところが穂高は俺とは全く違う考えを持っていた。彼は、自分が再び長者番付で上位にランクされるようになるには、映像メディアでヒットする必要があると信じていた。さらにヒットするには、話題が不可欠だという信念を持っていた。

そこで神林美和子の名前が出てくる。

穂高が彼女に関心を抱いた理由は、彼女が話題の女流詩人だったから、ということ以外には何もない。それで共通の担当編集者である雪笹香織に頼んで、彼女に会わせてもらうことにしたのだ。

その後、どういう経緯があったのか、俺は正確には知らない。気づいた時には、二人はできていた。できていただけでなく、結婚の約束まで交わしていた。

神林美和子という女のことを、俺はよく知らない。殆ど知らないといったほうがいいだろう。だが俺の目から見て、穂高に再婚を決意させるだけの女性的魅力が備わっているようには思えなかった。むしろ女として大切な何かが欠損しているようにさえ見えるのだ。たしかに奇麗な顔立ちをしているが、その美しさは女性本来のものとは少し違う。強(し)いていえば、美少年の美しさだった。女に対して美少年という表現を使うのも変だが、とにかくノーマルな男のつもりである俺が性的なものを全く感じないのだ。若い女を見れば、俺の場合大抵、その洋服の下を想像してしまうのだが、彼女に対してそういうことをしたこともなかった。する気にさせない何かがある。

もちろん、その何かにひかれたのだといわれればそれまでだが、俺の知るかぎり、穂高はそういうものを求めるタイプではなかった。したがって二人が付き合っているという話を聞いた時から、俺は何か不愉快な予感のようなものを感じていた。

その予感が的中したと思ったのは、穂高が初めて彼女の詩を映像化したいといいだした時だった。

「アニメーションでやる。絶対当たるぞ」書斎の窓際に立ち、拳を振っていた穂高の姿が蘇る。「すでに製作会社への根回しも済んでる。後はやるだけだ。これで一発逆転だぞ」

初耳だった俺は、全身の毛がぞわぞわと逆立つのを覚えた。

「彼女のほうは承知しているのか」と俺は訊いた。

「承知させるさ。俺は彼女の夫になるんだぜ」穂高は鼻をぴくつかせた。

その表情から、俺はあることを想像した。そこで、いかにも冗談で、という調子でこう訊いた。

「まるで、それが狙いで結婚するみたいだな」

これにはさすがに穂高も、「まさか」といって苦笑した。その笑いは俺を安心させた。だが次に彼はこういった。

「しかしまあ、これで流れが変わるんじゃないかとは思っている」

「流れ？」

「あの女は特別だ」と彼はいった。「この時代に、詩で評判になるなんてのは、余程特殊な何かが備わっているということだろう。彼女の人気は一時的なものじゃない。そういう宝を自分のものにしておいて損はない。きっと、こっちにも運が回ってくる」

「ずいぶん不純な動機で結婚するように聞こえるが……」

「無論それだけじゃないさ。でも、こういうことはいえるだろうな。彼女が神林美和子という名前の単なるＯＬだったら、絶対に結婚するということはなかった」

俺が嫌そうな顔をしたのだろう。穂高は低く笑ってこう付け足した。

「そんな顔するなよ。この歳で再婚するんだ。好きだっていうことのほかに、何か付加価値を求めるぐらいのことはいいだろう」

「彼女のことを、本当に好きなんだな」

「好きさ。ほかの女よりはね」穂高は、真顔でいってのけた。

その時のやりとりも不快なものだったが、俺を一層寒々しい気分にさせたのは、それから少し経ってからのことだ。何かの話の流れで、彼女とは離婚できないという意味のことを俺がいったのだ。神林美和子と別れたという事実はイメージダウンにしかならない、というのが俺の言い分だった。

「今のところ、そんなつもりはないさ。俺だって、そうそう同じ苦労を繰り返したくないからな」そういってから穂高は、少し躊躇(ちゅうちょ)した表情を見せてから口を開いた。「ただし、一つだけ引っかかっていることがある」

「何だ？」

「美和子の兄貴だよ」と穂高は答えた。口元が歪んでいた。

「兄貴がどうかしたのか」

俺が訊くと、穂高は薄笑いを浮かべ、爬虫類(はちゅうるい)のような目つきをした。

「あそこの兄貴は美和子に惚(ほ)れてる。間違いない」

「はあ？」俺は大口を開けた。「実の兄妹だろ？」

「長年別れて暮らしてたらしい。美和子の口からはっきりと聞いたわけじゃないが、言葉の端々に滲む微妙なニュアンスからわかる。兄貴はあいつのことを女だと思ってるよ。実際に会ってみて、確信した」

「まさか。気のせいじゃないのか」

「おまえだって、会えばわかるさ。兄は妹のことを、あんなふうに見つめたりはしない。もしかしたら、美和子のほうも異性として兄貴を見ていたかもな」

「よく平気でそんなことがいえるな」

「彼女の神秘性の秘密がそこにあるのかもしれないと思うからさ。それに、俺と結婚する前に、どこの誰に恋していようと知ったことじゃない。それがたとえ血の繋がった兄貴でもな。まあ、肉体関係がなかったことだけは祈ってるけどね。どうした、気分が悪そうだな」

「吐き気がしてきた」

　俺の言葉に、穂高は声を出さずに笑った。

「男と女のことだから、この先どうなるかはわからない。俺と美和子が別れることだって、あるかもしれない。だけどその時には、この話を持ち出すつもりさ。そうしてこういう。どうしてもそのことが頭に引っかかって、割り切れなかったんだ……てな。これはセンセーショナルだぜ。世間の注目を集めること疑いなしだ」

　穂高の言葉を聞きながら、俺は背中に鳥肌が立つのを覚えていた。何に対して寒気を感じているのか、よくわからなかった。とにかく正常な事態ではないという思いが、俺の心を占めていた。

3

　胸ポケットに入れた、携帯電話が鳴りだした。電源を切るのを忘れていたらしい。それぞれがメインディッシュを楽しんでいるところだった。俺の前の皿には手長海老（てながえび）が三匹載っていた。穂高が露骨に不愉快そうな顔をした。

「ちょっと失礼」俺は席を立ち、洗面所のほうへ行った。客たちからは見えない場所を見つけると、通話ボタンを押した。「もしもし」

まず雑音が聞こえ、それから小さな声が耳に届いた。「……もしもし」

俺はすぐに誰であるかを悟った。

「準子ちゃんだね」俺はなるべく穏やかな口調を心がけていった。「どうしたんだ?」

「あの……誠さんに……」

「えっ?」

「誠さんに、待ってますって伝えてください」

浪岡準子の声は涙混じりになっていた。鼻をすするのが聞こえる。

「今、君はどこにいるんだ?」

問いかけたが、返事はなかった。俺は強い焦りを覚えた。嫌な予感がした。

「もしもし、準子ちゃん、聞いてるかい?」

何か声がした。「えっ、何だって?」と俺は訊き直した。

「……ジーが、とても奇麗」

「えっ、何が奇麗だって?」

訊いた時には、もう電話は切れていた。

俺は携帯電話をポケットに戻しながら首を捻った。浪岡準子はどこからかけてきたのか。何のためにかけてきたのか。何が奇麗だといったのか。

席に戻ろうと歩きかけた時、不意に頭の中で閃くことがあった。単なる雑音だったものが、フィルターを通したように、はっきりとした言葉に変わった。

パンジーといったのだ。パンジーがとても奇麗——。

黄色や紫の花びらが瞼に蘇った。俺は大股で歩きだした。

「穂高、ちょっと……」俺は立ったまま、彼の耳元で囁いた。

途端に穂高は眉を寄せた。

「なんだよ、ここで話せよ」

「無粋な話なんだ。ちょっとだけ」

「困った奴だな。どこから電話があったんだ」穂高はナプキンで口元をぬぐってから立ち上がった。「すみません、気にせずお食事を続けてください」これは神林貴弘にかけられた言葉だった。

俺は穂高を、さっきの場所まで連れていった。

「すぐに家に帰ってくれ」と俺はいった。

「どうして？」

「浪岡準子が待っている」

「準子が？」穂高は舌打ちをした。「いい加減にしてくれ。その話は終わっただろう」

「様子がおかしいんだ。おまえの家の庭にいるらしい。おまえのことを待っているといっていた」

「待たれても困る。全く、あの女は……」穂高は顎の先を掻いた。

「とにかく、早く帰ったほうがいい。彼女の姿を、あまり人に見られたくないだろう」

「参ったな」穂高は唇を噛み、視線をせわしなく動かした。それから決心した顔をこちらに向けた。「おまえ、様子を見てきてくれ」

「彼女はおまえを待っているんだ」

「こっちには客がいる。連中をほうっておけというのか」

「客？」

俺のことを傍で見ていたら、きょとんとした顔になったことだろう。神林貴弘のことを客だと思っているとは、全く驚きだった。こんなことを真顔でいえるこの男の神経を、俺は疑った。

「頼むよ」穂高は俺の肩に手を置いた。媚びる顔になっていた。「なんとか、うまく追い払ってくれ。準子のことは、俺よりもおまえのほうがよくわかっているじゃないか」

「穂高……」

「美和子たちが変に思う。俺は席に戻るから、おまえは家を見に行ってくれ。俺のほうから説明しておくから」そういうと、穂高は俺の返事を待たず、席に戻っていった。俺はため息をつく気にもなれなかった。

レストランを出ると、大きな通りまで歩き、そこでタクシーを拾った。浪岡準子がどういう思いで穂高のことを待っているのかを想像すると、胸がきりきりと痛んだ。こんなふうになったことの原因は、俺自身にもあるのだ。

準子と知り合ったのは、穂高よりも俺のほうが先だった。マンションが同じなのだが、ある時エレベータの中で、彼女から声をかけられたのがきっかけだった。といっても、彼女が俺のような三十男に興味を持ったわけではない。彼女が見ていたのは、俺が手に提げていたケージのほうだった。そこにはロシアンブルーの雌が入っていた。今も俺の部屋にいる猫だ。うちのマンションは、ペットを飼うことが許されているのだ。

風邪をひいてるみたい——それが彼女が話しかけてきた言葉だった。

「わかりますか」と俺は訊いた。

「ええ。病院へは？」

「いえ」

「早く診せたほうがいいですよ。よろしかったら、どうぞ」そういって彼女は一枚の名刺を差し出した。そこに、動物病院の名前が印刷されていた。彼女はそこで助手をしていたのだ。

翌日、俺は猫を準子の勤める病院に連れていった。彼女は俺のことを覚えていて、顔を見るなりにっこり笑ってくれた。健康的な笑顔だった。

俺の猫がその日最後の患者だったので、診察後もしばらく話をした。彼女は天真爛漫(てんしんらんまん)で、よく笑う娘だった。その明るさに俺は心が和(なご)む思いだった。ところが話が動物のことになると、その目に真剣さが宿った。いい加減な飼い主の話をする時には、膝の上で両手を握りしめていた。そのギャップが俺には新鮮だった。

猫をダシに何度か病院通いをし、やがてお茶に誘ってみた。準子は拒否しなかった。そして喫茶店でも、病院にいる時と変わらぬ明るい表情で俺に接してくれた。

準子に惚れていることを、俺ははっきりと自覚していた。だが年齢差が十歳近くあることが俺を消極的にしていた。これまで、それほど若い相手と付き合ったことがなかった。

ある時、俺の仕事の話になった。それまで俺は自分がどういう仕事をしているのか、詳しく話したことがなかったのだ。

穂高誠の名前を出すと、準子の目の色が変わった。

「あたし、あの人の大ファンなんです。へえ、駿河さん、穂高誠の事務所の方だったんですかあ。へええ、びっくりした。すごーい」胸の前で握りしめた二つの拳を、彼女はぷるぷると震わせて見せた。

「そんなにファンなら、今度紹介してあげようか」俺はいった。軽い気持ちからだった。

「えっ、本当ですか。でも、ご迷惑じゃ……」

「迷惑だなんてことはないよ。何しろ彼のスケジュールを管理しているのは俺なんだから」

俺はわざとらしく手帳を取り出し、予定表を調べて見せた。全く馬鹿だったと思う。あんなことでいい気持ちになっている暇があれば、彼女をホテルに誘う手段を考えるべきだったのだ。

数日後、浪岡準子を穂高の家に連れていった。準子は美人だ。穂高が不愉快な顔をするはずがないという俺の予想は的中した。その夜は三人で食事に出かけた。準子は夢を見ているような顔をしていた。

食事を終え、俺が彼女を送って帰ろうとした時、穂高が俺の耳元で囁いた。

「いい娘だな」

俺は穂高の顔を見返した。その時すでに彼の視線は、前を行く準子の後ろ姿に注がれていた。

自分が大変な間違いをしでかしたことに気づいたのは、それから約二ヵ月後だった。穂高の家に行くと、リビングルームに準子がいた。彼女がキッチンに立つ姿を見て、俺は事情を理解した。それだけでなく、俺と穂高のためにコーヒーをいれてくれた。

それでも俺はショックを受けたような素振りは見せず、むしろ冷やかす顔で穂高に訊いた。

「いつからなんだ?」

「一ヵ月ほど前からさ」と彼は答えた。それで俺は、ちょうどその頃から、準子が俺の誘いを断るようになっていたことを思い出した。

穂高はどうだったかはわからないが、準子が俺の気持ちに気づいていなかったはずがない。申し訳ないという気持ちはあったのだろう。その日、二人だけになった時、彼女は小声で俺にいった。ごめんなさい、と。

いいんだ、と俺は答えた。こちらから文句をいえることではなかった。俺がグズだったのが悪いのだ。

だがそれから数ヵ月後、俺は彼女を穂高などに会わせたことを改めて後悔することになった。彼女が妊娠したのだ。そのことを俺は穂高から相談された。

「何とかしてくれ。産みたいといって、きかないんだ」ほとほと弱り果てたという顔で、穂高はリビングルームに置いてあるソファの上で横になった。実際に頭痛でもしているのか、目頭を押さえていた。

「産ませてやればいいじゃないか」俺は立ったまま、彼を見下ろしていった。

「冗談いうなよ。子供なんか、真っ平だ。なあ、何とかしてくれ」

「結婚する気はないのか」

「まだそこまでは考えてない。もちろん、遊びで付き合ってたわけでもないけどな」後半の付け足しは、俺の性格を見抜いてのものだったのだろう。「とにかく、既成事実が先というのは嫌なんだ」

「じゃあ、これを機に彼女との結婚を考えたらどうだ。そういうことなら、彼女も納得してくれるかもしれない」

「わかった。それでいこう。それでいいよ」穂高はソファから身体を起こした。「うまく話をつけてくれ。くれぐれも、下手に騒がれるようなことはするなよ」

「本当に、真剣に考えてやるんだろうな」

「ああ、わかってるよ」穂高は大きく頷いた。

たしかその夜のうちに、俺は準子の部屋を訪ねた。彼女は俺の用件を知っていた。顔を見るなり、「絶対に堕ろしたくないの」といってきたのだ。

長い時間をかけた説得が始まった。嫌な役目だった。それでもめげなかったのは、堕胎したほうが彼女のためになるだろうと、俺自身が本気で考えていたからだった。穂高なんかと結ばれないほうがいい、そう思っていた。そのくせ堕胎を納得させるために、穂高との結婚話を進めることを約束したりした。

ペットボトル二本分ほどの涙を流した後、準子は堕胎することを承諾した。俺のほうもくたくただった。その数日後、俺は彼女に付き添って、産婦人科病院の門をくぐった。さらに数時間後には、手術を終えた彼女を車で家まで送った。彼女は表情の死んだ顔で、じっと窓の外を眺めていた。その横顔に、初めて会った頃の明るさはなかった。

「穂高には、きっと約束を守らせるから」俺はいった。彼女は何とも答えなかった。

穂高が約束を守らなかったことは、もはやいうまでもない。その数ヵ月後には、神林美和子と結婚の約束を交わしていた。それを知った時、俺は準子のことはどうするつもりかと穂高に詰問した。

「俺から説明するよ。仕方がないだろう、二人の女と結婚するわけにはいかない」穂高はいった。

「本当に、きちんと話すんだな」

「ああ、そのつもりだ」面倒くさそうに彼はいった。

だが彼は準子に何の説明もしていなかった。彼女はつい最近まで、自分こそが穂高の妻になれるものと思い込んでいたのだ。

昼間見た、彼女の空虚な目が、俺の脳裏に蘇った。


タクシーが穂高の家の前に着くと、俺は五千円札を運転手に渡し、釣り銭をもらわずに飛び降りた。そして玄関の階段を駆け上がった。ドアは施錠されたままだった。穂高は準子に、家の合鍵を預けたことはなかった。

俺は庭に回った。「パンジーが――」といっていた彼女の台詞を思い出していた。

　庭を見た瞬間、俺は立ち尽くした。

　奇麗に刈られた芝生の上に、白い布が広げられていた。それはよく見ると、浪岡準子の姿だった。彼女は先程見た白い服のままだった。

　違うのは、頭に白いベールをつけていることと、右手にブーケを持っていることだった。ベールは少しめくれ、彼女の痩(や)せた頬を見せていた。

雪笹香織の章

1

海胆のスパゲティは大したことがなかった。塩気が強すぎて、あたしの口には合わない。その後に食べた鱸もそうだ。そのくせ胃袋の中に収めてしまうと、口の中には何の味も残らなかった。上の空で口を動かしているからかもしれない。

駿河直之の携帯電話が鳴る音は、あたしにある種の予感を抱かせた。不意に頭に浮かんだのは、先程見た女性の顔だった。白い服に白い顔。思いつめた目を、穂高誠に向けていた。

凍りついた穂高の表情と、駿河のあわてふためいた態度で、彼女がどういう女性であるのかをあたしは瞬時に悟った。もしも神林貴弘があの場にいなければ、穂高を徹底的に詰問していたところだった。

携帯電話で話をしていた駿河は、やや顔をひきつらせて穂高を呼びに来た。あの女性が何か厄介なことをいいだしたのだろうと、あたしは推測した。それ以外に、神林美和子と食事をしている穂高に席を立たせる理由など思いつかない。彼等にとって、今最も重要な存在は、美和子であるはずなのだ。

「忙しいのね、やっぱり」美和子が、あたしに話しかける。

「そうみたいね」と、あたしは答える。美和子は純真すぎる。疑うということを知らない。穂高誠のような男に対してさえも、だ。それがあたしを苛立たせる。

少しして戻ってきた穂高の顔には、心なしか余裕がないように感じられた。駿河は急用ができて、中座させていただくことになりました、こんな時にまことに申し訳ありません――席につくなり彼はいった。顔は神林兄妹の間を往復している。

「駿河さんも、大変ね」美和子が少女マンガの目をして穂高を見る。

「いろいろと手を広げすぎちゃったものだからね。彼には全く苦労をかけるよ」心にもないことをいい、穂高は明日の花嫁に微笑みかける。自慢の笑顔だ。どんな女も、一度は騙される。

あたしは駿河直之の痩せた顔を思い浮かべ、密かに同情した。どんな事態が起きたのかは不明だが、今頃はきっと穂高の尻拭いをするため、額に汗を流してどこかを走り回っていることだろう。

デザートを食べ終え、コーヒーを飲んでいる時だった。若いウェイターが腰を屈めながら穂高に近づいた。お電話が入っておりますが、と小声で囁く。

「電話?」戸惑ったような顔をした後、穂高は美和子を見て苦笑した。「駿河の奴だな。何かチョンボでもしでかしたかな」

「早く電話に出てあげなきゃ」

「そうだな。じゃ、ちょっと失礼して」穂高は腰を上げた。「すみません、お兄さん、何度も何度も」

いえ、と神林貴弘は短く答える。この美青年が穂高のことを快く思っていないことは明らかだった。食事中も、殆ど言葉を発しなかった。

「何かあったのかしらね」美和子が、少し不安そうな顔をしてこちらを見た。彼女は、幽霊のような顔をした女が、穂高の家の庭に佇んでいたことを知らない。

さあね、とあたしは答えておいた。

間もなく穂高が戻ってきた。その顔を見て、あたしは、尋常でない何かが起きたことを確信した。彼は相変わらず愛想笑いを浮かべていたが、その頰は明らかに強張っていた。視線も落ち着かず、息づかいが荒くなっていることも、あたしの目には明らかだった。

「どうしたの?」美和子が訊く。

「いや、大したことじゃない」穂高が珍しく声をかすれさせた。「さあて……と。そろそろ出ようか」椅子に座ろうとせず、立ったままいった。余程急いでいるらしい。

あたしはわざとゆっくりした動作で、コーヒーカップを口に運んだ。

「まだいいんじゃないですか。何か急ぎの用でも?」

穂高が一瞬あたしを睨んだ。あたしのささやかな悪意を察知したのかもしれない。でもあたしは気づかぬ顔で、残り少なくなったコーヒーを楽しむ。

「やらなきゃならないことが、まだいくつも残っているんだよ。じつは、旅行の準備もこれからでね」

「あたし、手伝いましょうか」美和子が即座にいう。

「いや、君の手は煩わせないよ。そのくらいは自分でできる」それから穂高は神林貴弘を見た。「ええと、ホテルへの道はおわかりですか」

「地図があるのでわかると思います」

「そうですか。では、車を駐車場から持ってきてもらいましょう。キーを貸していただけますか」

神林貴弘から車のキーを受け取ると、穂高は上着の内ポケットに手を突っ込みながら、足早に出口のほうに向かった。

あたしはその彼を追った。

「ここは、あたしが」小声でいった。勘定のことだ。

「いや、いいよ。誘ったのは俺のほうだ」

「でも」

「いいから」穂高は金色のクレジットカードを係の者に渡した。それから別の者にキーを二つ渡し、店の前まで車を持ってくるよう頼んだ。もう一つは、穂高自身の車のものだ。ここへは二台の車に分乗して来たのだった。

「何があったの？」美和子たちのほうを気にしながら、あたしは訊いた。

「別に」穂高は素気なく答えた。目に落ち着きがなかった。

「雪さん」後ろから美和子が、あたしの愛称を呼んだ。「雪さんは、これからどうするの？」

「あたしは」特に予定はなかった。しかしある考えが、瞬間的に閃いた。「あたしは会社に戻る予定です。さっきもらったエッセイを入稿しないとね」

「じゃあ、一緒に乗っていきません？　会社は途中にあるんでしょ」美和子が親切のつもりでいう。

「ごめんなさい、その前に一つ寄るところがあって」あたしは顔の前で掌を立てた。「後でホテルのほうに電話します」

「じゃ、待ってます」美和子は、にっこり笑った。

二台の車が持ってこられるまで、数分かかった。この数分間が、穂高にはひどく長く感じられたようだった。何度も腕時計に目を落としていたし、美和子が話しかけても上の空だったからだ。

穂高は神林兄妹を、追い立てるようにボルボに乗せた。

「それじゃ、明日」車の窓越しに美和子がいう。

いのはさすがだ。

「うん。今夜はゆっくり休むといいよ」穂高が笑顔で答える。こんな時でも、仮面を外さないのはさすがだ。

ボルボが角を曲がって見えなくなると、それと同時に穂高の顔からも笑顔が消えた。彼はあたしのほうを見ることもなく、自分のベンツに向かって歩きだした。

「お急ぎのようね」背中に声をかけてみた。聞こえていないはずはなかったが、彼は振り返らなかった。

彼のベンツがエンジン音を響かせて走り去るのを見送ってから、あたしは反対方向に歩き始めた。なかなかタクシーの空車が通りかかってはくれなかった。十分以上経ってから、ようやく一台見つかった。あたしは即座に片手を上げた。

「石神井公園のほうへ」と、あたしはいった。

何をしているんだろう、と窓の外を流れる景色を眺めながら考えた。外はもう夜の色になっている。

穂高誠の、薄い唇のことを思い出した。少し尖った顎、形の良い鼻、奇麗にカットされた眉のことを思い浮かべた。

ほんのいっときだが、夢を見た時期がある。穂高の妻になる夢だ。一生仕事は辞めないつもりでいたが、あの時だけは一日中エプロンをつけている自分の姿を想像した。おめでたかった、としかいいようがない。

　穂高誠の担当になったのは、文芸部に移って二年目のことだった。多才な作家というのが、あたしの彼に対するイメージだった。しかし初めて会った時、全く別の印象があたしの脳裏に刻みこまれた。それは今となっては笑ってしまうしかないことだが、男性としても素敵な人、というものだった。

　彼がいつからあたしを女として見るようになったのか、あたしにはわからない。だがたぶん最初に会った時から、いつかはものにしてやろうと考えていたのではないかと思う。それほど彼は見事に、そして着実にあたしの心を摑んでいった。コンピュータが着実にプログラムをこなしていくようなものだ。

「僕の部屋で飲み直さないか」こういわれたのは、仕事の打ち上げで食事をした後に、銀座のショットバーでカクテルを飲んでいる時だった。彼はホステスがいるような店は好まない。少なくとも、あたしにはそういっていた。

　当時彼はまだ結婚していた。それで新宿に仕事場を借りていた。家庭と仕事の区別をつけたいというのが、その理由だった。

　断る理由などいくらでもあった。また、一言断れば、この男は決してしつこく誘ってこないだろうという確信もあった。だが、今後二度とこのように誘ってくることもないだろうとも思った。

結局そのまま彼の部屋に行った。飲み直すのが目的だったはずだが、実際に彼の部屋で口にしたのは、バーボンの水割りをグラス半分ほどだった。すぐにベッドに入ってしまったからだ。

「あたし、遊びではこういうことしないんですよ」と、あたしはいった。

「僕もだ」と穂高も応じた。「だから、覚悟を決めておけよ」とも。よくいえたものだ。離婚することを穂高から聞かされたのは、それから三ヵ月ほど経ってからだ。すでにあたしとの関係は、本格的なものになっていた。

「前から、うまくいってなかったんだ。君とのことが原因じゃない。だから気にするな」

離婚の理由を訊くと、彼は少し怒った口調でこう答えた。この答えに、あたしは感激さえした。あたしのことを気遣って(きづか)くれていると思った。

さらに次の言葉が、あたしを舞い上がらせた。

「もっとも、君がいなければ、僕も決心できなかったかもしれない」

この話をした時、あたしたちはホテルの喫茶室にいた。もしも二人きりの部屋の中だったら、いやたとえ喫茶室でも周りに人がいなければ、あたしは彼の首に抱きついていたことだろう。

それから足掛け三年、あたしたちの関係は続いた。正直なところ、あたしは彼がプロポーズしてくれるのを待っていた。だが自分から、それを催促(さいそく)するような態度は、一度としてとらなかった。離婚してからどれほどの時間が経てば、世間的に体裁が悪くなくなるものなのか、あたしには全くわからなかった。それに自分でも損な性格だと思うのだが、結婚をいいだすには、ある種のプライドを捨てる必要があった。せいぜい冗談めかして、一生編集者なんかやってるより、どこかで永久就職でもしちゃったほうがいいのかなあ、という程度だ。するとと穂高誠は、そんなつもりは全然ないくせに、と笑いながら答えるのだった。君が家庭なんかに収まっていられないタイプだってことは、よく知ってるよ、とも。そんなふうにいえば、それ以上あたしが結婚に固執した台詞を口にしないことを見抜いていたのだ。

これから一体どうなっていくんだろうと、いい加減に不安になってきた頃、彼から意外なことを頼まれた。神林美和子を紹介してほしい、というのだった。

美和子は元々、あたしの妹の友達だった。その妹が、彼女の詩を見せてくれたのが、すべての始まりだった。あたしは美和子の詩にこめられた、情熱、悲しみ、切なさに魅せられた。そしてこう思った。これは必ず商品になる、と。

無名の女性の詩集を出版することなど、本来ならば考えられないことだった。しかしあたしの企画は会社で認められた。難色を示した上司たちも、神林美和子の詩には、何か引かれるものを感じたらしかった。

しかし率直にいって、あれほど売れるとは夢にも思わなかった。少しでも話題になればいい、というのが当初の目論見だった。詩集の中のフレーズが流行語になったり、パロディ本が次々に出版されることなど、全く予想外の事件だった。

瞬く間に神林美和子は時の人になった。テレビ出演の話なども舞い込んでくる。当然、他の出版社も競って接触を始めた。

だが美和子は、あたしに勝手に仕事をすることはなかった。常にあたしを連絡係にし、どんな仕事も、あたしを通さなければ彼女に伝わらないという形を望んでくれた。現在あたしが他社の人間からも一目置かれているのは、神林美和子を押さえている、という事実があるからに相違なかった。

どうして彼女に会いたいの、とあたしは穂高に訊いた。興味があるからさ、いいだろう紹介してくれるぐらい、と彼は答えた。あたしのほうに、強く拒否する理由は思いつかなかった。ただ、何となく嫌な予感はした。

たぶん穂高のほうにも、最初から彼女をものにしようなどという気はなかったはずだ。映画のほうの仕事に彼女を利用できればいい、という程度の考えだったと思う。彼が何とか映画で挽回したいと思っていることは、あたしにもわかっていた。

ところが、事態はあたしの思いもよらなかった方向に転がりだした。最初にそれを感じたのは、美和子から電話がかかってきた時だった。穂高さんから食事を誘われたが、どうしたらいいだろう、というものだった。その口調から、彼女自身は行きたがっているということを、あたしは察知した。そのことが、余計にあたしを苛立たせた。

あたしは穂高誠に連絡を取った。どういうつもりなのかと問い詰めるためだった。彼はあたしから連絡があることを半ば予想していたらしく、驚いた様子は見せなかった。

「仕事に関することなら、あたしを通してちょうだいといっておいたはずよ」

あたしがいうと、彼は予め決めていたようにきっぱりといった。

「仕事の話じゃないよ。個人的に、彼女と二人きりで会いたかったんだ」

「それはどういう意味？」

「深い意味なんかはないよ。彼女と食事をしたかった。それだけのことだ」

「ねえ」あたしは必死で心を鎮めながら訊いた。「あたしの頭が悪いのかもしれないから、誤解していたらごめんなさいね。あなたの言い方を聞いていると、神林美和子という女性に興味を持っているように聞こえるんだけど」

「誤解じゃないよ。そのとおりだ」彼はいった。「彼女に興味がある。女性として」

「よくそんなことが平気でいえるわね」

「じゃあ訊くが、君以外の女性を好きになってしまった場合、俺はどうすればいいんだ。それでも君に義理立てして、我慢しなくちゃならないのか。結婚しているわけでもないのに」

結婚しているわけでもない——この言葉は、あたしの胸の奥に深く沈んだ。

「好き……なわけね。彼女のことが」

「好意を持っているのはたしかだ」

「彼女は、あたしが担当している作家なのよ」

「たまたまそうだ、というだけのことじゃないか」

「つまり」あたしは唾を飲み込んだ。「あたしはふられたということかしら」

「神林美和子という女性に対する気持ちが、今後どれほど強くなるかは俺にもわからない。だけど彼女と二人で食事をするためには、君と別れなければならないということであれば、そうするしかないだろうな」

「よくわかったわ」

以上が、三年近く続いた関係に終止符を打った時の会話だ。穂高は美和子を誘った時から、こうなることを計算していたに違いない。あたしが泣き喚いたり、ごねたりしないことも彼は見越していた。見越されていると知りつつ、あたしにはほかの対応ができなかった。

彼が計算していたことは、もう一つある。それは、あたしが決して二人の関係を美和子には話さないだろうということだった。話さないだけでなく、彼が美和子に接近しようとするのを邪魔することもないだろうと読んでいた。

実際そのとおりだった。あたしは神林美和子には何も教えなかった。何度か彼女から、「穂高さんてどういう人？」と訊かれたが、あたしは決して自分の本音を口に出さなかった。仕事でしか付き合いがないから、よくわからない——これで押し通したのだ。

プライドを捨てられなかった、ということはもちろんある。だがもう一つ、全く別の理由から、神林美和子が男性と交際するのを邪魔したくないという思いがあった。

その理由とは、神林貴弘のことだ。

あの男の美和子に対する愛情の質が、妹に向けるものと違っているということは、初めて会った時に感じた。それまで美和子から彼の話を聞いていて、じつは奇妙な印象を抱いていたのだが、その正体を知った気分だった。つまり、彼女のほうも実の兄に対して特殊な感情を持っている、とあたしは睨んだのだ。その考えは、今も修正されていない。彼女のあの独特の感性、表現力の源も、あるいはそこから発せられたものかもしれないと、あたしは考えている。

そんな美和子が兄以外の男性に興味を持つことは、大切なことだと思う。それによって、新しい人生観を得られるに違いないからだ。彼女が凡庸な女性になってしまい、才能に影響が出るとは思えなかった。彼女の持つ力は、そんなやわなものではない。それにもしそういうことになったとしても、それは仕方のないことだと思う。貴重なものを手に入れるための犠牲だったということだ。一編集者が、本が売れなくなるというだけの理由で、彼女の人生の転換に口出しするわけにはいかない。美和子のことを、あたしは大好きなのだ。幸せになってほしいと願っている。

それだけに――。

穂高誠が、今後どれだけ誠実さを発揮してくれるかということは、あたしにとっても大事な問題だった。あたしが彼や美和子のために犠牲にしたものは、あまりに大きい。彼が単にあたしを利用しただけであったのなら、あたしは決して彼を許しはしない。

前方に穂高の家が見えてきた。あたしはそっと、自分の下腹部に手をあてた。そこが少し痛むような気がしたからだ。

「ここで止めてください」と、あたしは運転手にいった。

2

すっかりあたりは暗くなっていたが、穂高の家の門灯は消えていた。家の前に、彼のベンツが止まっている。しかし車の中に人影はなかった。

門のすぐ横にある郵便受けに、回覧板が差し込んだままになっていた。これを抜き取る余裕も今の穂高にはないということらしい。あたしはインターホンのボタンを押しそうになり、あわてて手を引っ込めた。彼にとって都合のよくない事態が起きているのであれば、門前払いにされるだけだった。

あたしは門扉をそっと押した。それは抵抗なく内側に開いた。足音を殺し、玄関の階段を上がると、庭のほうに回った。

高い塀に囲まれているせいで街灯も届かず、庭は暗かった。それでもリビングルームから明かりが一筋漏れている。

あたしは足元に用心しながら進んだ。ガラス戸にはカーテンがひかれていた。しかしわずかに隙間が出来ているため、光が漏れていたのだった。あたしはその隙間に顔を近づけた。穂高誠の姿が見えた。彼は大きな段ボール箱にガムテープを貼っていた。箱は洗濯機用のものだった。新生活を前に、電化製品をいくつか新しくしたという話を、神林美和子から聞いていた。洗濯機も、その一つなのだろう。

しかし今頃それの段ボールを組み立てているというのは、どう考えてもおかしかった。しかも穂高の顔には、全く余裕が感じられなかった。久しく見たことがないくらい、真剣そのものの表情になっている。あたしは狭い隙間にできるだけ目を近づけ、中で何が起きているのかをたしかめようとした。だがほかには目を引くものはなかった。

その時表で車の止まる音がした。誰かが玄関の階段を上がっている。さらにドアを開け、中に入った音がした。リビングルームの穂高に、あわてた様子は見えないから、誰が来たのかはわかっているのだろう。

やがてリビングルームに現れたのは、思った通り駿河直之だった。駿河の顔も険しかった。あたしからは離れていて見えるはずもないのだが、目が血走っているのさえわかるようだった。

二人は少し言葉を交わした後、突然こちらを向いた。さらに穂高のほうが、つかつかと大股で歩いてきた。

見つかったのかと思い、あたしはあわてて玄関とは反対の方向に移動し、家の陰に身を隠した。その直後、ガラス戸の開けられる音が聞こえた。

「こっちから出すしかないかな」穂高の声だ。

「そのほうがいいだろう」と駿河。

「じゃあ、運ぶか。車は表に置いてあるんだな」

「ああ。ところでこの箱、底が抜けないだろうな」

「大丈夫だ」

少ししてから覗(のぞ)き見ると、二人の男が先程の段ボール箱を前と後ろで抱えて、リビングルームから出てきた。前が駿河、後ろが穂高だった。

「意外と軽かったな。これなら一人でも何とかなるんじゃないか」穂高がいっている。

「じゃあ、おまえ一人でやれよ」駿河が答える。怒っている口調だった。

ガラス戸を開けたままだったので、どちらかが戻ってくるに違いなかった。それであたしは、もうしばらくここにいることにした。

思った通り、穂高がすぐに戻ってきた。あたしは顔を引っ込めた。彼が庭からリビングルームに入り、ガラス戸を閉める音がした。陰から覗いてカーテンが閉まっていることを確かめて、あたしは玄関に回った。

家の前にキャラバンが止まっていた。その運転席に座っているのは駿河のようだ。さっきの段ボール箱は、この車の荷台に積まれているのだろう。

玄関のドアの開く音がした。さらに施錠(せじょう)する音。穂高が階段を下りていく。

「管理人は？」穂高が訊く。

「めったにいない。今日にかぎって、いるということはないだろう」

「部屋は三階だといってたな。エレベータから遠いのか」

「一番手前だ」

「助かった」

穂高も自分のベンツに乗り込んだ。それを待っていたようにキャラバンのエンジンがかけられた。まずキャラバンが発進し、少し遅れてベンツも動きだした。

あたしは庭から玄関前に出て、階段を下りた。二台の車のテールランプは見えなくなっていた。

少し考えてから、あたしは自分の手帳を取り出した。アドレスの頁(ページ)を開き、駿河直之の名前を探した。二人のやりとりから何となく、行き先が駿河のマンションであるような気がしたからだ。

駿河のマンションも練馬(ねりま)区内にあった。だがマンションの部屋番号が五〇三となっているのが気になった。先程穂高は、部屋は三階、といっていたからだ。

考えていても仕方がないので、あたしは再び車を拾えそうな通りまで歩くことにした。

タクシーの運転手に住所を告げると、目白通りから少し入ったところで降ろされた。すぐそこが図書館ですよ、と運転手はいった。

電柱に取り付けられた住所表示を見ながら歩いていると、すぐそばの路上に、見慣れたベンツが止めてあるのが目にとまった。穂高の車に間違いなかった。

あたしは周囲を見回し、それらしきマンションを見つけた。五階建てか六階建ての、こぢんまりとした建物だった。

表に回ると、正面玄関に先程のキャラバンが止めてあった。後ろの荷台が開いたままになっている。二人の姿はない。

玄関を見ると、オートロック式と思われるドアが、開いたままになっていた。今なら入っていける、そう思った時だった。その向こうに見えるエレベータの扉が開いた。

乗っているのが穂高と駿河だとわかった瞬間、あたしは駆け出していた。路上駐車している車があったので、その後ろに隠れた。

二人は、お互いには全く面識がないという顔でマンションから出てきた。穂高は足早に去り、駿河はキャラバンの荷台のほうに回った。彼は折り畳んだ段ボール箱を持っていた。それを荷台に載せ、後部ハッチを閉めた。

キャラバンが発進し、建物の角を曲がるのを見届けると、あたしは車の陰から出た。マンションの前に立って玄関を覗く。オートロックのドアは、依然として開放されたままだった。

あたしは意を決して中に入った。エレベータに乗り、迷うことなく3のボタンを押した。エレベータを降りると、すぐ正面にドアがあった。表札は出ていない。インターホンがついていたので、そのボタンを押した。押してから、相手が出た場合、何といえばいいだろうと考えた。穂高や駿河のことを知っているか、とでも訊けばいいだろうか。

だがこの思考は無駄に終わった。何の反応もなかったからだ。あたしはドアの隙間を見た。鍵がかかっているなら見えるはずの金具が、見えなかった。

迷いつつ、あたしはドアノブを握り、回した。そして引いた。

白のサンダルが靴脱ぎにほうりだしてあった。まずそれが見えた。あたしはゆっくりと視線を伸ばしていった。入ってすぐのところは三畳ほどのキッチンだ。その先に部屋がある。

そこに誰か倒れているのが見えた。

3

白いワンピースを着ていた。見覚えがあった。昼間穂高の家の庭に現れた、幽霊のような女性だ。

あたしは靴を脱ぎ、おそるおそる近づいていった。じつはあたしの頭には、ある予想が立てられていた。それは穂高の家で、彼が段ボール箱を組み立てているのを見た時から、漠然と考えていたことだった。だがそれはあまりに不吉で、しかも信じがたいことだったため、それ以上考えを進めるのを自分で拒絶していたのだ。

木目調のクッションフロアーを敷いたキッチンに立ち、あたしは奥の部屋で倒れている女性を見下ろした。青白い横顔には、生気というものが全くなかった。

あたしは自分の胸を押さえ、呼吸を整えようとした。心臓の鼓動が速すぎるせいか、それとも極度の緊張からか、胃袋から何かがこみあげてくる感覚があった。そのくせ、こういう機会はめったにないのだから、瞼によく焼き付けておかなくてはなどと、編集者らしい考えがふと湧いてきたりもするのだ。

奥の部屋は六畳ほどの広さの洋室だった。小さなクローゼットがついているが、それだけでは洋服が入りきらないのか、その前にブティックハンガーが置かれており、そこにもびっしり洋服がかけられていた。その反対側の壁には、鏡台と本棚がある。

倒れている女性のそばに、ガラス製のセンターテーブルが置いてあった。その上に載っているものが気になって、あたしはもう少し近寄った。

そこにはまず一枚の紙が広げてあった。新聞のチラシの裏に、ボールペンで字が書いてあるのだ。文面は次のようなものだった。

『こんな形でしか、私の心を伝えることができません。
先に天国で待っています。
あなたもきっと、すぐに来てくださるものと信じています。
私の姿、瞼に焼きつけておいてください。
準子』

これは遺書にほかならない。文中の『あなた』が穂高を指していることは疑いようがなかった。

また遺書の横には、見覚えのある瓶が置いてあった。穂高が常用している鼻炎用カプセルの瓶だ。

さらにそのそばに、白い粉の入った瓶がある。ラベルは市販のビタミン剤のものだったが、中の粉がビタミン剤でないことは明らかだった。この製品は本来、赤い錠剤のはずなのだ。

そしてその瓶の横に、二つに分解された空のカプセルが落ちていた。いうまでもなく穂高の鼻炎用カプセルと同じものだ。

あたしは、はっとした。鼻炎薬の瓶を開け、中のカプセルを掌に出した。カプセルは八錠入っていたが、目をこらしてみると、どれも一旦分解されているように見えた。しかも、うっすらと白い粉が付いている。

つまり——。

これらのカプセルの中身は、この白い粉に詰め替えられているということか。

その時だった。外のエレベータから人が降りる気配がした。あたしは直感的に、穂高か駿河のどちらかが戻ってきたのではないかと思った。

咄嗟にカプセルを一つ上着のポケットに入れ、残りを瓶に戻した。それからあたしはブティックハンガーの後ろに隠れた。今日は隠れてばかりだ。

腰を屈めると同時に、ドアが開けられた。誰かが入ってくる足音がする。あたしは吊された洋服の間から様子を窺った。駿河が疲れた顔で立っていた。その目がこちらに向けられそうになったので、あたしはさらに頭を低くした。

しばらくすると、すすり泣きが聞こえてきた。じゅんこ、じゅんこ、と呟いている。あの駿河直之のものとは思えぬほど、細く弱々しい声だった。まるで小さな子供が物陰で泣いているようだった。

それからかすかな音が耳に入った。瓶の蓋を開ける音だ。

どんな様子なのかと思い、もう一度顔を上げようとした時だった。上のほうに引っかけてあっただけの帽子が、ぽとりと落ちた。駿河の声が、ぴたりと止んだ。

恐ろしいほどの沈黙。彼の細い目が、こちらを見ているのがわかる。

「ごめんなさい」そういってあたしは立ち上がった。

駿河直之は、目をいっぱいに見開いていた。頬が濡れているのがわかる。床に両膝をついた状態で、右手は女性の肩に載せられていた。その手には手袋がはめられていた。

「ゆき……ざさ……君」ようやくといった感じで彼は声を出した。「どうして……ここに？」

「ごめんなさい。あなたたちの後をつけたの」

「いつから？」

「ずっとよ。穂高さんの様子がおかしかったから、彼の家に行ったの。そうしたらあなたたちが大きな箱を運ぶのが見えて……」ごめんなさい、とあたしはもう一度小声でいった。

「そういうことか」駿河の全身から力がふっと抜けるのがわかった。それから倒れている女性に目を向けた。「この女性は死んでいる」

「そうみたいね。彼の……穂高さんの家で死んだの？」

「庭で自殺したんだ。その直前に、俺に電話をかけてきた」

「ああ、あの時……」

「察しがついてると思うけど、穂高と付き合っていた女性だ」駿河は指先で目の下をこすった。涙の跡を消しているつもりらしい。「彼の結婚がショックで、自殺したというわけさ」

「かわいそうに。あんな男のために」

「全くさ」駿河は太いため息をついた。さらに頭をかきむしる。「あんな男のために、死ぬことなんてなかったんだ」

好きだったの、この女性のこと――そう訊きたいところだった。もちろん訊けるはずはない。

「それで、どうして死体をここに？」

「穂高の命令さ。明日は晴れの結婚式だっていうのに、家の庭で自殺しているのが人に知られたりしたら、たまったものじゃないというわけさ」

「なるほどね。で、警察にはいつ知らせるの？」

「知らせない」

「えっ？」

「知らせないんだってさ。自然に誰かに発見されるのを待つというわけだ。穂高としては、準子と自分の間には、何の関係もなかったことにしたいらしい。何の関係もないわけだから、ここで死んでいることにも気づかないのが当然だってさ」駿河の頬が、苦しげに歪んだ。「新婚旅行を警察に邪魔されたくないんだろう」

「ふうん」

黒い雲が、徐々にあたしの心を包みつつあった。異常な事態でありながら、意外に平静に話をする自分と、次第に混乱していくもう一人の自分がいた。

「準子さん……ていうのね」遺書に目を落として、あたしはいった。

「ナミオカジュンコ。浪速の浪に、岡山の岡」ぶっきらぼうに駿河はいう。

「準子さんの自殺の動機を、警察は調べるわよ。穂高さんとの関係も、突き止められてしまうんじゃない？」

「何ともいえないが、突き止めるかもしれないな」

「そうなったら、ごまかしようがないわよ。彼はどうするつもりなのかしら」

あたしが訊くと、不意に駿河直之は笑いだした。あたしはぎょっとして彼の顔を見た。気が変になったのかと思った。しかしよく見ると、その笑いは作られたものだった。

「俺だったってことにするらしい」

「えっ？　どういう意味？」

「彼女と付き合っていたのは、俺だったってことにしようとさ。で、俺は彼女に飽きて捨ててしまったわけだ。彼女はそのことにショックを受け、自殺した――そういうことだってさ」

「へえ……」よく思いつくものだ。純粋に感心する。

「この遺書、彼女のそばに落ちていたんだけどさ、宛名が書いてないだろう？」

「そうね」

「本当は書いてあったんだよ。一番上に、穂高誠様へってね。だけど穂高がカッターナイフで奇麗に切り取ったってわけだ」

「ふうん」あたしは思わず頭を振っていた。「あなた、それでいいの？」

「よくはない」

「でも、したがうわけね」

「したがわないつもりなら、死体をここまで運んできたりはしない」

「……そうね」

「一つ、約束してほしいことがある」駿河があたしの顔を見ていった。

「何？」

「今聞いたことは、このマンションを出たらすぐに忘れてほしい」

あたしは軽く笑って見せた。

「あたしが警察にしゃべったら、何の意味もないものね」

「約束してくれるな」駿河はあたしの目を覗き込んでくる。

あたしは小さく頷いた。この男の忠誠心に協力したかったからじゃない。切り札を持っていたかったからだ。

「じゃあ、一刻も早くここを出よう。ぐずぐずしていて、誰かが訪ねてきたりしたら面倒だ」駿河は腰を浮かせた。

「一つ教えて。準子さんと穂高さんは、どれぐらい付き合っていたの？　どれほどの仲だったの？」

「期間はよく覚えてない。一年よりも長いことはたしかだ。つい最近まで付き合っていた。

何しろ彼女のほうは、まだ自分が穂高の恋人だと信じていたんだからな。どれほどの仲かっていうと、彼女が結婚を考えていたほどの仲だよ。なんせ妊娠したことがある」

「えっ……」

「もちろん堕胎したけどね」そういってから駿河は頷いた。

またしてもあたしの心の中で黒い雲が広がった。妊娠――あたしは自分の下腹部に手をあてる。あの悲しい痛み。あれをこの女性も経験したのか。

あたしが妊娠したとわかったのは、穂高と別れた直後だった。しかしそのことを彼には話さなかった。妊娠を武器に、彼の心を取り戻そうとは思わなかった。またそれで心を変える男でないことも、あたしは知っていた。

だがそんなふうにあたしが苦しんでいた時、あの男は美和子以外にも、女を持っていたのだ。それだけでなく妊娠までさせていた。あの男にとってあたしは、結婚する気もないのに妊娠させてしまった女たちの一人にすぎないのだ。

「さあ、行こう」駿河があたしの腕を持った。

「彼女の死因は……」

「たぶん服毒自殺だろう」

「その白い粉が毒なの？」テーブルの上をあたしは見た。

「おそらくね」

「横にあるのは穂高さんが飲んでいるのと同じ薬ね。でもカプセルの中身は鼻炎薬じゃないみたい」

あたしがいうと、駿河はふっと吐息をついた。

「見たのか」

「さっき」

「ふうん」彼はカプセルの入った瓶を手に取った。「彼女が持っていた紙袋の中に入っていた」

「どうしてそんなものを作ったのかしら」

「そりゃあもちろん……」そこまでいったところで駿河は口を閉じた。

代わりにあたしが続きをいってやることにした。

「穂高さんに飲ませようとしたわけね。家の中にある本物の鼻炎薬とすり替えて」

「たぶんそうだろう」

「でも、うまくいかなかった。それで一人で死ぬことにしたわけね」

「彼女がそういうつもりだったなら」駿河は呟いた。「すり替えのチャンスを与えてやったのにな」

あたしは彼の顔を覗き込んだ。「本気でいってるの?」

「どう思う?」

「さあ」あたしはちょっと両肩を上げる。

「行くぞ。長居は危険だ」駿河は腕時計を見てから、あたしの背中を押した。

あたしが靴を履くのを、彼はじっと見つめていた。

「なるほど、それは君の靴だったんだな」駿河はいう。「彼女はフェラガモなんか履かなかったもんな」

浪岡準子のことをよく知っているのだな、とあたしは思った。

「触ったところはないか」と彼は訊いた。

「えっ？」

「指紋が残っているとまずいから」

「ああ」あたしは頷く。「ドアのノブに……」

「じゃあ、不自然だけど仕方がないな」彼は手袋をはめた手で、ノブをこすった。

「それからさっきの瓶」

「それはまずい」

駿河は鼻炎用カプセルの瓶を一旦拭いてから、倒れている浪岡準子の手に一度握らせた。

そしてテーブルの上に戻した。

「そうだ。これを持っていかないと」彼はそばの壁のコンセントに差し込んであったコードを引き抜いた。携帯電話の充電器のコードだった。

「ケイタイの充電器をどうするの？」とあたしは訊いた。

「彼女が俺に電話するために使ったケイタイは、穂高が前に買ってやったものだそうだ。名義も穂高のままだし、支払いも奴がしていたらしい。解約手続きをするつもりだったのが、延び延びになっていたんだってさ。もっとも彼女のほうも、殆ど使ってはいなかったようだがね」

「これを機に回収するというわけね」

「まあそういうことだ。それにそのケイタイが見つかると、警察が発信記録を調べるかもしれない。そうなったら、昼間彼女が俺に電話したことがばれて、話が面倒になる」

「いろいろと大変ね」

「全くだよ」

部屋を出てドアを閉じると、駿河はそのままエレベータの前に立った。

「鍵はかけなくていいの？」あたしは訊いた。

「鍵をかけると、そのかけた鍵をどうするかという問題が残る。部屋の中にないとおかしいだろ？」駿河は唇を曲げた。「穂高の奴、合鍵を持っていなかったんだ。この部屋に来たこともないらしい。まるでこうなることを予想していたみたいにね」

エレベータに乗っている間に、駿河は手袋を外した。その横顔を見ながら、あたしは先程彼がカプセルの入った瓶を手にした時のことを思い出していた。

もしもあたしの見間違いでなければ、瓶の中のカプセルの数は六つだった。
あたしは上着のポケットをそっと触った。カプセルの感触があった。

神林貴弘の章

1

ホテルのチェックインを済ませ、一旦それぞれの部屋に荷物を運んだ後、僕たちはすぐに部屋を出た。明日の準備のため、美和子が美容室に行かねばならなかったからだ。

どれぐらい時間がかかるんだろう、と僕は訊いた。二時間ぐらいかな、と美和子は首を傾げながら答えた。

「じゃあ僕は本屋にでも行ってくる。その後は、一階のコーヒーラウンジにいると思う」

「部屋で待っていればいいのに」

「一人でいたって、退屈なだけだよ」

美和子が花嫁になる準備をするのを、狭い部屋で白い壁を見つめながら待つなんてことは、とてもできなかった。想像しただけで、ぞっとする。しかしそんな思いを彼女に打ち明けるわけにはいかなかった。

一階のエレベータホールの前で美和子と別れると、僕はホテルを出た。ホテルの前の道は坂道になっている。それを下りきったところに、車の通りの激しい交差点があった。交差点の向こうに、書店の看板が見えた。

本屋は混んでいた。サラリーマンやOLと思われる男女が主だった。しかし彼等が集まっているのは雑誌売場にかぎられていたから、僕は文庫本のコーナーで、今夜眠る前に読むのに適していそうな本を探した。選んだのは、マイクル・クライトンの上下本だった。これなら、仮に今夜一晩中眠れなくても、読み終えてしまうことはないだろうと思ったのだ。

本屋を出た後、近くのコンビニエンスストアに入り、アーリー・タイムズの小さなボトルを一本と、チーズ入りの蒲鉾とポテトチップスを買った。アルコールにはあまり強くない僕が、ハーフサイズとはいえこのバーボンのボトルを一本空にしてもまだ眠れなかったとしたら、後はもう諦めるしかない。

コンビニの袋を手に、僕はホテルに戻ることにした。出た時とは違う道を帰ったので、ホテルの裏側に出た。塀に沿って歩きながら、僕は建物を見上げた。地上三十階以上ある高層建築のホテルは、夜空に突き刺さる太い柱のように見えた。美和子が明日結婚式を挙げる教会というのは、どのあたりにあるのだろう。披露宴会場はどこだろう。そんなことを考えながら見上げていると、美和子がとてつもなく遠い存在になってしまうような気がした。そしてたぶんそれは気のせいではなく、事実なのだ。

小さく吐息をついてから、僕は再び歩きだした。その時、目の端で何かが動いた。見ると、白と黒の斑柄の痩せた猫が、両足を揃えて道路の端に座っていた。猫のほうも僕を見ていた。病気でも持っているのか、左側の目がヤニだらけだった。

僕はコンビニの袋からチーズ蒲鉾を取り出し、一切れちぎって投げた。猫は少しだけ警戒の色を見せたが、すぐに蒲鉾に近づき、くんくんと臭いを嗅いでから食べ始めた。

この猫と、今の自分と、どちらがより孤独だろうと僕は思った。

ホテルに戻ると、一階のコーヒーラウンジに入り、ロイヤルミルクティーを注文した。時刻は午後七時を少し過ぎたところだった。僕はマイクル・クライトンの文庫本を取り出し、読み始めた。

午後八時ちょうど頃、美和子が現れた。僕は彼女に向かって小さく右手を上げて立ち上がった。

「終わったのかい?」レジカウンターに伝票を出しながら、僕は訊いた。

「うん、一通り」と彼女は答えた。

「どういうことをやったんだ」

「爪を塗って、顔を剃って、髪を巻いて……その他いろいろ」

「手間がかかるものだな」

「まだまだ序の口。これからが大変なんだから。明日は早起きしなきゃ」

美和子は長い髪を上げていた。そして眉を整えたからか、目元のあたりが、いつもより引き締まって見えた。花嫁の顔にされてしまうのだなと思うと、いいようのない焦燥感が胸に広がった。

ホテルの中にある日本料理店で夕食をとった。僕たちはあまりしゃべらなかった。交わした言葉といえば、料理の感想ぐらいだ。

それでも食後に日本茶を飲んでいる時、美和子がいった。

「今度、お兄ちゃんと二人だけで食事するのは、いつになるかな」

「さあ」僕は首を傾げた。「もう、ないんじゃないか」

「どうして?」

「どうしてって、これから美和子は穂高さんとずっと一緒なわけだから」

「結婚したって、あたし一人で行動することだってあるわよ」そういってから美和子は何かに気づいたような顔をした。「ああ、そうか。お兄ちゃんのほうだって、そのうちに一人じゃなくなるかもしれないものね」

「えっ?」

「結婚するでしょ。いつかは」

「ああ」僕は湯飲み茶碗を口元に運んだ。「そんなこと、考えたこともないな」

それから僕はホテルの庭園を見下ろせる窓に目を向けた。庭園には遊歩道が作られており、そこを一組の男女が散歩していた。

窓ガラスの表面に焦点を合わせると、美和子の顔が反射して映っていることに気づいた。彼女は頬杖をつき、斜め下を見つめていた。

「ああ、そうだ」美和子がバッグを開け、パッチワークで作った袋を取り出した。

「何だい、それ」と僕は訊いた。

「旅行用の薬袋。あたしが作ったの」そういって彼女は袋の中から錠剤の包みを二つ摘みだした。「今日はお昼も御馳走を食べすぎちゃったから、気をつけないとね」

美和子は仲居さんから水をもらい、丸く平たい胃腸薬を二つ飲み込んだ。

「ほかにはどんな薬が入ってるんだ？」

「ええとね」美和子は薬袋の中身を、掌の上に移した。「風邪薬と乗り物酔いの薬、バンドエイド……」

「そのカプセルは？」小さな瓶を指して僕は訊いた。中に白いカプセルが入っている。

「ああ、これは鼻炎用のカプセル」美和子は瓶をテーブルの上に置いた。

「鼻炎用？」瓶を手に取り、僕は問い直した。十二錠入り、とラベルには印刷されている。瓶の中には十錠残っていた。「美和子、鼻炎なのか」

「あたしじゃなくて、彼が飲むの。アレルギー性鼻炎なんだって」そういってから彼女は、胸の前でぽんと手を叩いた。「いけない。さっきバッグの中を整理した時、ピルケースを出したままにしちゃったみたい。後で薬を入れておかなきゃ」

「ピルケースというと、昼間、穂高さんがリビングボードの引き出しから出してきたやつかい？」

「そう。明日、式が始まる前に渡さないと」

「ふうん……」

「あたし、ちょっとお手洗いに行ってくるわね」美和子は立ち上がり、店の奥へ歩いていった。

僕は手の中の瓶を見つめた。穂高誠の常備薬を、美和子が持っている理由を考えた。一緒に旅行に行くのだから、彼女が二人の薬を一括して持っていることは不思議ではない。しかし何か釈然としないものを僕は感じていた。つまりこの事実が何かを象徴しているからだろう。そして僕はいい加減うんざりしていた。こんな些細なこと一つで、すぐに気持ちを乱してしまう自分自身に対してだ。

店を出ると、僕たちはそれぞれの部屋に戻ることにした。時刻は十時を過ぎていた。

「僕の部屋で、少し話をしないか」美和子の部屋の前まで来たところで僕は提案した。僕たちの部屋は隣同士だった。どちらもシングルだ。「バーボンもあるし、おつまみもあるし」

そういってコンビニの袋を持ち上げた。

美和子は微笑んで、僕と白い袋を交互に眺めた。それからゆっくりと首を振った。

「雪笹さんと誠さんに電話することになっているの。それに、今日は早めに休むつもり。少し疲れちゃったし、明日は朝が早いから」

「そう。それがいいかもな」心とは裏腹に、僕も微笑んでいた。いや、微笑んでいるように見えたかどうかは、僕にはわからない。不自然に頬がひきつったようにしか、美和子には見えなかったかもしれない。

彼女は金属プレートの付いた鍵をバッグから取り出し、ドアの鍵穴に差し込んだ。そしてそれを捻り、ドアを押し開いた。

「おやすみなさい」美和子は僕を見ていった。

「おやすみ」と僕も答えた。

彼女が身体をドアの隙間から室内に滑り込ませた。そしてドアが閉められようとする直前、僕は咄嗟に反対側から押していた。彼女は驚いて僕の顔を見上げた。

僕は美和子の唇を見つめた。最後にその感触を味わったのはいつだろうと考えた。そして、今ここで、その柔らかさだとか温かさをたしかめておきたい衝動に駆られた。僕の目には彼女の唇しか目に入らなくなった。身体の中心が熱くなった。

それでも僕は、必死で自分自身を押し止めようとしていた。無茶をしてはいけない、ここで無茶をしたら、もう一生戻れなくなるぞ。それに対して、僕の中の何かが答える。かまうものか。どこまでも落ちていったほうがいいんだ――。

「お兄ちゃん」その時美和子がいった。これより一秒遅れていたら、僕が何をしでかすかわからないという、絶妙のタイミングだった。

「お兄ちゃん」と彼女はもう一度いった。「明日は、よろしくね。明日は、その……いろいろあるから」

「美和子……」

「じゃ、おやすみなさい」彼女はドアを押し返してきた。かなり強い力だった。

僕はそれを全身の力を使って受けとめた。十センチほどのドアの隙間から、美和子の困惑した顔が見えた。

「美和子」と僕はいった。「おれ、美和子をあんな奴に渡したくない」

美和子の目が悲しげに瞬き(まばた)きをした。それから彼女はまた笑顔を作った。

「ありがとう。娘を送り出す時、父親は大抵(たいてい)そんなふうにいうそうよ」それから彼女は、おやすみ、ともう一度いうと、すごい勢いでドアを押した。今度は僕も止められなかった。固く閉じたドアの前で、僕は立ち尽くすことになった。

2

激しい頭痛と共に、僕の朝は訪れた。何かとてつもなく重いものにのしかかられているように身体が動かなかった。電子音が頭のそばで鳴り続けている。それがホテルに備え付けの目覚まし時計の音だということに、すぐには気づかなかった。気づいてから僕は手探りでスイッチを止めた。身体を少し動かしただけで、頭の中がぐるぐると回った。

続いて吐き気が襲ってきた。胃袋が誰かに雑巾みたいに絞られるような不快感だった。僕は内臓を刺激しないよう、そろそろとベッドから這い出た。そして四つん這いでバスルームに入った。

洋式便器を抱えるような格好で、胃の中のものを吐き出してしまうと、少し楽になった。僕は洗面台にしがみつき、ゆっくりと立ち上がった。前面の鏡に、無精髭を生やした、青白い顔の男が現れた。男は上半身裸だった。昆虫の腹のように、肋骨が浮いていた。男の身体からは、精気のかけらも感じられなかった。

何度も襲ってくる吐き気をこらえながら歯を磨いた後、シャワーを頭から浴びた。肌がちりちりと痛くなるほど、湯の温度を高くした。

髪を洗い、髭を剃ると、なんとか社会復帰できそうな程度には気分がよくなっていた。濡れた髪を拭きながら、僕はバスルームを出た。ちょうどその時、電話のベルが鳴った。「はい、もしもし」

「お兄ちゃん？　あたし」美和子の声だった。「眠ってたの？」

「起きてシャワーを浴びたところだよ」

「そう。朝御飯はどうする？」

「食欲は全くない」僕は窓際に置かれたテーブルの上を見た。アーリー・タイムズのハーフボトルが、半分ほど減っていた。あの程度の酒で、この有り様なのだから情けない。「でも、コーヒーが飲みたいな」

「じゃあ、一緒に下のラウンジに行かない？」

「いいよ」

「二十分ほどしたらノックするから」そういって彼女は電話を切った。

受話器を戻し、僕はカーテンに近づいた。それを思い切って開くと、白い光が室内に溢れ込んできた。僕の心の闇までも、照らされてしまうような気がした。

苦しい一日になるに違いない、と僕は思った。

ちょうど二十分後に美和子がドアをノックした。僕たちはエレベータに乗り、一階まで下りた。そこに朝食のとれるラウンジがあるからだ。美和子によると、九時に、そこへ穂高たちも来るということだった。

美和子は紅茶を飲みながらホットケーキを食べ、僕はコーヒーを飲んだ。美和子は白いシャツを着て、ブルーのパンツを穿いていた。化粧をしていないので、アルバイトに行く前の女子大生といった感じに見えた。実際、僕が教えている大学の構内を美和子が歩いていたなら、誰もが学生と思うだろう。しかしそんな彼女も、あと何時間か後には、目もくらむほどの美しさを放つことになるのだ。

昨夜の日本料理店での夕食時と同様、僕たちは殆ど言葉を交わさなかった。僕は彼女にかけるべき言葉が何も思いつかなかったし、彼女のほうにも会話が弾みそうな話題の持ち合わせはないようだった。仕方なく僕は、店内の他の客を観察することにした。すでに礼服を着ている人が二人座っていた。僕はその人たちの顔を、じろじろと眺めたが、どちらも知っている顔ではなかった。

「何を見てるの？」美和子がホットケーキを切る手を止めて尋ねてきた。

僕は自分が見ていたもののことを正直に話した。そして、「美和子たちの招待客にしては、ちょっと早すぎるよな」といった。

たぶん違うと思うけど、わからない、と彼女は答えた。

「だって、彼のほうのお客さんは、すごく大勢だっていう話だもの」

「百人とか百五十人とか？」

美和子は首を傾げて、もっと多いかもしれない、といった。僕は目を剝き、頭を振った。それだけ知り合いがいるという事実のほうを評価すべきかもしれない。

「美和子のほうのお客さんは何人？」と僕は訊いた。

「三十八人」と彼女は即座に答えた。

「ふうん」

その内訳を訊こうと思ったが、やめておいた。僕や美和子が歩んできた、決して平坦ではなかった道のりを、改めて嚙みしめることになるだけだ。

ホットケーキを食べ終えた美和子が、僕の後方に目を向け、にっこりと笑った。彼女がそんな表情を見せる相手は、今や一人しかいないことを僕は知っている。振り返ると、予想通り穂高誠が入ってくるところだった。

「おはよう」穂高は美和子に笑いかけ、その笑顔をそのままこちらに向けた。「おはようございます。よく眠れましたか」

ええ、と僕は頷いて答えた。

穂高から少し遅れて、駿河直之が入ってきた。彼はすでに礼服を着用していた。おはようございます、と彼も丁寧に挨拶してきた。

「昨日いってた詩の朗読の件だけど、プロの読み手が見つかったそうだ」そういいながら穂高は美和子の隣に腰を落ち着けた。ウェイトレスが注文を取りにきたので、彼はコーヒーを頼んだ。

「僕もコーヒーをもらおう」駿河も椅子に座った。「じつは知り合いに声優の卵がおりまして、昨夜頼んでみたところ、快く引き受けてくれたんですよ。まだまだ駆け出しなので、プロの読み手といえるかどうかはわかりませんが、何しろ時間がなかったものですから」突然無理な注文を出した穂高のことを、暗に非難する口調だった。

「駆け出しでも、まさか、とちったりはしないだろ」穂高がいった。

「その点は大丈夫だと思う」

「それなら充分だ」

「それで、朗読してもらう詩を、美和子さんに選んでいただこうと思いましてね。一応こちらで、候補をいくつか選んできたのですが」駿河は鞄の中から本を一冊出し、美和子の前に置いた。彼女が出版した本だった。あちこちに黄色の付箋が貼ってある。

「僕は、『青い手』がいいと思うんだけどね。ほら、君が子供の頃、青い海の上で暮らすのが夢だったっていうやつだよ」腕組みをしながら穂高がいっている。そうねえ、と美和子はあまり乗り気ではなさそうだ。

僕は内心せせら笑った。穂高は、彼女にとって青い海で暮らすというのは、あの世に行くという意味だということを知らないのだ。

三人が相談を始めたので、僕は何となく手持ち無沙汰になってしまった。その時、二人の女性が我々のほうに近づいてきた。一人は雪笹香織だった。彼女は白と黒のチェック柄のスーツを着ていた。もう一人の若い女性の顔を、僕は二、三度見たことがあった。雪笹香織の後輩で、彼女と一緒に仕事をしている。美和子の本を作る際に、何度かうちに来たことがあった。西口絵里、たしかそういう名前だった。

二人の女性は我々に向かって祝いの挨拶を述べた。

「ずいぶんと早く来たんだな」穂高がいった。

「さほど早くもないんですよ。これからすべきことがたくさんあるんですから」雪笹香織は自分の腕時計に目を落としてから、美和子を見下ろした。「そろそろ美容室に行ったほうがいいんじゃないかしら」

「ああ、そうだ。急がなきゃ」美和子も時計を見ると、横に置いたバッグを取り、立ち上がった。

「じゃあ、詩は『窓』でいいですね」駿河が確認した。

「それでいいです。あとはお任せします。――あっ、そうだ、誠さん」美和子は穂高を見た。「ピルケースと薬、部屋に置いてきちゃったから、後で誰かに届けてもらうわね」

「よろしく。式や披露宴の最中に、新郎が洟を垂らしたり、くしゃみが止まらなくなったりしたら、格好がつかないからな」穂高はそういって笑った。

美和子が雪笹香織たちと出ていってしまったので、僕も席を立つことにした。穂高と駿河は、まだ打ち合わせることがあるらしく、店に残っていた。

結婚式は正午からということになっていた。部屋のチェックアウトタイムも正午だから、ぎりぎりまで部屋で待っていられるわけだ。もっとも、新婦の唯一の肉親が、式の直前まで姿を見せないというわけにはいかなかったが。

吐き気はかなりおさまったが、まだ頭の後ろに鈍い痛みが残っていた。首筋も強張ったようになっている。二日酔いになったのは久しぶりだ。たとえ一時間でもいいから眠っておこうと思った。時計を見ると、まだ十時にはなっていない。

ポケットから鍵を出し、ドアを開けた。その時、足元に何か落ちていることに気がついた。封筒のようだ。

変だな、と思った。どうやら誰かがドアの隙間から差し込んだらしいが、こんなことをする人間に心当たりがなかった。ホテルのサービスでもなさそうだ。

封筒を拾い上げると、表に四角い字で、神林貴弘様と書いてあった。それを見た途端、いいようのない不安感が襲ってきた。定規を使って宛名を書くことの意味は、一つしかないからだ。

僕は封筒の上部を慎重に破った。中には、B５判の紙が一枚入っていた。そこにワープロかパソコンで印刷されている内容を見て、僕の胸は大きく波打った。

それは以下のようなものだった。

『おまえと神林美和子との間に、兄妹を越えた関係があることを知っている。そのことを世間に公表されたくなければ、次の指示に従え。

封筒にカプセルを同封した。それを穂高誠が常用している鼻炎用カプセルに紛れこませろ。瓶でもピルケースでもよい。

繰り返すが、いうとおりにしなければ、おまえたちの忌まわしい間柄を暴露する。警察に届けた場合も同様だ。

読んだ後、この手紙は焼却(しょうきゃく)すること』

僕は封筒を逆さにして振ってみた。小さなビニール袋が掌に落ちた。その中には手紙に書かれているように白いカプセルが一つ入っていた。

それが穂高誠の常備薬と同じ外観だということを、僕は知っている。昨夜、美和子が持っているのを見たからだ。そしてこの手紙を書いた人間も、そのことを知っているわけだ。

カプセルの中には何が入っているのか。当然のことながら、鼻炎用の薬であるはずがなかった。穂高誠がこれを飲めば、おそらく彼の身体に、尋常(じんじょう)でない何かが起きるということなのだろう。

誰が僕に、こんなことをさせようとしているのか。誰が、僕と美和子の「忌まわしい間柄」を知っているのか。

僕は手紙と封筒を、テーブルの灰皿の中で燃やした。そしてクローゼットを開けると、白いカプセルの入ったビニール袋を、礼服の上着のポケットに隠した。

3

　部屋で少し気持ちを落ち着けてから、美容室に向かった。結局、一睡もできなかった。時刻は十一時ちょうどだった。

　美容室の前まで行くと、ドアが開き、西口絵里が出てきた。彼女は僕を見て、あら、という顔をした。

「美和子は中にいますか」と僕は訊いた。

「もう控え室のほうに移られたんですよ」彼女は感じのいい笑顔で答えた。

「そうですか。ええと、西口さんはどうしてここに？」

「美和子さんが、これを忘れたとおっしゃったので、取りに来たんです」そういって彼女は手に持っていたものを見せた。それは美和子のバッグだった。

　二人で並んで控え室に入った。その瞬間、香水の匂いが僕の鼻孔を刺激した。頭が少しくらくらした。

　雪笹香織もそこにいた。その向こうにウェディングドレス姿の美和子が座っていた。

「お兄ちゃん」僕を見て、彼女は呟いた。

「美和子……」そういったきり、声が出せなくなった。目の前にいるのは美和子であって、美和子でなかった。僕のよく知っている妹ではなかった。そこにいたのは、心が震えるほどに美しく、しかし間もなくほかの男のものになる人形だった。

「出ていましょ」後ろで声がした。皆が部屋を出ていく気配がある。それでも僕は美和子を見つめたままだった。

二人きりになってから、僕はようやくいえた。「奇麗だね、すごく」

ありがとう、と彼女はいったようだ。しかし声にならなかった。

泣かせてはいけないと思った。涙で化粧を崩させてはならない。そのくせ、何もかもをめちゃくちゃにしてしまいたいという衝動が、波のように僕の胸に押し寄せていた。

僕は彼女に近づいた。手袋をはめた手を取り、自分のほうに引き寄せた。

「だめ」と彼女はいった。

「目をつぶって」

彼女はかぶりを振った。それを無視して僕は彼女の唇に、自分の口を近づけていった。

「だめよ」と彼女はもう一度いった。

「少し触れるだけ。もうこれで最後にするから」

「でも」

少し強めに引いた。それで彼女は瞼を閉じた。

駿河直之の章

1

長い一日になるだろう、という予感があった。

腕時計が十時半を指したのを機に、俺たちは最終的な打ち合わせを終えた。効果的な演出を目指すため、ぎりぎりまで粘るというのは、穂高の持ち味みたいなものだ。しかも今回は自分たちのことを演出しようというのだから、力が入るのも当然だった。

「じゃあ、音楽のことだけど、くれぐれもタイミングを間違えないでくれよ。そこのところをしくじったら、台無しだからな」二杯目のエスプレッソを飲みながら穂高はいった。

「わかった。担当者によくいっておくよ」俺はファイルを鞄にしまった。

「さてと、ではいよいよ一着目の衣装に着替えるとするか」穂高は身体をほぐすように肩を軽く回した。「四十前の男が、どんな服を着ていたって、誰も見やしないだろうがな」

「今日は美和子さんの引き立て役に回るんだろ？」

「ま、そういうことだ」

それから穂高は周りをちょっと見回してから、俺のほうに顔を寄せてきた。

「今朝、何か変わったことはなかったか」

「何かって？」

「おまえたちのマンションでだよ」穂高は小声でいった。「パトカーが来てたとか、人だかりがしてたとかだ」

「ああ」穂高の訊きたいことがようやくわかった。「俺がマンションを出る時には、特に何もなかった」

「そうか。ということは、まだ見つかってはいないということだな」

「たぶん」と俺はいった。

浪岡準子の死体のことをいっているのだ。このやりとりで、俺は、ほんの少しだけほっとした。今朝このホテルのロビーで穂高と顔を合わせて以来、彼が準子のことを全く口にしないものだから、もうあれですべてが済んだと安心しているのかと思ったのだ。だがさすがの穂高も、そこまで能天気ではないらしい。

「見つかるとしたら、どういうパターンかな」と穂高は訊いた。

「今日は彼女の勤めている病院も休みだから、たぶん見つかることはないんじゃないか。問題は明日以降だ。無断欠勤が続いたら、誰かが不審に思って訪ねていくかもしれない。そうなったら、ドアには鍵がかかっていないから、確実に見つかるだろう」

「何とか先延ばしにしたいな。見つかるのは、なるべく後のほうがいい」

「どうせ見つかるんだから、早くても遅くても同じだろう」

俺がいうと、わかってないな、というように穂高は舌打ちをした。

「警察が、彼女の自殺と今日の結婚式とを関連づけて考えないともかぎらないだろう。それに、美和子の兄貴が昨日の昼間、準子を見ている。彼女が自殺したと知ったら、変だと思うに違いない。すでに美和子にも、庭に立っていた妙な女のことを話しているかもしれないしな。できれば、死体が見つかるのは、神林が準子のことを忘れてからであってほしい」

俺は黙っていた。事実おまえの結婚が自殺の原因なんだから仕方がないじゃないか、といいたいところだった。

「そうだ、これを渡すのを忘れていた」穂高がポケットから一枚の紙を取り出した。

「何だ、これは？」

広げると、そこには雑な字で、『シャネル（指輪　時計　バッグ）、エルメス（バッグ）』というように、ブランド名と品名が列挙してあった。

「俺が準子に買ってやったものだ」と穂高はいった。

「プレゼントのリストというわけか」

準子は、このプレゼント攻勢で穂高になびいてしまったのだろうか、と俺はふと思った。だがすぐに、彼女はそんな娘ではなかったと思い直した。むしろ彼女が穂高に求めたものは、もっと別のものだったはずだ。そう思うと、改めて心が痛くなった。

「抜けているものもあるかもしれないが、大体そんなところだ。一応頭に入れておいてくれ」そういって穂高は、エスプレッソの小さなカップを傾けた。

「頭に入れる？　俺が？　何のために？」と俺は訊いた。

ここでまた穂高は、先程と同じように顔をしかめた。だが今度は、わかってないなあ、と声を口に出した。

「死体が見つかったら、警察は準子の部屋を調べるだろう？　すると、安月給のわりに高価な品物が続々と出てくるものだから、必ずこう考える。男がいるってな。そこでおまえの出番だ。昨日もいったように、おまえと準子はずっと付き合っていたことにする。つまり、ブランド品も、おまえがプレゼントしたものということになる」

「自分がプレゼントしたもののことを全く知らないというのはおかしいから、このリストを見て勉強しておくというわけか」

「そういうことだ。見ればわかると思うが、オーソドックスな品物ばかりだ。どこで買ったかと訊かれても、さほど苦労することはないだろう。外国に行った時の土産だとでもいっておけば問題ないさ」

「俺はおまえと違って、あまり海外旅行はしていないんだけどな」皮肉まじりに俺はいってみた。

「だったら銀座で買ったといえばいい。どこでだって売ってる品物だよ。近頃の若い女は、たとえブランド品でも、レア物でなきゃ喜ばないんだが、その点準子は扱いやすかった」

「穂高」俺は彼の整った顔を睨みつけた。「扱いやすい、はないだろう」

準子に代わって抗議したつもりだった。しかし穂高のほうは、俺の言葉を全く別の意味に捉えたようだった。大きく頷いてから、こういったのだ。

「全くそうだった。扱いやすい女が、俺の結婚式前夜に自殺なんてするわけないよな」

俺は返すべき言葉が見つからず、しげしげと彼の顔を眺めた。彼のほうは依然として誤解しているらしく、頷き続けていた。

「おっと、そろそろ行かないと遅れる」穂高はエスプレッソを飲み干して立ち上がると、大股でラウンジの出口に向かった。

彼の背中を見送りながら俺は、くたばりやがれ、と心の中で毒づいた。

2

穂高が去った後、俺はコーヒーのおかわりを頼み、十一時十分頃までラウンジにいた。それから会場に向かった。すでに双方の親戚や知人が集まり始めていた。とはいっても、大部分が穂高のほうの招待客だ。

披露宴は午後一時からだから、ふつうならば親戚以外の客は十二時半頃に来ても充分間に合うはずだったが、教会での挙式にも是非参列してほしいと全員の案内状に印刷してあったため、早々に多くの人間が集まったわけだ。

俺は司会者やホテルの人間と最後の打ち合わせをした後、招待客の控え室に顔を出した。仕事で繋がりのある編集者やドラマ製作会社の人間などが、それぞれにグループを作り、水割りやカクテルなどの飲み物を手に談笑していた。穂高が親しくしている作家たちも、何人か来ている。俺は、その全員に挨拶して回った。

「駿河さん、だめだよ、こういうやり方で神林美和子を取り込んじゃあ」文芸編集者の中でもベテランの部類に入る男が、まさか一杯の水割りで酔ったわけでもないだろうが、少しもつれた口調でいった。

「取り込む？　どういうことです」

「だって神林美和子の仕事も、これからは穂高企画のほうで仕切るってことなんでしょう？　そのほうが彼女にとって、税金対策にもなるものねえ。だけど今後ますます、我々としては彼女の原稿が取りにくくなるわけだ」

「神林さんの仕事に関しては、現時点では、まだ雪笹さんがイニシアティブを握っていますよ」

「今はそうかもしれんが、あの穂高誠が、いつまでも金の卵を一人の編集者に独占させておくはずがないものなあ」ベテラン編集者はタンブラーを振った。水割りの氷が、からからと音をたてた。

この編集者も、本来は穂高の担当だった。今日も、穂高側の人間として出席している。ところが彼の関心は、明らかに神林美和子のほうに向いているようだった。さらにそれは、ここに来ている大部分の人間たちに共通していえることかもしれなかった。結婚式の主役は新婦、という常識を持ち出す以前に、今日の主役は間違いなく神林美和子だった。そしてそういう状況に気づいているからこそ、穂高は何としてでも彼女を手に入れたかったのだ。

そんなふうに挨拶回りをしていると、突然外のほうが騒がしくなった。歓声のようなものが上がっている。

支度を終えた花嫁が控え室から出てきたらしい、という声が聞こえた。それと共に、皆が出口に向かった。俺も後に続いた。

控え室の外に出ると、ガラス張りの壁面を背にして立っている、神林美和子の姿が目に飛び込んできた。純白のウェディングドレスを着た彼女は、豪華な花束のように見えた。いつもはあまり派手とは思えない彼女の顔が、今日はプロのメイク係によって、人形のように仕上げられていた。

主に女性客によって取り囲まれている神林美和子を遠目に眺めながら、俺は浪岡準子のことを考えていた。彼女もまた、彼女なりのウェディングドレスを着ていたのだ。白のワンピース、白のベール、そして手にはブーケを持っていた。彼女はどういう思いで、あの姿で自殺することを決めたのだろう。俺は、あの狭いマンションの部屋で、準子が鏡に自分の姿を映しながら服を選んでいる光景を思い浮かべた。

ふと横を見た時、俺のほかにもう一人、おそらく複雑な思いで花嫁を眺めているに違いない人物がいることに気づいた。神林貴弘だ。神林は花嫁に群がる集団から少し離れたところで、腕を組んで妹を見つめていた。その顔には表情らしきものは何もなかった。俺は彼の心の中でどのような思いが渦巻いているのかを想像し、ぞくぞくするような好奇心を抱くと同時に、墓石の下を覗くような恐怖を感じた。

「どこを見てるの?」その時急に横から声をかけられた。見ると、雪笹香織の顔が、俺の肩に触れそうな位置にあった。

「君か……」

雪笹香織は、先程まで俺の視線が向けられていたほうを見た。すぐに彼女は、標的を見つけたようだ。

「花嫁の兄を見ていたわけね」

「別にそういうわけじゃない。ただぼんやりと、あっちに目を向けていただけだ」

「ごまかすことないわよ。あたしだって、びくびくしているんだから」

「びくびく?」

「そう。彼が何かしでかさないかと思ってね」彼女は意味ありげな顔でいった。「さっき、花嫁の控え室に彼が入ってきた」

「ふうん。まあ、唯一人の肉親なんだから、当然だろうな」

「気をきかせて、あたしたちは外に出たの。二人っきりにさせてあげたわけ」

「なるほど」

「五分ぐらいかな、控え室に二人がいたのは。そのうちに貴弘さんだけが出てきたの」

「それで？」と俺は先を促した。雪笹香織が何をいいたいのか、よくわからなかった。

雪笹香織は声をひそめていった。

「その時、彼の唇に赤いものが……」

「赤いもの？」

彼女はかすかに頷いた。

「口紅よ。美和子さんの」

「まさか。見間違いじゃないのか」

「あたしだって女よ。口紅か、そうでないかぐらいは、一目見ればわかるわよ」雪笹香織は、顔を前方に向けたまま、あまり口を動かさずにいった。傍目（はため）には、新郎側と新婦側の世話役が打ち合わせをしているように見えるだろう。

「神林美和子の様子はどうだった？」俺もあまり口を開かずに訊いた。

「見た目には平静だったわ。でも、目が少し赤くなってた」

「やれやれ」俺はため息をついた。

神林兄妹の関係について、これまで俺と雪笹香織が話をしたことは一度もない。しかしこの場での俺たちの会話は、お互いに何もかも承知していることを前提にしたものだった。詩人神林美和子と常に行動を共にしている雪笹が、兄妹間の異常な愛情のことを知らないはずがないと俺は思っていたのだが、彼女のほうも、俺が気づいているに違いないと踏んでいたようだ。

「とにかく俺としては、今日のイベントが無事に終わってくれることを祈るのみだよ」前を見たまま俺はいった。知り合いの編集者が前を通りかかったので、軽く会釈(えしゃく)した。

「ところで、例の件だけど、あれから何か変わったことは？」雪笹が訊いてきた。

「昨日の、あれ、かい？」俺は右手で口元を覆(おお)って訊いた。

「決まってるじゃない」雪笹香織が少し微笑んで答えた。花嫁を見ている人間が、あまりに難しい顔をしているのは不自然だと思ったのかもしれない。

「今のところ何もない、と思う」俺も彼女に倣(なら)って、少し頬を緩(ゆる)めて答えた。

「穂高さんとは、そのことで話をした？」

「先程、少しだけね。相変わらず、奴は楽観的だ。何もかも、自分の都合のいいように運ぶと思い込んでいる」

「発見されたら、大騒ぎになるわよ」

「覚悟の上だ」

俺たちの密談がそこまで進んだ時、黒い服を着た中年のホテルマンが、間もなく挙式が始まるので参列者は教会のほうにいってほしいという意味のことを大声でいった。それで客たちは、ぞろぞろと移動を始めた。教会は、一階上にある。

「俺たちも行くか」と俺は雪笹香織にいった。

「どうぞお先に。新郎側の大集団が席についてから、ゆっくりと入らせていただきます」

「そうか、君は新婦側の客だったな」

「少数派よ。あっ、そうだ。ちょっと待って」

彼女は自分のすぐ後ろを見た。俺たちの会話が聞こえない程度に離れたところに、彼女の後輩である西口絵里が立っていた。

「さっき預かったあれ、駿河さんに渡してちょうだい」

雪笹香織がいうと、はい、と返事して西口絵里がバッグを開けた。中から出してきたのはピルケースだった。

「ついさっき美和子さんから、穂高さんに渡すよう頼まれたのよ。でもなかなか新郎のところへ行けなくて」

「例の鼻炎薬か」俺は懐中時計に似たピルケースの蓋を開けた。白いカプセルが一つ入っている。「だけど、俺もすぐに教会に行かなきゃいけないしな」蓋を閉め、ポケットに入れてから周囲を見回した。すぐそばをボーイが通りかかった。

俺はボーイを呼び止めると、「これを新郎のところに届けてくれ」といって、ピルケースを渡した。

3

何人かの知り合いと一緒に教会に向かった。途中で、先程ピルケースを預けたボーイと出会った。

「お忙しそうだったものですから、一言声をおかけし、控え室の入ったところに置いておきました」とボーイはいった。

穂高は中の薬をちゃんと飲んだのだろうかと俺は訊いてみた。いえそこまでは確認しておりません、とボーイは申し訳なさそうに答えた。

新郎が洟を垂らしたり、くしゃみが止まらなくなったりしたら、格好がつかない——穂高がそういって笑ったのを俺は思い出した。飲み忘れるということは、たぶんないだろう。

教会はホテルの四階にあった。建物の一部が三階までしかなく、その屋上部分に建てられているのだ。

俺たちは係の者に導かれ、礼拝堂の中に入った。中央通路に白い布が敷かれている。いわゆるバージンロードだろう。その上は絶対に歩かないでくれと、係の人間が大声でいった。祭壇には花が飾られている。それに向かって右側が、新郎側関係者の席だった。両家の参列者数の違いが、ここで際立った。右側の列は、殆ど後方いっぱいまで埋まっているのに、左側はその半分も人がいなかった。

その短い列の一番前に座っているのは神林貴弘だった。きちんと両手を膝に置いて座っていた。斜め下の空間を、じっと見つめ続けている。色白の、どこかマネキンを思わせる整った横顔からは、相変わらずどんな感情も読み取ることができなかった。

俺たちの席の前には、賛美歌の歌詞を書いた紙が置かれていた。キリスト教徒でもないのに、こんなものを歌わされるのは、災難としかいいようがなかった。だいたい、新郎新婦さえも、キリスト教とは何の関係もないはずなのだ。穂高誠が、前回の結婚式は神前だったといっていたのを、俺は覚えていた。

やがて司祭が現れた。金縁の眼鏡をかけた、初老の小男だった。彼の登場と共に、ざわめきがぴたりと止んだ。

次にオルガンの演奏が始まった。まずは新郎の登場。続いて、新婦が入場、となるのだろう。俺はうつむき、自分の手元を見つめた。

後方から足音が聞こえてきた。穂高の、胸を張って歩く姿が瞼に浮かんだ。二度目の結婚式ではあるが、彼は何ら気にしていない様子だった。たぶん今も、いい気分で歩いているに違いない。

その足音が止まった。

おかしいな、と俺は瞬間的に思った。新郎は祭壇の前まで進まなければならないはずだ。だが足音は、まだ俺の位置よりも後ろにあった。俺は顔を上げ、振り返った。ところが奇妙なことに、穂高の姿がどこにもなかった。

その一秒か二秒後、中央通路に近い席に座っていた何人かが、一斉に立ち上がった。小さな悲鳴を上げた女性もいた。

「どうしたっ」と誰かがいった。

「大変だ」

「穂高さんっ」

誰もが、中央通路の床を見て叫んでいた。それで俺は、どういう事態が起きたのかを察した。「すみません、すみません」俺は人々を押しのけて、前に進んだ。

穂高誠は通路の上で倒れていた。土色の顔は醜く歪み、口から白い泡が出ていた。あまりに変容が激しいので、一瞬穂高ではないのかと思ったほどだった。しかしその身体つきや髪形、そして白のモーニングコートは、間違いなく彼のものだった。

「医者を……医者を呼んでください」俺は周りで呆然と立ち尽くしている人々に向かってい

った。それでようやく誰かが駆けだした。

俺は穂高の目を見た。虚ろに開かれた彼の目は、全く焦点を結んでいなかった。医者が瞳孔の開閉を調べるまでもなく、結論は出ているようだった。

不意に手元が明るくなった。外から光が射し込んできたのだ。俺は顔を上げた。礼拝堂の後部ドアが開かれたところだった。四角い入り口の中央に、仲人夫人に付き添われた美和子のシルエットがあった。逆光なので、その表情はわからなかった。おそらく何が起きたか、今の時点では気づいていないことだろう。

純白のウェディングドレスが、一瞬かすんで見えた。

雪笹香織の章

1

　あたしが最初にしなければならなかったことは、神林美和子を静かな部屋で寝かせることだった。穂高誠の異変に気づいた彼女は、厳かに歩くはずだったバージンロードを、ウェディングドレスの裾を持って駆けた。さらに、数分後には愛の誓いを交わすはずだった新郎の死相を目にし、声をあげることもできず、そのまま全身を硬直させてしまったのだ。傍目からでは想像もつかないような精神的衝撃が、彼女の体内を貫いたことは間違いなかった。その影響からか、彼女は誰かに声をかけられても答えられなかった。そもそも人の声が耳に入らないようだった。彼女は介添えなしでは立ち上がることも、歩くこともできなかったのだ。

　真っ先に美和子の身体を支えた神林貴弘と共に、あたしは彼女を部屋に連れていった。ホテル側が用意したスイートルームは、今夜美和子と穂高誠が泊まることになっていた部屋だ。

「僕は医者を連れてきます。それまで、美和子のことをお願いしてよろしいですか」美和子を椅子に座らせてから、神林貴弘がいった。任せてください、とあたしは答えた。

彼が出ていった後、あたしは美和子の服を脱がせ、そのまま彼女をベッドに寝かせた。彼女は細かく震えていた。目は空間の一点を見つめ、唇からは乱れた息遣いが聞こえてくるだけだった。依然として、話をできる状態ではないようだった。それでもあたしが彼女の右手を握ると、かなりの強い力で握り返してきた。花嫁の掌は、ひどく汗ばんでいた。

あたしはベッドの縁に腰掛け、彼女の手を握り続けた。神林貴弘は、いつになったら医者を連れて戻ってくるのだろう。このホテルに到着した医者が真っ先にすべきことは、穂高誠の身体を調べることだろうが、それが終われば、すぐにでもここへ来てほしいと思った。医者に穂高誠を救うことはできないだろうというのが、あたしの考えだった。あの場にいた誰もが、そのことはわかっているはずだ。それよりも今は、生きている人間のほうが大事だ。

やがて美和子の口から、何か呟く声が聞こえてきた。「えっ、何なの?」と、あたしは訊いてみたが、それに対する答えはなかった。

あたしは耳を澄ませた。彼女の唇はあまり動いていなかったが、そこから聞こえてくるのは、どうして、どうして、という問いかけに違いなかった。あたしは彼女の手を、さらに強く握った。

そんなふうにして二十分近くが経った頃、ドアをノックする音が聞こえた。あたしは彼女の手を離し、ドアを開けに行った。外に立っていたのは、神林貴弘と白衣を着た初老の男だった。

「患者は？」医師らしき男が尋ねた。

「こっちです」あたしは彼をベッドまで案内した。

老医師は、美和子の脈を計った後、すぐに鎮静剤を彼女に注射した。小刻みに震え続けていた彼女も、しばらくすると眠りについた。

「二時間ほど眠るのではないですかな。どなたか、そばについておられたほうがいいでしょう」老医師が鞄を片づけながらいった。

「僕がついています」と神林貴弘がいった。

医師を見送った後、あたしは彼のほうを振り返った。

「あたしも一緒にいましょうか」

「いえ、僕一人で大丈夫です。あなたは、いろいろとやらなければならないことがあるでしょうから。下は、かなり混乱しているみたいでしたよ」

「そうでしょうね」

「穂高さんは」彼は表情を変えずにいった。

「あのまま亡くなったようです」

あたしは頷いた。たぶんあたしの顔も、さほど変化を見せなかったと思う。あまりに唐突に教えられたため、どんな顔をしていいのかわからなかったのだ。

「死因は何だったのかしら」

「さあ、そこまでは」神林貴弘は、ベッドの横に椅子を持ってきて座った。彼の目は妹に注がれたままだった。穂高誠の死には今のところ関心がなさそうに見えた。

2

エレベータに乗ると、まず四階で降りた。ところが教会に行く廊下の途中に、制服を着た警察官が立っていた。

「すみません。ちょっと事故がありましたので、ここから先へは行けません」若い警官が、ぞんざいな口調でいった。あたしは黙って引き返した。

再びエレベータに乗り、三階に行った。ところがどこにも人の姿がなかった。ほんの一時間ほど前までは、礼服を着た集団が歩き回っていたロビーが、今はがらんとしている。「あっ、雪笹さん」横から声がした。見ると、西口絵里が、強張った顔で近づいてくるところだった。「今、呼びに行こうと思っていたんです」

「みんなはどこにいるの？」

「こっちです」

西口絵里に連れていかれたのは招待客用の控え室だった。しかし部屋の近くに行っても、そこからは何の物音も聞こえてこなかった。ドアは、ぴったりと閉じられている。

西口絵里がドアを開けた。あたしも彼女に続いて中に入った。室内には、式や披露宴に出席するはずだった人々の姿があった。誰もが沈痛な表情を浮かべていた。時々どこかですすり泣きが聞こえる。たぶん穂高の親族だろう。あんな男でも、死ねば泣いてくれる人もいるということか。それ以外に声は殆ど聞こえず、煙草の煙で空気が白く濁っていた。

そして彼等を見張るように、壁沿いに異質な男たちの姿があった。おそらく刑事なのだろうと、その目つきと態度、そして雰囲気からあたしは推測した。

西口絵里が、そんな男の一人に近づいていき、何か耳打ちした。相手の男は頷いてあたしを見た。それからこちらに歩いてきた。

「雪笹さん……ですね」髪を五分刈りにした、おそらく五十歳前後と思われる男は訊いた。背は高くないが、壁のように横幅のある体格をしている。それに合わせたように顔も大きく、ぎょろりとした目はわずかに斜視気味だった。

少し伺いたいことが、と男はいった。あたしは黙って頷いた。

男はあたしを外に連れ出した。あとからもう一人、若い男がついてきた。こちらはプロスポーツ選手のように黒い顔をしている。

廊下を兼ねたロビーに並べられたソファに、あたしと男たちは座った。五分刈りの男は、警視庁捜査一課の渡辺という警部だった。黒い顔の男は、木村と名乗った。

まず、彼等はあたしの素姓を質問してきた。西口絵里に頼んで連れてこさせた以上、あたしがどういう立場の人間か刑事たちが知らないはずはなかったが、あたしは改めて自己紹介した。

次に、今までどこにいたのかということを渡辺警部は尋ねてきた。新婦に付き添っていたのだ、と、あたしは答えた。警部は大きく頷いた。

「花嫁さんはびっくりされたでしょうなあ。すると今はお休みになっているわけですか」

「ええ」

「話はどうですか。できそうな状態でしたか」

「さあ」あたしは首を傾げた。「たぶん今日は無理じゃないかと」

自分の頬が強張るのを、あたしは感じた。この男たちは、あんな状態の美和子から、どんな話を聞こうというのだろう。

「そうですか。じゃ、それは先生に相談してからということで」警部は木村刑事のほうをちらりと見ていう。医者の許可さえ取れれば、やはり今日にでも美和子の事情聴取をする気らしい。

渡辺警部が、あたしのほうに向き直った。

「穂高さんが亡くなられたことは御存じですか」

「聞きました」と、あたしは答えた。「突然のことで、驚きました」

そうでしょうね、というように警部は頷いた。

「じつは穂高さんの死亡原因について、いくつか不審な点があるんですよ。それでまあ、こうして調べているわけです。不快に思われることも多々あると思いますが、どうか御容赦ください」口調は丁寧だが、おそらく刑事特有と思われる威圧感が語尾に含まれていた。これから遠慮なく調べるぞ、と宣言しているように聞こえなくもない。

「不審な点といいますと？」あたしのほうから訊いてみた。

「それはまあ、おいおいとお話ししますよ」警部は、さらりといった。こちらからの質問に答える気はないようだった。「当然あなたも、結婚式には出ておられたわけですな」

「出ていました」

「穂高さんが倒れるところを、見ておられましたか」

「その瞬間を、という意味でしたら、見ていません。あたしは前のほうの席に座っていたので、みんなが騒ぎだして、ようやく気づいたんです」

「ふむ。あなたにかぎらず、見ていないという人が多いですな。結婚式で新郎が入場してくるのをじろじろ見るのは失礼だということで」

いつ、どこででも、人のことをじろじろ見るのは失礼だということをこの警部に教えてやりたかったが、面倒なので黙っていた。

「それでも何人かは、穂高さんが倒れるところを見ているんですよ。その人たちの話によると、穂高さんは急に苦しみだしたということです。発作(ほっさ)を起こしたようにね。そうして、すぐに倒れてしまったそうです」

「発作を……」

「倒れる直前には喉(のど)のあたりを押さえていた、といっている人もいます」

「へえ……」どういう感想を述べていいのかわからないので、あたしは黙っていた。

渡辺警部が少し身を乗り出してきた。さらにあたしの顔を覗き込む目をする。

「あなたは新婦側の関係者として出席しておられたようですが、穂高さんとも無関係ではなかったそうですね。担当だったこともあるとか」

「以前、少しの間だけ。形だけの担当でしたけど」あたしは答えた。なぜ言い訳するような口調になってしまうのだろう。

「穂高さんに何か持病があるというような話を聞いたことはありませんか。心臓とか、呼吸器系とかに」

「聞いたことありません」

「では、何か穂高さんが常用しておられる薬はありませんでしたか?」警部は重ねて訊いてきた。

知らない、と答えようとし、その直前で言葉を飲み込んだ。中途半端な嘘は、自分の首を絞めることになると思い直した。

「鼻炎の薬を、よく飲んでいました。緊張すると鼻水が出てしまうとかで」

「鼻炎のね。錠剤ですか」

「カプセルです」

「今日も穂高さんは、お飲みになったんでしょうか」

「たぶん飲んだと思います」

断定的な口調に、刑事は興味を持ったようだった。

「ほう。どうして、そう思われますか」

「神林美和子さんから薬を預かったからです。穂高さんに渡してほしい、と」

「ちょっと待ってください」渡辺警部は手であたしのことを制するような格好をし、木村刑事の手元に目を走らせた。重要な話が始まりそうだから、しっかりメモをとれよと念を押したようなしぐさだ。「その鼻炎の薬を、神林美和子さんが持っておられたわけですか」

「そうです。旅行に備えて、二人の薬をまとめて彼女が持っていたようです」

「ははあ。いつ、どこで薬を預かったんですか」

「式が始まる少し前でしたから、十一時半頃だったと思います。花嫁の控え室で、です」

「神林美和子さんは、どこから薬を入れておられましたか」

「彼女のバッグの中です」

新婦用控え室は八畳程度の広さがあった。十一時半には、美和子は豪華なウェディングドレスを身に着け、鏡の前に立っていた。告白するならば、その美しさにあたしは嫉妬した。こんなふうに愛らしく生まれてきたかった、と思った。ただし、穂高誠の花嫁という立場を、羨ましいとは少しも思わなかった。これが彼女の不幸のはじまりになるのではと、冷えた頭で考えていた。道の先に灰色の雲が見え隠れするだけに、そのすぐ手前で何も知らずに顔を輝かせている美和子の姿が痛々しく感じられた。

その時美和子の普段着や荷物は、部屋の隅にまとめて置いてあった。バッグもそうだった。美和子は、そのバッグを取ってくれといった。あたしはそれを彼女に渡した。

あたしのほかには西口絵里もいた。皆の前で美和子はバッグを開け、薬瓶とピルケースを取り出した。カプセルを一つピルケースに入れると、あたしのほうに差し出し、穂高に渡してほしいといった。

あたしはそれを受け取ったが、自分が持っているとなくしそうだから、といってすぐに西口絵里に渡した。

やがて花嫁が控え室を出る時が来た。あたしと西口絵里も外に出た。その直後に駿河直之と会ったので、西口絵里にピルケースを彼に預けるよう指示した。

以上の話をすると、渡辺警部は頷きながらも、ぎょろりとした目であたしを見た。

「なぜ駿河さんに預けたのですか。あなたたちが直接渡さずに」

「穂高さんの側を仕切っておられたのが駿河さんだったからです。あたしは神林美和子さんのそばにいなければなりませんし……」

「なるほど」警部は、ここでまた木村を見た。漏らさずメモしておけよ、という意味か。

あたしは警部たちが、駿河さんとは誰ですか、と訊いてこないことに気づいていた。つまり彼等はすでに、駿河直之の事情聴取を終えているのだ。すると当然彼の口から、薬はあたしたちから受け取ったということを聞いているはずである。にもかかわらず、鼻炎の薬の存在を聞くのさえ初めてだという顔をしている渡辺警部の態度に、あたしは腹を立てるというより、白けた気分になった。

「あのー」ここで、あたしは尋ねてみた。「あの薬がよくなかったのですか」

「よくなかった、とは？」警部は斜視気味の目で、見返してきた。目の奥に、底知れぬ狡さを感じさせる光が宿っていた。

「あの薬が原因で、穂高さんはああいうことになったのでしょうか」

「鼻炎の薬が原因で、という意味ですかな」

「いえ、そうじゃなくて――」あたしは言葉を切った。改めて警部たちの表情を見た。彼等は何かを観察する目になっていた。この女が何をいいだすか聞いてやれ、そういう目だ。カプセルのことをこれほどしつこく質問する以上、警察がその中身を疑っていることは確実だった。それにもかかわらず、とぼけているのは、極力相手にしゃべらせろという捜査のセオリーを守っているからに違いない。仕方なく、あたしは彼等の方針にしたがうことにした。

「穂高さんが飲んだのは鼻炎の薬ではなかったかもしれない、ということですか」と訊いた。「つまり、毒か何かがカプセルに仕込まれていたとか」

「ほう」渡辺警部が口を尖らせた。「興味深い意見ですな。なぜ、そのようにお考えになられますか」

「だって、薬のことをしつこくお尋ねになるから……」

あたしの言葉に警部は笑った。狡猾(こうかつ)そうな笑いだった。

「我々は、穂高さんが倒れる直前のことを、極力客観的に知ろうとしているだけですよ。毒を飲まされたなどと、そういう飛躍したことを考える段階じゃありません」

捜査一課が出張ってきて、殺人の可能性を考えていないはずがなかったが、あたしは黙っていた。これが彼等のやり方なのだろう。

「雪笹さん」やや改まった口調で渡辺警部はいった。「あなたがそんなことをお考えになるのは、何かほかに根拠があるからじゃないですか」

「根拠？」

「ええ。心当たりといってもいいですが」

警部の横で若い刑事が、猟犬のような顔つきで身構えていた。その表情を見て、あたしは察した。この二人は本当は、この質問をしたかったのだ。もちろん、あたしが薬に細工をした可能性も考慮に入れているのだろうが。

「ありません」と、あたしは答えた。「そういう意味の根拠はありません」

木村刑事はあからさまに失望した顔を見せたが、渡辺警部のほうは口元に笑みを浮かべて頷いただけだった。そう簡単にことが運ばないことは、これまでの経験で知っているのだろう。

この後警部は、穂高誠や神林美和子の周辺で、最近何か変わったことはなかったかと尋ねてきた。特に印象に残っていることはない、と、あたしは答えておいた。本来ならば、浪岡準子のことを話すべき局面だった。しかし駿河直之も話していないに違いないと踏んで、黙っていたのだ。

3

結局あたしたちは、夕方の五時近くまで拘束された。招待客用の控え室がいくら広いといっても、総勢二百人以上が同じところに座らされていると、次第にストレスが溜まってくる。穂高の親族たちの手前、黙り込んでいた客たちも、徐々に不平を口にし始めた。中には警察官にくってかかる者もいた。男たちの怒鳴り声、女たちのヒステリックな声が、あちこちで響いた。あと三十分解放が遅れたなら、暴動が起きていたかもしれない。

今夜の滞在先、今後の連絡先などをしつこく確認された後、あたしたちはようやくホテルを出られることになった。あたしは美和子の様子をもう一度見ておこうと思い、部屋のほうに行ってみたが、すでにそこには誰もいなかった。フロントでたしかめたところ、神林兄妹はすでに帰宅したということだった。警察の事情聴取があったかどうかまではわからない。

あたしはホテルの前からタクシーに乗り、「銀座へ」と運転手に告げた。

銀座の三越のそばで、あたしはタクシーから降りた。和光の時計は、六時三分を示していた。あたしは三越の二軒隣にある店に入っていった。一階は喫茶店だが、二階は洋食レストランになっている。あたしは階段を上がった。

休日の夕食時ではあったが、店内の席は半分が空いていた。見回すと、晴海通りを見下ろせる一番端のテーブルに、駿河直之の姿があった。目立つことをおそれてか礼服の上着を脱いでいたが、白いシャツに白いネクタイという出で立ちは、遠目にも異様に映った。

駿河はあたしに気づくと、テーブルの上のおしぼりを端に寄せた。彼の前には、どうやらカレーに類するものを食べたと思われる皿が残っていた。今は彼はコーヒーを飲んでいる。朝から食事をしていなかったわけだから、おなかがすくのも当然だった。

ここで落ち合うことを決めたのは、控え室を出る直前だった。猫のように素早く忍び寄ってきた彼が、あたしの耳元で囁いたのだ。六時に三越の隣の店で、と。この店は、打ち合わせのために何度か利用したことがあった。

あたしも空腹のはずだったが、とりあえずはオレンジジュースを注文した。胃の神経がすっかり鈍(にぶ)っている。

あたしたちは、しばらく言葉を交わさなかった。お互いの顔も見なかった。第一声を駿河が発したのは、彼がコーヒーを飲み干してからだ。

「きついことになった」太い吐息と共に彼はいった。

あたしは顔を上げた。ここで初めて目を見合わせた。駿河の目は充血していた。

「警察には何を話したの？」

「さあ、よく覚えていない。とにかく、何が何だかわからないままに事情聴取されたからな。見たことをありのままに話しただけさ」駿河はテーブルの上からマルボロの箱を取り、一本引き抜いた。灰皿の中には、吸殻が六個あった。

「でも」と、あたしはいった。「浪岡準子さんのことは話さなかったんでしょう？」

駿河は煙草に火をつけたマッチを、片手で振り消して灰皿に捨てた。

「それはまあ、当然だろ」

「あたしも、彼女のことは黙っておいた」

「君なら、そうしてくれると思ったよ」駿河は少し安堵(あんど)した様子だ。

「それで、死因だけど――」

あたしがいいかけたところで、駿河が制するように手を出した。ウェイトレスが、あたしのオレンジジュースを運んでくるところだった。

ウェイトレスが遠ざかってから、あたしは彼のほうに顔を近づけた。「穂高さんが死んだ原因、わかってるの？」

「刑事たちは、それについては何もいってなかった。たぶんまだはっきりしたことがわかってないんだろう。解剖をして、それからじゃないか」

「だけど、あなたにはわかっているんでしょう？」あたしは訊いてみる。

「君にもね」駿河も切り返してきた。

あたしはストローを出して、オレンジジュースを飲んだ。

「薬のこと、しつこく訊かれた」

「だろうね」駿河は頷き、周囲に視線を配った。刑事に見張られているのを警戒したようだ。「俺も訊かれた。まあ、あの状況では無理ないけどな」

「薬のことは、あなたから話したの？」

「いや、刑事が切り出してきたんだ。刑事はホテルのボーイから聞いたらしい」

「ボーイ？」

「警察はまず、穂高が倒れる直前に、何か口に入れなかったかを調べた。死体の状態から、毒を飲んだ可能性が高いと判断したんだろう。やがて一人のボーイが申し出た。新郎の控え室までピルケースを届けました。それは駿河さんから預かったものです」

「それで刑事はあなたから話を聞く。あなたは当然、西口さんからピルケースを受け取ったというわよね。それが事実なんだから」

「あの時、君は西口君と一緒にいた。その結果、君も調べられたわけだ」

「そういうことのようね」話の流れがようやく摑めた。「警察は、美和子さんが持っていた瓶の中に毒入りカプセルが混ざっていた、と考えるかしら」

「それは残っているカプセルの中身によるだろうね。一つでも毒入りカプセルが見つかったなら、穂高は同じものを飲んだのだと結論づけるだろう。でも残りのカプセルの中身には問題がないとすると、そういう可能性がある、としかいえないんじゃないか。解剖して体内から毒物が検出されたとしても、どうやって飲んだのかまではわからないはずだからな」

駿河の吐き出した煙が、ガラス窓の表面に当たり、散っていった。夜景が一瞬、くすんで見えた。

奇妙なものだとあたしは思った。あたしとこの男がこれほど緊密に話をすることなど、これまでに一度もなかった。二人の共通項といえば、あの自己顕示欲の強かった穂高誠だけだ。ところが今や、その穂高がこの世にはいないのだ。

ああ、そうだ。あの男はもう死んでしまったのだ。あたしはそれを声に出していいたい気分だった。しかしその欲求は、マンションに帰り、ドアの鍵をかけ、窓のカーテンをぴったりと閉じた部屋で一人になるまで、我慢することにしよう。「ねえ」あたしはさらに駿河のほうに顔を近づけた。

「うん？」

「毒を仕込んだのは、やっぱり、浪岡準子さん……ということよね」小声でいった。

駿河の顔の表面に一瞬狼狽（ろうばい）が走った。それから彼は周囲に目を走らせ、小さく頷いた。

「そういうことなんだろうな」

「例の瓶に入っていたカプセルね。あの中身はやっぱり毒薬だったんだ」

「そう考えるのが妥当だろうな」駿河はせわしなく煙草を吸った。「穂高の鼻炎薬を瓶ごとすり替えるつもりだったのが未遂に終わったんだろうと思っていたけれど、どうやら毒入りカプセルを仕込むことには成功していたようだ」

「ピルケースにカプセルを入れたのは美和子さんだから、毒入りカプセルは元々瓶に入っていたということになるものね。浪岡準子さんは、いつ毒入りカプセルを瓶に紛れ込ませたのかしら」

「昨日よりも、もっと前に仕込んであったんだろう。こっそりと忍び込んでね」駿河は短くなった吸殻を、灰皿の中で潰した。「彼女にとって穂高の家は、自分の家みたいなものだったから、どこに鼻炎薬の薬瓶が置かれているのかなんてことも知っていただろう。あとは、いつ家に忍び込むかだけど、穂高はああ見えて、うっかりしたところがあるから、案外チャンスは多かったかもしれない」

「彼女としては、見事に無理心中を果たしたということになるわけね」

「そうだな。まあ、穂高にしてみれば、自業自得というやつだよ。改めて思うことだが、女というのは怖い生き物だ」

ありふれた台詞に、あたしは何もコメントしなかった。何を今さら。

ここまでのストーリーに何か矛盾はないかと、あたしは頭の中でチェックした。大きな問題はないように思われた。

「すると」あたしは駿河を見た。「いつ、浪岡準子さんの死体が見つかるか……ね」

「そのことについて了承しておいてもらいたいことがある。ここに来てもらったのも、そのためだ」彼は改まった口調でいった。

「何？」と、あたしは訊いた。

「まず、基本的に君は何も知らなかったことにしてもらいたい。浪岡準子が穂高の家で自殺したことも、死体を俺と穂高で運んだこともね」

「それはわかってる」

「それから、状況が変わったから、俺は浪岡準子と穂高の関係を、ありのまま警察に話す。そうしないと、彼女が穂高に毒を飲ませようとしたことの説明がつかないからな」

「そうね」

「当然そのことは、神林美和子の耳にも入るだろう。彼女にとっては、二重のショックということになる」

駿河のいわんとしていることが、わかってきた。

「わかった。その時に彼女がパニックにならないよう、あたしなりに努力してみる」

「頼むよ。これ以上、犠牲者を出したくないからな」駿河は新しい煙草を口にくわえた。しかし次に煙を吐いた彼の姿は、先程までよりは幾分余裕を取り戻しているように見えた。

「あなた、これからどうするの？」と、あたしは訊いてみた。

「さあね、なるようにしかならないさ」駿河はガラス窓の外を眺めながら答えた。

彼と店の前で別れた後、あたしはタクシーに乗って、月島にあるマンションまで帰った。途中何度か後ろを振り返り、尾行している車がないかどうかをたしかめた。しかし刑事につけられている感じはなかった。

部屋に入ると、あたしは披露宴用の堅苦しい衣装を脱ぎ捨てた。そして下着のまま、姿見の前に立った。腰に手を当て、胸を張り、自分の姿を眺めた。

身体の中から沸き上がってくるものがある。それをどう発散していいかわからず、あたしはただ拳を握りしめた。

あたしは蘇った。穂高誠によって、心を殺された雪笹香織が、今日生き返ったのだ。

あたしはやったのだ。あたしが彼を殺したのだ――。

駿河直之の章

1

雪笹香織と別れた後も、俺は彼女のように真っ直ぐ帰宅するわけにはいかなかった。その足で赤坂のホテルに戻り、一階のラウンジで、穂高の父親と実兄に会った。父親はかつて個人タクシーの運転手をしていたらしいが、今は引退して長男夫婦の世話になっているそうだ。そしてその長男つまり穂高の実兄は、地元の信用金庫に勤務しているという。穂高の家族とは思えない堅実ぶりに、俺はちょっと驚いた。

二人にはそれぞれ連れ合いがいるが、今は部屋で休んでいるということだった。彼等は今朝早く、マイカーのエスティマで茨城から出てきたのだ。披露宴の後、ここで一泊し、明日は東京ディズニーランドを見てから、高速道路を使って帰るつもりをしていたという。穂高の実兄夫妻には、幼稚園に通う女の子がいるのだ。その子は本来ならば、披露宴のクライマックスで、新郎新婦に花を渡す大役をこなすはずだった。そのために夫妻は、自分たちが新しい服を新調するのは諦めてまで、娘にとびきりの高級品を着せることにしたのだ。その話をしてくれたのは、ほかならぬ穂高だった。

俺が彼等と話し合わねばならなかったこととは、穂高の葬儀についてだった。いつするのか、どこでするのか、どの程度のものをするのか、誰にどう連絡するのか。決めるべきことは山のようにあった。よく世間でいわれる、悲しんでいる暇をなくすために葬式という儀式は存在するのだという説は、的を射ていると思う。

とはいえ、息子や弟の結婚式に出るつもりで上京してきた彼等に、突然その同じ人間の葬儀のことを考えろといっても無理な話だった。何しろ俺などは、さすがに白いネクタイは外しているが、それ以外は結婚式の時のままなのだ。

今朝初めて顔を合わせた時よりは確実に十歳は老けてしまったと思われる父親は、俺が何を話しても、全く思考回路が働かない様子だった。辛うじて兄貴のほうは、自分たちが何とかしなければならないという意識を持っているようだったが、それでも充分に頭を切り替えられているとはいえなかった。俺は同じことを何度も彼等に説明し、同じ質問に何度も答えなければならなかった。そして挙げ句の果てに、殆どすべてのことを俺が決めることになるのだった。

葬儀は茨城で行う、葬儀屋には俺が明日連絡し、いくつかのパターンで見積もりを作成してもらった後、穂高家の人間にどのレベルの式にするのかを決定してもらう、遺体の引き取りはどうするのかは俺が明日警察に問い合わせる——大体そういうところで話が落ち着くまでに、二時間近くを要した。打ち合わせというより、俺が一方的に話しているだけの二時間だった。

「いろいろと面倒をおかけします。何しろ、弟の生活については、何一つ知らないものですから」一通りの話し合いが終わった後、道彦という名の穂高の兄が、申し訳なさそうにいった。彼によると、穂高はここ二年ほど、茨城へは正月にも帰っていないということだった。

「いえ、私にできることでしたら何でもしますので、どうか遠慮なくお申し付けください」

俺は心にもないことをいった。ある程度レールを敷いたら、後はこの父子に任せ、タイミングを見計らって手を引くつもりだった。穂高企画の借金の後始末なんかを押しつけられたら、たまらない。

「しかし、人間の一生というのはわからないものですねえ。よりによって結婚式の日に、こんなことになるなんて。昔から身体は丈夫なほうだと思っていたので、心臓麻痺を起こすなんて、とても信じられません」穂高道彦は苦しげにいった。

この言葉から、警察は彼等にも他殺の可能性を仄めかしてはいないらしいと俺は察した。心臓麻痺というのは、刑事が適当にいったことだろう。

「あの、何といったかな、嫁さんになるはずだった人」今まで黙っていた父親が、もつれるような口調でいった。美和子さんだろと息子に教えられ、彼は言葉を繋いだ。「ああ、そうだ、美和子さんだ。あの人はどうされるのかなあ。籍は入っておったんだろうか」

「いえ、入籍はまだのはずです」と俺はいった。
「ああ、それならよかった。面倒な手続きをしなくていい」道彦が少し安堵した顔を見せた。

面倒な手続きとは何だろう、神林美和子に離婚歴が残ることを気にしているのだろうかと考え、やがて相続のことに思い当たった。なるほど入籍後であれば、石神井公園の自宅をはじめ、穂高の財産は美和子のものになるところだった。俺は地味な顔立ちをした道彦を改めて眺めた。外側の印象ほど、純朴な人柄というわけでもないのかもしれない。
「今度の嫁さんとは、うまくやっていってほしいと願っておったんだけどなあ」年老いた父親が、目元を皺だらけにして、しみじみといった。

俺が練馬のマンションに戻ったのは、十一時を少し過ぎた頃だった。今日は比較的涼しい一日だったはずなのに、俺のワイシャツの腋は、汗でじっとりと濡れていた。顔に脂が浮いているのもわかる。前髪が額に張りついて、ひどく不快だった。

礼服の上着を肩にかけ、マンションの正面玄関から中に入った時だった。オートロックのドアの前に、二人の男が立っているのが目に入った。一人は茶色のスーツ、もう一人はベージュのチノパンツに紺色のジャケットという服装だった。どちらも三十代半ばに見えた。体格も同じようなものだが、茶色スーツのほうが少し長身で細い。

俺の顔を見ると、二人はすぐに近寄ってきた。その反応は、俺が半ば予想したものだった。つまり俺は二人を見た瞬間から、どういう種類の人間かを見抜いていたのだ。よくいわれることだが、こいつらには本当に特有の臭いがある。

「駿河さんですね。捜査一課の者です」茶色スーツが手帳を見せながらいった。彼は土井と名乗った。そして紺色ジャケットは中川といった。

まだ何か、と俺は訊いた。無愛想な声は、わざと出したものだ。

「新たにお尋ねしたいことが出てきたんですよ。少しお時間をいただけますか」土井がいった。

だめだといっても、こいつらが納得して帰るはずがなかった。それに警察が何を摑んだのかということに興味もあった。「じゃ、どうぞ」といって、俺は自分の鍵でオートロックのドアを解錠した。

俺の部屋は一応2LDKということになっているが、穂高企画の事務所も兼ねている。おまけに、最近になって穂高が妙な段ボール箱を持ち込むものだから、部屋は電器店の倉庫のようになっていた。もっとも、段ボールの中身については大体見当がついている。穂高の前の結婚生活を暗示させる品々だ。無神経な穂高でも、前妻とペアで着ていたTシャツや、前回の結婚写真などを新妻に見せるわけにはいかないと思ったようだ。

段ボールの中には、その前妻から彼宛てに宅配便として送られてきたものもあった。穂高によると、彼女のほうも再婚の際、前に結婚していた頃の思い出の品は邪魔になったので、彼のところへ突然送りつけてきたということだった。

離婚ってのは、そういうことなんだよ——苦笑しながらそういった穂高の顔を俺は覚えている。

部屋のあまりの乱雑さに、二人の刑事たちも、さすがに驚いたようだ。俺は足元に注意するよういいながら、二人をダイニングテーブルにつかせた。留守番電話にメッセージの入っていることが、ランプによって示されていたが、今聞くのはやめておくことにした。雪笹香織が迂闊なメッセージを入れていないともかぎらない。

サリーが段ボール箱の陰から現れた。不意の客たちを警戒しながらも、俺の脚にすり寄ってくる。俺は彼女を抱きかかえた。

「かわいい猫ですね、何という種類ですか」と、土井刑事が訊いてきた。ロシアンブルーだというと、刑事は曖昧に頷いていた。たぶん猫の種類など何も知らないのだろう。

「作家さんがいなくなった場合、こういう事務所はどうなるんですか」紺色ジャケットの中川が、室内を見回しながら訊いた。

「つぶれますよ」と俺はいった。「当たり前でしょう」

二人の刑事は顔を見合わせた。明らかにその事態を面白がっている雰囲気があった。大方、作家を楽して儲けている人種だと勝手に想像し、勝手に妬んでいるのだろう。

「それで、私に訊きたいことというのは？」質問を促した。俺はかなり疲れているので、刑事と無駄話をしている余裕はなかった。

「じつは神林貴弘さんから伺ったのですが」土井刑事が、やや堅苦しい口調で切り出した。「昨日、穂高さんの家に、何人かの方が集まられたそうですね。今日の結婚式の準備のために」

ええ、と俺は頷いた。刑事が何をいいだすのか、予期できた。

「その時」土井は続けた。「一人の女性が庭に現れたとか」

思った通りだった。やはりこの話だった。俺は、面白くもない、という顔で頷いた。

「ええ、たしかにそういうことがありました」

「その女性は、どういう人ですか。神林さんの話では、その女性とあなたが、かなり親密に話をしておられたということですが」

あの神林貴弘という男、見るべきところはちゃんと見ている。ここは下手なごまかしをしないほうがいいだろう。

俺は刑事に向かって、ため息をついて見せた。さらに頭を軽く振る。

「名前は浪岡準子さん。動物病院の助手です」

「動物病院？」

「時々こいつを連れていく病院です」そういって俺はサリーを離した。サリーは出窓のほうに走っていった。

「するとあなたのお知り合いで?」土井は訊いた。

「元々はね」

「といいますと?」土井の顔に好奇の色が浮かんだ。中川も身を乗り出した。

「彼女が穂高のファンだといったので、彼に紹介してやったんです。それがきっかけで、二人は交際を始めたようでした」

「交際? しかし穂高さんは、今日、別の女性と式を挙げることになっていた」

「そうですね。だから、その、つまり……」俺は二人の刑事を交互に見た後、肩をすくめていった。「彼女のほうが捨てられた、ということでしょう」

「そのあたりの事情を、もう少し詳しくお聞きしたいですね」土井は椅子に座り直した。腰を落ち着けて、という意思表示なのだろう。

「それは構いませんがね、どうせなら本人から話を聞いたほうがいいんじゃないですか。すぐ近くに住んでいるわけだし」

「あ、そうなんですか」

「ええ」俺は顎を引いた。「このマンションの中ですよ」

二人の刑事は同時に目を見張った。

「それは……たまたまですか」土井が訊いてきた。

「たまたまです。というより、同じマンションだから、私と彼女が顔見知りになったというわけです」

「なるほど。何号室ですか」

「三〇三です」

中川が素早くメモした。彼の尻は、もう半分椅子から浮いていた。

「昨日あなたは、その浪岡さんと、どういう話をされたのですか」土井が訊いた。

「話をしたというより、なだめたんです。彼女はえらく興奮していて、穂高の結婚相手に会いたい、というようなことをいいだしましたから」

「ほう、それで？」

「とりあえず帰しました。それだけです」

土井は二度首を縦に振った後、腰を上げた。

「あなたのいうように、たしかに本人から話を聞いたほうがよさそうだ」

「三〇三号室は、エレベータを降りて一番手前です」

ありがとう、と土井はいった。その時にはすでに中川のほうは靴を履き終えていた。

刑事たちが出ていった後、俺は冷蔵庫からバドワイザーの三五〇ミリリットル入りの缶を取り出した。壁の時計は午後十一時二十八分を指している。

十一時半には刑事たちが騒ぎだすに違いない。ビールをゆっくり味わえるのも、それまでだと思った。

2

時計は十二時半を回っていた。日付は変わったわけだが、俺にとっての今日という日は、まだしばらく終わりそうになかった。朝、予感した通り、おそろしく長い一日になってしまった。

「もう一度確認しますがね、そうすると昨日浪岡準子さんは、穂高さんの家の庭まで入っていたが、家の中には入らなかったわけですな」いかつい顔の渡辺警部が訊いてきた。

「私が見ていたかぎりでは、そうです」俺は慎重に答えた。

話しているのは、俺の部屋だった。二階下では、まだ現場検証の真っ最中に違いない。同じフロアに住んでいる連中には迷惑なことだろうと少し同情した。窓を閉めきっているのであまり聞こえないが、このマンションの周りも野次馬たちの声で騒がしいことだろう。先程上から見たところ、五台のパトカーの周りに、近所の人間が集まっていた。

浪岡準子という名前の、穂高が捨てた女性がいることは、タイミングを見計らって俺のほうから警察に教えるつもりだった。よりによって今夜死体が見つかってしまったのは計算外だが、手間が省けたのは事実だ。

土井刑事が顔色を変えて俺の部屋に戻ってきたのは、十一時三十三分のことだった。その時俺はまだバドワイザーを半分も飲んでいなかった。

その後俺は土井に連れられて三〇三号室に行き、例の死体を見せられた。そして浪岡準子に間違いないかと訊かれた。間違いないと俺は答えた。もちろんその時俺が、事態に驚愕し、死体に怯える演技をしたことは、いうまでもない。

土井にいわれ、自室で待機していると、どうやら刑事たちの現場責任者と思われる渡辺警部がやってきて、浪岡準子と穂高誠の関係などについて、質問をし始めたというわけだった。俺は彼女の死体を運んだということ以外は、事実をありのまま話した。準子が穂高の子供を堕胎していることも明かした。

「あなたの話を伺っていると、浪岡準子さんはかなり穂高さんのことを恨んでいたのではないかという気がするのですが、その点についてはいかがですか」渡辺は、俺の目を覗き込むような顔で訊いた。

「恨んでいたかもしれませんね。だけど」俺は、おそらく女の気持ちなど真剣に考えたこともないに違いない警部の四角い顔を見返した。「やっぱり穂高のことを好きだったと思いますよ。最後までね」

渡辺警部は複雑な表情で頷いた。俺の後の台詞は、捜査資料としては役に立たないものなのかもしれなかった。

刑事たちが立ち去ったのは、午前一時を過ぎてからだった。それから俺はカップラーメンを食べて空腹を癒した。長い一日の締めくくりとしては、何とも情けない食事だ。

その後シャワーを浴びることにした。朝から着続けていた礼服を、ようやく完全に脱ぎ捨てられるわけだ。しかし皺にならないよう、ズボンの折り目をぴっちり合わせてハンガーにかけた。明日もしくは明後日には、通夜に着ていく必要があったからだ。

バスルームを出てから、思い出して留守番電話の再生ボタンを押した。驚くことに、十三件のメッセージが入っていた。いずれもマスコミ関係者からのものだった。穂高の死について取材させてほしいという内容だ。明日になると、この攻勢はもっと激しくなるだろう。その対応のことを考えるだけで、頭が痛くなった。

穂高が急死したのは昼の十二時頃だから、夕方以降のニュース番組なら、当然事件のことを放送できたはずだ。今頃は日本中の人間が知っていることになる。

俺はためしにテレビをつけてみたが、さすがに深夜二時近くになっていては、どこの局もニュース番組などは流していなかった。

あとは新聞だ。しかし日曜日だから夕刊はない。いや仮にあったとしても、まだ記事にはなっていなかっただろう。

そこまで考えたところで、日曜日の新聞をまだ取ってきていないことに気づいた。特に読みたい記事があるわけでもないが、俺は下まで取りに行くことにした。警察の捜査がどうなっているかを見にいくという、別の目的もあった。

エレベータを使わず、俺は階段を下りていった。三階の様子を窺うためだった。だが非常階段から眺めたかぎりでは、三〇三号室の部屋のドアはぴったりと閉じられていたし、中で捜査員が動き回っている気配も感じられなかった。こういう場合には見張りの警官が立っているものだと思うのだが、それらしき人影もなかった。

俺は三階からはエレベータに乗って、一階まで下りた。オートロック式のドアを出たすぐ左横に、各部屋の郵便受けが並んでいる。

そこに男が一人立っていた。黒に近い深緑色のスーツを着ている。身長は百八十近くありそうだ。明らかに何かのスポーツをしていたと思えるほど肩幅が広かった。

男は郵便受けのほうを向いていた。中を覗き込むように、時折腰を屈めたりしている。男が見ているのが、三〇三号室の郵便受けだとわかり、俺はちょっと緊張した。刑事か。

俺は素知らぬふりをして、自分の郵便受けに近づいていった。ダイヤルを三つの暗証番号に合わせると扉が開くというタイプの箱だ。ダイヤルを回している時、長身の男がこちらを見ているのがわかった。何か話しかけてくるのではないか、と俺は感じた。

「駿河さんですね」案の定だった。低いが、よく通る声だ。

ええそうですけど、と俺は答えた。「どうして私の名前を？」

「部屋の番号で」と男はいった。浅黒く焼けた、彫りの深い顔立ちをしていた。年齢は三十代半ばか。

「おたくは？」と、俺は訊いた。

男は頭を下げた。「練馬警察署のカガといいます」

「カガさん？」

「加賀百万石の加賀です」

「ああ」珍しい名字だ。「ここで何をしておられるんですか」

「いや、ちょっと郵便受けをね」加賀は三〇三号室のダイヤルを摘んだ。「何とか開けられないかと思いまして」

俺は驚いて男の顔を見た。

「まずいんじゃないですか。いくら刑事さんでも、そんなことをしちゃあ」

「まずいです」加賀は、にやりと笑ってから、また郵便受けの中を覗き込んだ。「でも、何とか取り出したいものがあるんですよ」

「何ですか」

「ちょっとこっちへ」加賀は俺のことを手招きし、郵便受けの差し入れ口を指した。「覗いてみてください。宅配便の不在時連絡票が入っているでしょう」

「そうですね」たしかにそういうものが入っている。だが暗くて、書いてある内容は、よく見えなかった。「あれがどうしたんですか」

「土曜日の午後三時三十分、と書いてあるように見えるんですよ」再び箱の中を覗き込み、加賀はいった。

「それがどうかしましたか」と俺は訊いた。

「もしこの連絡票を入れたのが三時半なら、その時間、浪岡さんは部屋にいなかったということになりますよね。しかし関係者の、つまりあなたの話によれば、浪岡さんは午後一時過ぎには穂高さんの家を出ているそうじゃないですか。石神井公園をその時刻に出れば、いくら遅くても二時前には戻ってこれるはずです。浪岡さんは、一体どこに寄り道しておられたんでしょう？」歯切れのいい口調で加賀はいった。

一瞬、どきりとした。土曜の三時半といえば、おそらく浪岡準子は穂高の家の庭にいたに違いない。そして自殺する直前、携帯電話を使って、俺にかけてきた。

「部屋にいなかった、とはかぎらないんじゃないですか」俺がいうと、加賀は不思議そうに首を傾げた。その顔を見ながら俺は続けた。「つまり、その時すでに彼女は死んでいたのかもしれない」

この説に筋の通らない点はないはずだったが、練馬警察署の刑事は、なぜか釈然としない顔つきのままだった。「何か疑問が？」と俺は訊いた。

加賀がこちらを見た。

「下の人が物音を聞いているんです」

「下の人？」

「二〇三号室の人です。土曜日の夕方で、すでに外は暗かったということですから、六時頃だと思われます。その頃、たしかに上の階で物音がしたとおっしゃってるんです。ふだんなら物音など全く気にならないそうですが、風邪をひいて、ずっとベッドで寝ていたので、たまたま気になったらしいです」

「ははあ……」

あの時だな、と俺は思った。穂高と二人で死体を運び入れた時だ。たしかに足音まで気にしている余裕はなかった。

「したがって、浪岡さんが亡くなったのは、少なくともそれ以後でないとおかしいということになるわけです」加賀はいった。「もちろん、その足音をたてたのが浪岡さんでなかったのなら話は別ですが」

後半部の台詞が、何か意味ありげに聞こえたので、俺は加賀の顔を見返した。しかし彼のほうに何か特殊なことをいったつもりはないように見えた。

「それならまあ」俺は自分の新聞を小脇に抱え、引き上げる準備をした。「穂高の家を出た後、どこかをふらふら歩いていたんじゃないでしょうか。自殺しようと考えていたぐらいだから、やっぱり精神的にふつうじゃなかったのかもしれない」

「そうなんですね。しかし、一体どこへ行っていたのか……」

俺がオートロックのドアを開けて中に入ると、加賀も当然のような顔で後からついてきた。エレベータにも一緒に乗る気らしい。

「まだこれから何か調べることでも？」エレベータに乗り込むと、5と3のボタンを押して俺は訊いた。

「いえ、単なる現場の見張り役ですよ。雑用です」

加賀はいったが、所轄の刑事が卑屈になっているようには聞こえなかった。唇にかすかに浮かんだ笑みに、正体不明の自信のようなものが感じられて、俺は少し気味が悪かった。

エレベータが三階で止まった。

「ではこれで。今日はいろいろと大変で、お疲れになったでしょう。ゆっくりお休みください」そういいながら加賀は降りた。

「いえ、刑事さんこそ。それでは」俺はエレベータの『閉』のボタンを押した。

ところが閉まりかけたドアを、加賀が右手をさっと出して押し戻した。それで俺は思わず、少しのけぞった。

「最後に一つ、お尋ねしてもよろしいでしょうか」

「どうぞ」軽い動揺を抑えて俺はいった。

「駿河さんも、亡くなった浪岡さんとは親しくしておられたわけですよね」

「ええ、まあそれなりに」何を訊くつもりだろう、と俺は心の中で身構えた。

「駿河さんの知るかぎり、浪岡さんはどういう性格の女性でしたか。繊細な性格でしたか、それともどちらかというと、細かいことにこだわらない大雑把なタイプでしたか」

おかしなことを訊く男だ。どういうつもりなのか。

「繊細な性格でしたよ。そうでないと、生き物を扱う仕事はできないんじゃないですか」

俺の答えに、加賀は頷いた。

「動物病院に勤めておられるという話でしたね」

「そうです」

「身なりなんかも気にされていたほうでしょうか」

「だと思いますよ。あまり変な格好をしているところは見たことがありません」

「そうですか。となると、やはり気になるな」

「何がですか」俺は、少し苛立っていた。この男は、いつまでエレベータの扉を押さえているつもりなのか。

すると加賀は、すぐ近くのドアを指差した。それはまさに三〇三号室のドアだった。

「遺書があったこと、お聞きになりましたか」

「ええ」

「チラシの裏に書いてあったんです。エステティックサロンの広告の裏に」

「へええ」初耳だという顔を俺はしてみせた。

「変だと思いませんか。自分の最後のメッセージを、なぜ、よりによってチラシの裏に書いたんでしょう。部屋をちょっと調べたところ、奇麗な便箋（びんせん）や紙がいくらでもあったんです。しかも、そのチラシも、端の部分が切られているんです」

やはりそのことを指摘する者がいたか、という思いで俺は聞いていた。覚悟していたことではあった。

「さあ……自殺することで頭がいっぱいで、平常心を失っていたんじゃないですか」

「しかし状況を見たかぎりだと、衝動的な自殺とは思えないんですがね」

「さあ」俺は肩をすくめ、吐息をついた。「私には、よくわかりません。何しろ自殺の経験がないもので」

「そうですね。もちろん、私にもありません」加賀は白い歯を見せた。だがすぐに口を閉じると、首をわずかに捻った。「それと、もう一つ気になることが」

「何ですか」

「芝生です」

「芝生？」

「ええ。浪岡さんの髪に付いていたんです。枯れた芝がね。どうしてそんなものが付いたのかなと思いまして。公園で寝転がりでもしないかぎり、ふつう付かないでしょう」

俺は黙っていた。というより、何もいえないでいた。

「駿河さん」と刑事はいった。「穂高さんの庭に、芝生は？」

俺は仕方なく頷いた。「張ってあります」

「そうですか」加賀は俺の顔をじっと見つめてきた。目をそらしたいところだったが、俺は真っ直ぐに見返した。

加賀はようやくエレベータの扉から手を離した。

「どうも、お引き止めしてすみませんでした」

「失礼します」扉が完全に閉まってしまうと、ようやくほっとした。

自分の部屋に戻り、俺は水を一杯飲んだ。喉がからからに渇いていた。

浪岡準子の部屋の鍵については、気にならないわけではなかった。しかし合鍵がない以上、外から施錠するわけにはいかなかった。室内に鍵がない不自然さよりも、ドアに鍵のかかっていない不自然さのほうを選んだのだ。

大丈夫、あの程度の不自然さだけで、真相が明らかになるわけではない。知らぬ存ぜぬで押し通してしまえばいいのだ。

ただし――。

練馬警察署の加賀。あの男には気をつけたほうがいいかもしれない。準子の髪に芝が付いていたとは迂闊だった。もっとも、所轄の刑事一人の力では、何か特別なことができるというわけでもないだろうが。

ダイニングテーブルの上で寝ていたサリーが、起き上がって伸びをした。俺は彼女を両手で抱き、ガラス窓の前に立った。こんなふうに猫と自分の姿を映すのが、俺の楽しみの一つだった。

「こうして毎日撫でてあげてくださいね。この子たちにとっては、おかあさんに舐められている感触に近いんですって」そういいながらサリーの背中を撫でていた、浪岡準子の横顔が蘇った。

長い一日が、ようやく幕を閉じようとしていた。

俺の中に罪悪感はなかった。俺は、しなければならないことをしただけなのだ。

ガラスに映った猫の顔に浪岡準子の顔を重ね合わせ、心の中で呟いた。

準子、仇をとってやったぞ。

俺が穂高誠を殺してやったぞ――。

神林貴弘の章

1

澄み切ったソプラノの声が、風のように僕の心の中を通過していく。『フィガロの結婚』の一幕だ。目を閉じると、なぜか雲よりも上にある空の情景が浮かんだ。心にどれほど黒々とした澱が溜まっていようと、すべて取り去ってくれるような美しい声。ショーシャンク刑務所で、突然スピーカーから流れてきたこの歌声を聞いた、受刑者たちの気持ちがわかるようだった。

美和子は、すぐそばのベッドで眠っていた。穏やかな寝顔を見ていると、このまま永遠に眠らせておいてやりたいと思う。目を覚ませば、辛いだけの現実が、彼女を襲うに違いないからだ。

午前三時を過ぎていた。僕のほうは、まだ一向に睡魔が訪れない。

美和子がホテルで目を覚ましたのは、昨日の午後四時頃だった。その時彼女は、何が起こり、なぜ自分がここに寝かされているのか、うまく思い出せない様子だった。その証拠に、僕の顔を見て、「あたし、どうして……」と呟いたのだ。

僕は事情を説明しようとした。彼女がすべてを忘れているのかもしれないと思ったからだ。しかし僕が声を出す前に、彼女は自分の口元を押さえ、涙声でいった。

「あれは……夢じゃなかったんだ」

僕は何もいえなかった。あの出来事を悪夢と思いたい彼女の気持ちは、痛いほどによくわかった。

美和子の号泣が、それから何分間も続いた。彼女は叫ぶように、子供が傷の痛みを訴えるように泣いた。事実彼女は深く傷ついたのだろう。彼女の心には鉈(なた)で切ったような深い傷ができていて、そこから止めどなく血が流れていたのだろう。僕はそんな彼女のことを、ただ見守っているだけだった。

不意に泣き止んだ美和子は、ベッドから起き上がり、どこかへ行こうとした。僕は彼女の手を摑み、どこへ行くつもりだ、と訊いた。

「誠さんのところ」と美和子はいった。「彼の顔を見たいのよ」

彼女は僕の手を振りほどこうとした。強い力だった。まるで何かにとりつかれているように、行かなきゃ、あたし行かなきゃ、と繰り返した。

「彼の死体は、たぶんもう運び出されてるよっ」僕はいった。それで彼女の身体は、ゼンマイがきれた人形のように止まった。

「どこへ?」と彼女は訊いた。

「だから……病院じゃないかな。死因とか調べなきゃいけないから、警察の人間が運んだと思う」

「死因? 警察?」美和子は顔を歪め、ベッドに座った。両手で頭を抱え、身体を揺すった。「どういうことなの。何がなんだか、全然わからないよ」

僕は彼女の横に座り、細い肩をそっと抱いた。

「まだ、誰にも何もわからないんだ。何が起きたのかはね。はっきりしているのは、穂高さんが死んだということだけだよ」

彼女がまた嗚咽を漏らし始めた。身体を僕のほうに委ね、僕の胸に顔をうずめた。彼女は震えていた。その背中を僕は撫でた。

僕は美和子をもう少し眠らせようと思った。しかし彼女は、ここでは眠りたくないといった。「だって、こんなところにいること自体が辛いのよ」

結婚式を終えた新郎新婦のために用意された部屋だということを、僕は思い出した。

それから少しして、刑事がドアをノックした。茶色のスーツを着た刑事だった。妹さんの話を伺いたいのですが、と彼はいった。

今日は勘弁してくださいというと、ではお兄さんだけでも、と食い下がってきた。それで僕は条件を出した。僕は妹のそばを離れたくないし、できれば今すぐ妹を連れて家に帰りたいんです、帰ってからなら、事情聴取に応じてもいいです、と。

この要求はすんなりと受け入れられた。僕たちは帰宅することが許された。ただし僕たちが乗ったタクシーの後ろを、警察の車がぴったりと追尾していた。

横浜の自宅に帰り、美和子を彼女が長年慣れ親しんだベッドに寝かせてから、僕は刑事たちを家に入れた。

刑事たちが投げかけてくる質問は、その根拠がよくわからないものが多かった。しかも筋道など無関係で、時間的にも空間的にも、あっちこっちに飛ぶという感じだった。世間話に近い質問が続いたかと思うと、突然穂高誠の人間性に関することを訊いてきたりする。こんなふうに脈絡のない質問の仕方をして、うまく整理できるのだろうかと心配になったりしたが、もちろん彼等には彼等なりの計算があるのだろう。警察がどの部分にポイントを置いて捜査しているのかを、なるべく悟られないようにしているのだろうと僕は解釈した。事実彼等は、穂高誠の死に他殺の疑いがあることさえ明言しなかった。

結論をいえば、僕から警察に提示できる情報は、それほど多くはなかった。穂高誠という人物について、殆ど何も知らないのだから当然だった。どうやら刑事は、穂高誠と美和子の結婚を快く思っていない人間を探したい様子だったが、僕が僕自身の名前を挙げるわけにはいかなかった。

それでも一つだけ、僕は彼等が目の色を変えるような話をした。それは土曜日の昼間に穂高の家で見た、奇妙な女性のことだった。白いワンピースを着た髪の長い女性が、魂の抜けたような顔で、じっとこちらを、いえ穂高さんを見ていたのです――。

もっと詳しいことを刑事たちは知りたがった。年齢は？　名前は？　顔立ちは？

そこで僕は、駿河直之がその女性を庭の隅に連れていって、何か深刻そうに話していたことを刑事に教えてやった。

刑事たちが帰った後、僕は野菜スープを作り、ミルクとクロワッサンを添えて美和子の部屋に運んだ。彼女はベッドの中にいたが、眠ってはいなかった。さすがにもう涙は止まっていたが、瞼は赤く腫れていた。

何も食べたくないという美和子に、無理やりスープを半分だけ飲ませた。それから再び彼女を横にさせ、毛布をかけてやった。瞼の腫れた目で彼女は僕を見ていた。

「お兄ちゃん」彼女が小声でいった。

「なんだい」

「……薬、くれない？」

「薬？」

「睡眠薬」

「ああ……」

僕たちは見つめあった。様々な思い、様々な感覚が、一瞬二人の間を交錯したような気がした。しかしどちらも何もいわなかった。

僕は自分の部屋に行き、机の引き出しから睡眠薬を一つ取り出した。かかりつけの医師にもらったものだった。僕は親戚の家に預けられていた頃から、一年に何度か、ひどい不眠症に悩まされることがあった。それは今も続いているのだ。

美和子の部屋に戻り、その錠剤を彼女の口に入れた。さらにコップで水を飲ませてやると、喉を動かして彼女は飲み込んだ。

薬を飲んだ後、彼女は横になったまま、じっと僕のほうを見ていた。彼女はこういいたかったのかもしれない。あたしはもっとたくさんの睡眠薬を飲みたかったのよ、と。しかしもちろん僕としては、そんなことをさせるわけにはいかない。

間もなく、彼女は瞼を閉じた。そして一分後には寝息をたて始めた。僕は自分の部屋からヘッドホンステレオとモーツァルトのCDを三枚持ってくると、壁にもたれて床に座り、順番に聞き始めた。『フィガロの結婚』は、三枚目のCDだった。

明日もまた辛い一日になるに違いなかった。美和子の心の傷を、どう癒してやればいいだろう。そばにいてやること以外、僕にできることはないのだけれど。

静かに眠っている美和子の横で、膝を抱えながら好きな音楽を聞くというのは、じつは僕にとっては幸福な時間だった。僕はこの時間を守りたかった。ほかには何も欲しくはない。ただ、自分たちの世界を壊されたくないだけなのだ。

美和子の心の傷は、もしかすると醜いかさぶたになるかもしれない。それでも僕は、安堵(あんど)していた。間一髪のところで、彼女は救われた。

穂高誠――死んでも当然の男だ。

それにしても、あの脅迫状は誰が書いたものだろう。

当然のことだけれど、あの脅迫状と薬のことは、刑事たちには話さなかった。

2

電話のベルが鳴っていた。目を開けた時、僕は一瞬自分がどこにいるのかわからなかった。見慣れない壁紙が、目の前にあったからだ。だが数秒後、美和子の部屋だと思い出した。壁紙が見慣れなかったのは、少し前までは家具が並べてあって、壁をじっくり眺めることなどなかったからだ。

鳴っているのは僕の部屋の電話だった。両方のこめかみを押さえながら部屋を移動し、受話器を取った。時計を見ると、まだ午前八時過ぎだった。

聞こえてきたのは、やたらに早口でしゃべる女性だった。おまけに声がひどく甲高(かんだか)い。僕は思わず受話器を耳から離していた。おまけにまだ頭が覚醒(かくせい)していないので、僕は相手のいっている意味が、なかなか理解できなかった。何度か聞き返すうちに、テレビ局の人間だということがわかった。穂高誠の急死について美和子の話が聞きたい、ということらしい。

今はとても話をできる状態ではないので、といって僕は電話を切った。切ってから後悔した。今の短いコメントでも、彼等にとっては情報だと気づいたからだ。

ついでに大学に電話をかけ、今日と明日は休むことを告げた。親戚で不幸があったのでという理由を、事務の女性は疑わなかった。

受話器を置いたところ、また電話が鳴った。今度もまたテレビ局からだった。事件のことなら警察に訊いてくれといって電話を切った。

どこで番号を調べるのか、その後もマスコミ関係者からの電話が相次いだ。いっそのこと電話のジャックを引き抜いてやろうかとも思った。だが大学から緊急の連絡が入ることも考えておかねばならなかった。

朝刊の社会面に、事件のことがかなり大きく載っていた。死んだのが名の通った作家であることと、変死の状況が特殊であることが、大きく扱われている理由のようだった。隅から隅まで読んでみたが、新事実と呼べそうなことは何も書いていなかった。わずかに死因について、何らかの中毒死ではないかとみられている、と書いてある程度だ。鼻炎用カプセルのことなど、一言も触れられていない。

それでもおそらくマスコミの連中は、他殺の疑いがあることを嗅ぎつけているのだろう。だからこそ躍起(やっき)になって、情報を集めようとしているのだ。彼等が鼻炎用カプセルの存在に気づいたら面倒だなと僕は思った。

インターホンのチャイムが鳴ったのは、そんなふうにばたばたしている時だった。僕はうんざりして受話器を取った。マスコミ関係者が、直接訪ねてきたのかと思ったのだ。

しかしインターホンの受話器から聞こえてきた男の声は、警視庁捜査一課の者です、と名乗った。

一階に下りていって玄関のドアを開けると、昨日の刑事二人が立っていた。山崎（やまざき）という中年の刑事と、菅原（すがわら）という若い刑事だ。

「昨日のあなたのお話に基づいて調べたところ、新しい事実が出てきましてね。それについて、是非妹さんのお話を伺いたいのですが」山崎刑事がいった。

「僕の話？」

「穂高さんの庭にいたという白い服の女性の話です」

「ああ」僕は了解して頷いた。「どこの誰か、わかったんですか」

「ええ、まあ」刑事は顎の下をこすった。今すぐその内容を話したくはないようだ。「妹さんと会わせていただけますか」

「妹はまだ眠っていると思います。それに、まだ精神的な動揺が収まっていないようなのですが」

「そこをなんとか」

「でも――」

その時僕の後ろで、みしり、と床のきしむ音がした。二人の刑事が僕の背後に目を向けた。山崎刑事が、小さく口を開いた。

振り返ると、美和子が階段を下りてくるところだった。ジーンズにトレーナーという格好で、壁に右手を添え、一段ずつ慎重に足を運んでいる。その顔色は、あまりいいとはいえなかった。

「美和子、大丈夫か」と僕は訊いた。

「うん、大丈夫。それより」階段を下りきった彼女は刑事たちのほうを見た。「その話を聞かせてください。白い服の女の人って、誰ですか。穂高さんの庭にいたって、何のことですか」

山崎刑事が戸惑った顔でこちらを向いた。「例の女性のことを妹さんには……」

話してません、と僕は答えた。昨日の段階では話せるわけがなかった。

「どういうことですか。教えてください。あたし、本当に平気ですから」訴えかけるような声を彼女は出した。刑事たちは僕を見ている。

「じゃあ、お上がりください」と僕は彼等にいった。

床の間のある和室で、僕たち兄妹は二人の刑事と向き合った。まず僕から美和子に、土曜日に見た白い服の女性のことを話した。思った通り、彼女はそんな女性に心当たりはないといった。

　山崎刑事が、女性の名前を教えてくれた。浪岡準子というらしい。

「動物病院に勤めていた女性で、駿河さんと同じマンションに住んでおられました」と山崎刑事は補足した。

「そんな人が、どうして穂高さんの家の庭に？」美和子が途方に暮れたようにいった。

　山崎刑事は、隣の若い菅原刑事と顔を見合わせた。それから改めて美和子のほうに顔を向けた。何か、ひどく気詰まりそうな表情だった。

「そういう女性の話を、穂高さんから一度もお聞きになりませんでしたか」

「聞いてません」彼女はかぶりを振った。

「ははあ……」山崎刑事は、また顎をこすった。言葉を選んだ時に見せる、彼の癖のようだった。彼は意を決したようにいった。「駿河さんの話によると、以前穂高さんが付き合っていた女性のようです」

　この言葉を聞いた途端、美和子は背中をぴんと伸ばした。顎を引き、唾を飲み込む気配があった。「それで？」と彼女は訊いた。「前に付き合っていた人が、なぜあの日穂高さんの家へ来られたんですか」意外なほど、しっかりとした口調だった。思わず僕は彼女の横顔を見ていた。

「詳しいことはわかりません。ただ、その浪岡という女性が、穂高さんの結婚を快く思っていなかったことはたしかなようです」

「だから……どうなんですか」

「じつは、昨夜うちの刑事が浪岡さんの部屋を訪ねたところ」山崎刑事は何かを逡巡するように言葉を切り、唇を舐めた。「浪岡さんは部屋で亡くなっていたのです」

僕は思わず背中を伸ばしていた。あの女性が死んだ——。

隣で美和子が息を吸う音が聞こえた。しかし吐き出す音は聞こえなかった。「病気……でしょうか」と彼女は訊いた。

「いえ、薬物による中毒死と見られています」

「中毒……」

「硝酸ストリキニーネという薬です」山崎は手帳を開いた。眼鏡に手をやる。「動物の中枢神経興奮剤として、呼吸や心機能が麻痺した時などに、蘇生させるために使うそうです。ただし、効果が表れる量と致死量との差が少なく、投与量を誤ると死亡する危険性が高いといわれています。浪岡さんが勤務している動物病院でも、常備してあるそうです」

僕は頷いた。その毒の効果はよく知っている。僕が与えた毒により、あいつが死んでいった光景は、今も瞼に焼き付いている。

「すると、その女性は自殺したと……」僕が質問してみた。

「その可能性が高い、とだけ申し上げておきます」

「その人が死んだことと、穂高さんがあんなふうになったことと、どういう関係があるとおっしゃるんでしょうか」美和子がいった。挑むような目を刑事に向けている。

山崎刑事は、菅原刑事に目配せした。若い刑事は上着のポケットから一枚の写真を取り出し、テーブルの上に置いた。

「これを御覧になってください」と山崎刑事がいった。

美和子の横から僕も覗き込んだ。ポラロイドと思われるその写真に写っているのは、ティッシュペーパーの上に置かれたカプセル剤だった。見覚えがあった。

「このカプセルを見たことはありませんか」

「穂高さんの薬……鼻炎用の薬に似ています」美和子が答えた。

「これは浪岡さんの部屋にあったものです」と山崎刑事はいった。「ただし、この中身は硝酸ストリキニーネにすり替えてありました」

えっ、と美和子は顔を上げた。大きく目を見張っていた。

「そして」刑事は事務的な口調で続けた。「昨日亡くなられた穂高誠さんの死因も、やはり硝酸ストリキニーネによる中毒死と判明しています」

刑事の声は、それまでよりも反響して聞こえた。たぶんその直後に、深い沈黙が我々を襲ったからだろう。美和子は判決を聞いた直後の被告人のような顔で、正面の刑事を凝視（ぎょうし）していた。彼女は瞼さえ動かさなかった。

「それは」といってから僕は咳をした。声がうまく出なかったからだ。「それはつまり、どういうことなんですか。二人の死因が同じで、その毒入りのカプセルが、その浪岡という女性の部屋にあったということは。その女性が、穂高さんの薬に細工したということですか」

「まだ何ともはっきりしたことは申し上げられません。我々は事実だけをお伝えしているのです」山崎刑事はいった。「ただし、こういう言い方はできると思います。交際のあった二人の人物が、ほぼ同じ日に、同種の薬で中毒死するということは、偶然では起こり得ないのではないか、と」

「あの中に……」美和子が唇だけを動かしてしゃべり始めた。「その毒入りカプセルが入っていたということなんですね。あの、あたしが彼に渡したピルケースに……」

「美和子」僕は彼女の白い頰を見つめた。「仮にそうだったとしても、君のせいじゃない」

こんな陳腐な台詞が、慰めになるはずがなかった。刑事の前で気丈夫なふりをするのも限界に達したようで、美和子は唇をきつく結び、下を向いた。ぽたりぽたりと涙が畳に落ちた。「ひどいよ」と彼女は呟いた。「そんなの、ひどい」

「現在我々が知りたいことは」山崎刑事が口を開いた。彼もさすがに辛そうだ。「穂高さんの薬瓶に、そういった毒入りカプセルを混入することは可能だったか、もし可能だったとしたら、それはいつ行われたか、ということなんです。そこで、あなたの御意見をお聞かせ願えたらと思ったのですが」

「わかりません、そんなことを訊かれても……」

「あなたが穂高さんの薬瓶を預かったのは、いつですか」

「土曜日の昼間です。みんなでイタリアンレストランに行く前に、彼から瓶を渡されたんです。これを持っておいてくれって」

「穂高さんはその瓶を、それまでどこに置いておられたのですか」

「書斎の引き出しです」

「いつもそこに入れておられたのでしょうか」

「あたしが知っているかぎりではそうです」

「穂高さん以外の人が、その瓶に触れるのを見たことがありますか」

「わかりません、そんなの、覚えてません」美和子は両手で顔を覆った。肩が小刻みに揺れている。

「刑事さん」と僕はいった。「もう、これぐらいにしていただけませんか」

美和子の様子を見れば、この頼みが無理のないものであることは、刑事たちにもわかるはずだった。山崎刑事はまだもう少し質問をしたいらしく、名残惜しそうな顔を一瞬見せたが、最後には不承不承といった感じで頷いた。

美和子を部屋に残し、僕一人で刑事たちを玄関まで見送った。

「こんな時に無神経だと思われたでしょうが、これも仕事なものですから。申し訳ありませんでした」靴を履いてから、山崎刑事は丁寧に頭を下げた。

「こちらから一つだけ訊いていいですか」僕はいってみた。

「何でしょう」

「その浪岡準子という人は、いつ亡くなられたんでしょうか。つまり、その、穂高さんが死ぬ前か後かということですけど」

この質問に答えていいものかどうか、刑事は少し考えたようだ。しかし、これぐらいは教えていいだろうと彼は判断した。

「浪岡さんの死体が発見された時点で、死後一日以上が経っていました」

「すると……」

「穂高さんが亡くなった時すでに、彼女は死んでいたということになります」

「そうですか」僕は頷いた。「どうもありがとうございます」

ではお大事に、といって刑事たちは去っていった。

僕は玄関の鍵をかけた。それから考えた。

死体は昨夜見つかったという話だった。ということは、浪岡準子が死んだのは、一昨日の夜以前だ。

つまり、僕にあの脅迫状を寄越(よこ)した人間は、少なくとも彼女ではない。

二人の人物の顔が、僕の頭に浮かんだ。

雪笹香織の章

1

小雨の中を喪服の男女が、四列に並んで、ゆっくりと進んでいた。読経の声が低く流れている。受付を他の者と交代し、あたしは列の最後尾についた。隣にいた男性編集者が、たまたま知り合いだったので、傘の下にあたしを入れてくれた。

寺は、細い道路が碁盤の目のように交差する住宅地の中にあった。地名としては上石神井ということになる。なぜこの寺で穂高誠の告別式が行われることになったのか、詳しい事情はわからなかった。独り暮らしをしていた彼が、檀那寺を持っていたとは思えない。

東京で火葬まで行った後、骨を茨城の実家に運び、そこでまた親族を中心にした葬儀が開かれるという話だった。編集者の中には、それにも出席しなければならない者もいるらしい。気の毒な話だ。

事件、すなわち穂高誠が死んだ日から、四日が過ぎていた。今日はもう木曜日だ。警察から遺体の戻ってくるのが遅かったことが、葬儀が遅れた理由だ。

「ワイドショーも、この葬式の模様を流したら、一段落するんだろうかねえ」あたしを傘に入れてくれた編集者が、ちらりと後ろを見ていった。テレビカメラを持った連中が、遠くからあたしたちを撮影している。透明の雨合羽(あまがっぱ)まで着て、御苦労なことだ。

「わかりませんよ。今は芸能ネタに派手なのがないから、もう少しこのネタで引っ張るんじゃないですか」あたしはいった。「何しろ、今度の事件には、主婦が喜ぶ三大要素が入っていますから」

「三大要素？」

「有名人、殺人、愛憎の三つ」

「なるほど。被害者が死んだ場所が教会ってのも、二時間ドラマ的だものな」そこまでいってから、彼はあわてて口を手で押さえた。声が少し大きくなりすぎたことに気づいたようだ。あたしたちの後ろにいた参列者たちも、にやにや笑っていた。

焼香(しょうこう)の順番が近づいてきた。あたしは数珠(じゅず)を持ち直した。

ワイドショーが今後どうするかはわからないが、世間の人々が穂高誠の怪死事件に関心を示さなくなるのも、もはや時間の問題といえそうだった。昨日までの三日間で、謎の九割が解明されていたからだ。

まず穂高誠が死んだ翌月曜日の夕刊に、すでに浪岡準子の死に関する記事が載った。その時点では、練馬区のマンションに住む独身女性の死体が見つかった、という程度の記事だった。ところが火曜日の某スポーツ新聞で、彼女と穂高誠がかつて交際していたことが暴露された。刑事が口を滑らせたとは思えないから、たぶん駿河直之が情報を流したのだろう。彼としては、今度の事件に早く決着をつけてしまいたいに違いない。

さらに昨日は別の新聞が、穂高誠と浪岡準子の死因が同じ薬物による中毒死であることを記事にした。硝酸ストリキニーネというその薬が、浪岡準子が勤務していた動物病院にも置いてあることも、その記事は伝えていた。

人気作家に裏切られた女が男の結婚式を狙って無理心中を計った、というストーリーが当然のように出来上がる。事実、テレビのニュース番組などでは、浪岡準子の同僚にインタビューしたりして、その仮説を裏づけることに躍起になっていた。

いよいよあたしが焼香する番になった。あたしは深呼吸を一つして、前に出た。

遺影に使われているのは、穂高誠が著書にしばしば載せている顔写真だった。撮影したのはずいぶん前だが、いつまでも使っていたのは、たぶん本人が気に入っていたからだろう。写真の中の穂高は、正面ではなく、少し斜めを向いている。

この写真を撮影した時、そばにいたのはあたしだ。うちの会社から本を出版するにあたり、著者近影を撮ろうということになり、あたしがカメラマンと共に出向いたのだ。撮影した場所は、石神井公園の池のそばだった。

あたしが穂高に話しかけ、それに答える彼の表情をカメラマンがフィルムに収めた。つまり、遺影の彼が見ているのは、あたしの顔なのだ。

焼香を始めた。一回、二回。

手を合わせる。

瞼を閉じた途端、不意に何かが体内から沸き上がってきた。それは瞬く間に涙腺(るいせん)を熱くした。涙が滲みそうになった。あたしは必死でこらえた。もしわずかでも滲ませたなら、あとはとめどなく溢れるだろう。この局面で、そんなことになったら、周りの者に何と思われるかわからない。

手を合わせたまま、あたしは懸命に息を整えた。気持ちが静まるのを待った。

幸い、波がひくように心が平静に戻っていった。あたしは、何事もなかったかのようにその場を離れた。

受付のあるテントの下に戻り、ようやく短くなってきた焼香客の列をぼんやりと眺めた。出版関係者以外では、知っている顔はいなかった。

先程の気持ちを、あたしは反芻(はんすう)してみた。なぜ急に涙が出そうになったのだろう。

穂高が死んだことが悲しいのではない。そんなことを悲しんだりはしない。あの男は、こうなるべきだったのだ。

あたしの心を揺さぶったのは、あの遺影だ。あの彼の視線の先には、あたしがいる。何年か前の、まだ何も知らなかった頃のあたしだ。本当の愛を知らず、傷つくということも知らず、憎むということも知らなかったあたしだ。穂高などに心を許したあたしだ。

あの遺影を見ているうちに、そんな昔のあたしのことが急に哀れに思えてきて、涙がこぼれそうになったのだ。

2

喪主の挨拶が済み、棺が運び出された。編集者数名が、それを手伝った。

神林美和子は、兄の貴弘と共に、火葬場へ行くようだった。彼女は一応、遺族として扱われているらしかった。ただし、それも今日までの話なのだろう。

あたしは受付の片づけを手伝った後、一旦自宅に帰ることにした。着替えてから、出社するつもりだった。

ところが、寺を出たところで、「すみません」と後ろから声をかけられた。振り返ると、見たこともない男が立っていた。長身で、鋭い目をした男だった。黒っぽいスーツを着ているが、喪服ではなかった。

雪笹香織さんですね、と男は訊いてきた。そうですけど、と、あたしは答えた。

「警察の者ですが、少しお時間をいただけませんか。ほんの少しで結構なんです」これまで会った刑事と違って、こちらを値踏みするような目つきをしてこなかった。

「じゃあ、十分ぐらいなら」

ありがとうございます、と彼は頭を下げた。

近くの喫茶店に入った。こんな時でなければ入らないような野暮ったい店だった。壁にメニューを書いた紙が貼ってある。アイスコーヒー三八〇円。あたしたちのほかに客はいない。

刑事は加賀と名乗った。練馬警察署の所属らしい。

「やはり社会的地位のある方のお葬式は違いますね。遠くから見ていただけですが、著名な人たちもかなりいらっしゃってたようでした」注文したコーヒーを待つ間に加賀刑事がいった。

「刑事さんはどういう目的で、今日の葬儀にいらしてたんですか」あたしは訊いてみた。軽く牽制(けんせい)したつもりだ。

「見ておこうと思ったんです。関係者の顔を」加賀はそういってから、あたしを見て、続けた。

「あなたの顔も」

あたしは横を向いた。気取った男が使いそうな台詞に、ちょっとげんなりした。それともこの刑事は、本気でそう思っているのか。つまり、何らかの理由であたしに目をつけたということか。

中年の女性が二人分のコーヒーを運んできた。この店は彼女一人でやっているようだ。

「事件は、ほぼ解決したように聞いていますけど」あたしはいってみた。

「そうなんですか」加賀はコーヒーをブラックで飲み、ちょっと首を傾げた。あたしの言葉にではなく、コーヒーの味に疑問を感じたような表情だった。「どういうふうに解決したのですか」

「だから、浪岡準子さんという人が、穂高に裏切られたことを恨みに思って、職場から持ち出した毒薬で無理心中を計った、ということじゃないんですか」あたしはミルクを入れてからコーヒーを飲んだ。そうして、彼が首を傾げたくなった気持ちがわかった。風味と呼べるものが全くなかった。

「捜査一課のほうから、そうした内容で正式発表がなされた、という事実はないと思いますが」

「でも、マスコミの報道を見ていれば察しがつきます」

「なるほど」加賀は頷いた。「しかし我々としては、まだ何も解決していない、というのが正直なところです。誰が何といおうとも」

あたしは黙って不味いコーヒーを飲んだ。この刑事の言葉の意味を考えた。その前に彼が捜査一課と呼んだものは、たぶん警視庁捜査一課のことだろう。練馬警察署は、直接赤坂での事件にはタッチしていないはずだ。練馬のマンションで浪岡準子の死体が見つかったかなのだろう。
ら、合同捜査の形をとっているのだろう。加賀が調べようとしているのは、何に関すること
「それで、あたしに訊きたいことというのは？」
加賀は手帳を取り出して、開いた。
「ごく単純なことです。五月十七日、つまり先週の土曜日の行動を、できるだけ詳しく教え
ていただきたいのです」
「先週の土曜日？」あたしは眉を寄せた。「何のためにですか」
「無論、捜査の参考にしたいからです」
「わかりません。どうしてそれが捜査の参考になるんですか。先週の土曜日のあたしの行動
なんか、事件と関係ないじゃないですか」
「ですから」加賀は、少し目を見開いた。そうすると視線に威圧感が出た。「事件と関係な
いということを確認したいから、こうしてお訊きしているわけです。つまり消去法の段階を
踏んでいるとお考えください」
「やっぱりわかりません。あなたのお話を聞いていると、まるで土曜日に何か犯罪が行われ
て、そのアリバイを訊いておられるようです」
するとと加賀はあたしの顔を見たまま、片方の頰だけで笑った。不敵な笑み、余裕のある笑
いだ。

「おっしゃるとおりです。アリバイを尋ねている、と解釈してくださって結構です」

「何のアリバイですか。どういう事件のアリバイですか」

声が少し大きくなった。加賀がちらりと視線を振った。その方向を見ると、カウンターの向こうで新聞を広げていた女店主が、あわてて顔を伏せたところだった。

「浪岡準子さんの死に関すること、とだけ申し上げておきます」加賀はいった。

「あの人の死自体は自殺でしょう？　それ以上、何を調べるんですか」声を小さくしてあたしは訊いた。

加賀はコーヒーを飲み干した。空になったカップの底を見つめ、「豆が古い」と、ぽつりといった。それからあたしに訊いた。「土曜日の行動を教えていただけますか。それとも、教えてはいただけませんか」

「教える義務は――」

「もちろんありません」と加賀はいった。「でもその場合は、あなたにはアリバイがないと解釈します。したがって、こちらが作成したリストから、あなたの名前を削ることもできなくなります」

「どういうリストですか」

「それはお答えできません」そういってから彼は、ふっと吐息をついた。「覚えておいてください。警察は質問には答えません。ただ一方的に質問するだけです」

「よくわかっています」あたしは彼を睨みつけた。「土曜日の、いつのアリバイをお知りになりたいんですか」

「午後から夜までです」

あたしは自分のスケジュールノートを取り出した。そんなものを見なくても覚えていたが、せめてじらしてやりたかった。

あたしはまず、穂高の家に行って神林美和子と仕事の打ち合わせをした。ここで早速刑事は質問してきた。

「その時に穂高さんは鼻炎薬をお飲みになったそうですが、覚えておられますか」

「ええ、覚えています。さっき飲んだばかりの薬がもうきれてきたようだとかいって、机の引き出しから薬を出してきました。缶コーヒーで流し込んだので、ちょっとびっくりしました」

「穂高さんが引き出しから出してきたのは瓶でしたか。それとも何か別の容器でしたか」

「瓶です」そういってから、あたしは手を小さく振った。「あ、いえ、正確には薬のパッケージ箱です。その中に瓶が入っていたんです」

「箱のほうはどうされましたか」

「たしか……」あたしはあの時のことを思い出して答えた。「そばのゴミ箱に捨てたと思います。美和子さんに預けたのは瓶だけでしたから」

なぜ加賀がこんなことをしつこく確認するのか理解できなかった。事件と関係があるとも思えなかった。

「仕事の打ち合わせをした後はどうされました？」

「みんなでイタリアンレストランへ食事に行きました」

「食事の間、何か変わったことはありませんでしたか」

「変わったことって？」

「どんなことでも結構です。珍しい人に会ったとか、どこからか電話がかかってきたとか」

「電話……」

「ええ」加賀はあたしの顔を見つめて微笑んだ。魅力的といえなくもない笑顔だった。だがその表情の裏に狡猾な計算が潜んでいるのをあたしは感じた。

この刑事はあのレストランに行って、途中で駿河直之が抜けたことを聞いたのだ。彼の携帯電話が鳴ったことも知っているのかもしれない。だとしたら、あたしがここでしらばくれるのは得策ではない。

大したことではありませんけど、と前置きし、あたしは駿河直之の携帯電話が鳴ったことや、その後彼が先に店を出たことなどを話した。加賀は初耳のような顔でメモを取っている。

「会食を途中で抜けるとは、かなり切迫した用があったということですかね」

「わかりません。そうじゃなかったんですか」あたしはいった。余計なことはしゃべらないほうがいい。

「食事の後はどこへ行かれましたか」加賀が予想通りに訊いてきた。

本当のことを話すわけにはいかなかった。こっそりと穂高の家へ行き、彼や駿河の後をつけ、浪岡準子の部屋に入って死体を見つけた、とはいえない。

会社に戻ったといおうとし、あわてて飲み込んだ。土曜日とはいえ、休日出勤している社員は少なくない。あの日あたしが社に顔を出さなかったことは、調べればすぐにわかるはずだった。

「家に帰りました」と、あたしは答えた。「疲れたので、そのまま家へ」

「真っ直ぐ?」

「途中、少し銀座に寄りましたけど、結局何も買わずに帰りました」

「お一人だったわけですね」

「一人です。部屋に帰ってからも、ずっと一人でした」あたしは微笑んでみせた。「だからやっぱり、アリバイなし、ですね」

加賀はすぐには何ともいわなかった。あたしの内心を読み取ろうとでも思っているのか、じっとこちらの目を見つめてきた。

やがて彼は手帳をしまった。「お忙しいところをすみませんでした」

「もういいんですか」

「ええ、今日のところは」そういって彼はテーブルの上の伝票を取り、立ち上がった。

それであたしも腰を上げた。すると彼は突然振り返った。

「一つ、疑問があるんです」

「何ですか」

「穂高さんが常用されていた鼻炎薬は、本来一瓶に十二錠のカプセルが入っているんです。浪岡準子さんは、それを買って、毒入りカプセルを作ったと考えられています」

「ええ。それが何か……」

「ところが浪岡さんの部屋から見つかったのは、たった六つのカプセルだけなんです。これはどういうことなんでしょう？　穂高さんが飲んだのは、一錠だけです。すると、残りのカプセルはどこに消えたんでしょうか」

「だから、それは……浪岡さん自身が飲んだんでしょう？」

「なぜですか？」

「なぜって、自殺するためじゃないんですか」

あたしの言葉に、加賀は首を振った。

「自分が部屋で飲むのに、なぜわざわざカプセルにする必要があるんですか。それに浪岡さんが飲んだのは、一錠か二錠でしょう。どうしても数が合わない」

あっと思わず声を漏らしそうになった。しかしあたしは寸前でこらえた。表情を変えまいとした。

「それは……ちょっと不思議ですね」

「そうでしょう。ふつうの自殺なら、ありえないことです」そういって加賀はカウンターに近づいていった。その広い背中は、無言の圧力をあたしにかけてくるようだった。

ごちそうさま、と一言いって、あたしは古い喫茶店を出た。

神林貴弘の章

1

　穂高誠の死体が焼かれている間、美和子は待合室の窓際に立ち、じっと外を見つめていた。外は依然として細かい雨が降り続いており、火葬場の周りに植えられている樹木をまんべんなく濡らしていた。空は灰色で、コンクリートの地面は黒く光っている。まるで窓の外だけがモノクロの画面に変わってしまったようだ。そんな風景に目を向けたまま、美和子は無言で立っていた。

　待合室にいる他の人々も口数は少なかった。二十人以上の人間がいるが、誰もが疲れ果てた顔つきで座っていた。穂高の母親は、まだ泣いている。背中が丸いのでより小柄に見える老婦人は、隣の男性に何か話しかけては、畳んだハンカチを目頭(めがしら)に当てるのだった。男性は沈痛な面もちで彼女の話を聞き、時折大きく首を縦(たて)に振った。僕は四日前の結婚式の時にも穂高の母親と会っていたが、あの時と比べると体重が半分になったんじゃないかと思うほど痩せていた。

ビールや酒が用意されていたが、飲んでいる者は少なかった。むしろ皆は温かい茶を欲していた。五月だというのに、今日はストーブが欲しくなるほど冷えているからだ。

僕は二つの湯飲み茶碗に茶を入れると、美和子に近づいていった。彼女は僕が横に立っても、すぐにはこちらに顔を向けてくれなかった。

「寒くないか」美和子の前に湯飲みを差し出して、僕は訊いた。

美和子は機械仕掛けの人形のように、まず首だけをこちらに回し、それから顎を引いて僕の手元に目を落とした。だが彼女の目が湯飲み茶碗に焦点を結ぶには、さらに何秒間かが必要だった。

「あ……ありがとう」美和子は湯飲み茶碗を受け取った。だが飲もうとはせず、もう一方の手も添えて、茶碗を掌の中に包み込むようにした。冷えた手を暖めているようだった。

「彼のことを考えているのか」訊いてから、なんて馬鹿な質問だと自分で思った。僕は美和子が相手だと、考える前に言葉を口に出してしまうことがとても多い。

幸い彼女は軽蔑（けいべつ）の眼差しで僕を見たりはしなかった。まあね、と小さな声で答えた後、「彼の洋服のことを考えてたの」といった。

「洋服って？」

「今度の旅行に備えて、洋服を作ったの。お店で一度袖（そで）を通しただけの服が三着もある。あれをどうすればいいかと思って」

なんだそんなことか、とは思わなかった。おそらく彼女は今、自分が失ったものを一つ一つ点検しているのだ。

「家族の人たちが何とかするんじゃないか」僕としては、こういうしかなかった。

しかし美和子は僕のこの言葉を、違う意味に解釈したようだ。瞬きを二度すると、「そうね、あたしは彼の家族じゃないものね」と静かにいった。

「そういう意味じゃないけど……」

その時喪服を着た男が待合室に入ってきて、遺体が焼き終わったことを伝えた。それを聞いて全員が、のそのそと動きだした。僕と美和子も火葬室に向かった。

スポーツで鍛えあげた穂高誠の頑健そうな肉体は、すでに白い骨と灰に変わっていた。その量があまりに少ないので、僕は意外な感じがした。人間の本質を見たような気分だった。僕自身だって、焼かれればこれと同じになるのだ。

拾骨は、沈黙の中で淡々と行われた。僕は美和子の横で見ているだけにしておくつもりだったが、穂高誠の親戚と思われる中年女性から箸を渡されたため、骨のかけらを一つ拾って壺に入れた。どこの部分の骨かはわからなかった。生命の息吹がすっかり消えた、白い破片だ。

すべての儀式が終わると、火葬場を出たところで穂高家の人々と別れの挨拶を交わした。遺骨は穂高誠の父親が持っていた。

茨城でも葬儀を行うが、それはわざわざ来てもらわなくてもいい、という意味のことを穂高道彦が美和子にいった。道彦は穂高誠の実兄らしいが、顔も体つきも全く似ていなかった。ずんぐりした身体に、丸くて大きい頭が載っているという感じだった。

「あたしは何かお手伝いできることがあるなら、行かせていただこうかと思っていたんですけど」美和子が細い声でいった。

「いやあ、でも、遠くて大変だし……知らない人間ばかりであなたも寂しいだろうから、本当にもう、来られる必要はないと思いますよ」

道彦の口調は、むしろ来て欲しくないのだといいたげだった。彼女がいることにより、葬儀全体が好奇の目で見られることを恐れているのかなと思ったが、すぐにそうではないと思い直した。穂高誠の死については連日様々な媒体によって報道がなされているが、今のところ、元の恋人によって殺されたという見方が有力になってきている。だが穂高家としては、何とかそれを否定したいのだろう。少なくとも地元では、恥ずかしくない説明ができるようにしておきたい。そのためには多少事実を歪曲する必要も出てくるだろう。そんな時、そばに美和子がいたら邪魔なのだ。

そのあたりのことを察したのか、美和子はそれ以上強くは自分の意見を述べず、「では、もし何かありましたら連絡してください」とだけいった。それを聞いて、穂高道彦は安堵したようだった。

彼等と別れ、僕たちは駐車場に行った。そして古いモデルのボルボに乗り、横浜まで帰ることにした。

車が走りだして間もなく、美和子がぽつりといった。「あたし、何なのかな……」

「えっ？」僕は運転をしながら、少しだけ顔を彼女のほうに捻った。

「あたしって、穂高さんの何だったのかなと思って」

「恋人だろ。おまけに婚約者だった」

「婚約者……そうね。だって、ウェディングドレスだって作ったんだものね。あたしはレンタルでいいっていったんだけど」

雨が少し強くなっていた。僕はワイパーのピッチを速くした。ゴムが古びているので、フロントガラスの表面をこするたびに、きいきいと安っぽい音がした。

「でも」と彼女はいった。「花嫁にはなれなかった。ウェディングドレスを着て、教会の扉を開けたのに……」

美和子が思い出している情景が、僕の目の前にも浮かんだ。白いモーニングコートを着た穂高誠が、これから彼女が通るべきバージンロードの上で倒れていたのだ。

沈黙が支配する車内で、ワイパーの音だけが規則正しく鳴っていた。僕はカーラジオのスイッチを入れた。クラシック音楽がスピーカーから流れてきた。やけにもの悲しい曲だった。

美和子がハンカチを出し、目を押さえた。鼻をすするのが聞こえた。

「消そうか」僕はカーラジオのスイッチに手を伸ばした。

「ううん、気にしないで。音楽に刺激されたわけじゃないから」

「それならいいけど」

車のガラスがくもり始めていた。僕はエアコンのスイッチを入れた。

「ごめんね」と美和子はいった。少し鼻声になっていた。「今日はもう泣かないつもりだったの。今朝からあたし、一度も泣かなかったでしょう？」

「泣いたっていいんだよ」と僕はいった。

それからしばらく僕たちは黙っていた。横浜に向かう高速道路を、僕の運転するボルボは粛々(しゅくしゅく)と走り続けた。

「ねえ、お兄ちゃん」車が高速道路を出て市街地を走り出した頃に美和子がいった。「本当にあの人がやったのかな」

「あの人？」

「あの女の人。ええと、浪岡準子さん……だっけ」

「ああ」美和子が何をいいだしたのか理解した。「やったんだろ。同じ毒を飲んで死んでいたというじゃないか。偶然だとは思えない」

「でも警察からは何の発表もないわ」

「裏づけ捜査の段階なんだよ。連中は、余程のことがないかぎり、捜査の途中では何も発表しないから」

「そうなのかな」

「何がいいたいんだ」

「別に何がいいたいということではないんだけれど、何となく納得できないことがいくつかあるの。つまらないことかもしれないけど」

「いってみろよ。それとも、おれに話したって仕方がないかい？」

「ううん、そんなことはない」

美和子はかすかに笑ったようだ。もっとも前を向いていた僕には、その気配が感じられただけだ。

「あたし、どうも不自然な感じがするの。毒入りカプセルを、あの薬瓶に仕込んだっていうことについて……」

「不自然？　じゃあ美和子は、穂高さんが毒を飲んだ経路は別にあるというのかい」

「ううん、例の薬瓶に毒入りカプセルが混ぜてあったことはたしかだと思う。だって彼は式の前には、それ以外のものを口にしなかったそうだから」

「だったら何が不自然なんだ」

「うん……不自然という言い方がおかしいのかもしれないけど、その浪岡さんという女性が仕込んだというのが、ちょっと引っかかっちゃうの」

「どうして?」

「だってお兄ちゃんの話だと、その人は誠さんの家の庭に現れただけで、すぐに駿河さんが外に連れ出したんでしょう? だったら、薬瓶に近づくこともできなかったんじゃないのかな」

「薬を仕込んだのがあの日だとはかぎらないよ。彼女はかつて穂高さんの恋人だった。当然自由に家にも出入りしていたんじゃないかな。スペアキーだって預かっていただろう。そのスペアキーを彼に返す前に、合鍵を作っていたことも考えられる。もしそうだったら、いつだって忍び込んで薬瓶にカプセルを仕込むことはできたはずだ」

淀みなく答えられたのは、これについては僕も考えていたからだった。美和子に指摘されるまでもなく、あの五月十七日に浪岡準子に毒を仕込むチャンスがなかったことは、ずっと居間にいた僕が一番よくわかっている。だからこそ僕としては、浪岡準子が仕込めたとしたらそれはいつだったかということについて、考えておく必要があったのだ。

「だったら」と美和子はいった。「浪岡さんは、何のために庭に現れたの?」

「お別れをいうため……かな」

「誠さんに?」

「そう。あの時点ですでに彼女は自殺する気だった。だから最後に一度、穂高さんの顔を見ておきたかったんじゃないのかな。変かい、そんなふうに考えるのは」

「ううん、変だとは思わないけれど」

「何が引っかかるんだ」

「あたしだったらどうするかなって考えたの。好きだった人が自分を裏切って、ほかの女の人と結婚することになっちゃった時……」

「美和子は死んだりしないだろ」僕は彼女のほうをちらりと見ていった。「そんな馬鹿なことはしないよな」

「わかんない、その時になってみないと」彼女はいった。「ただ、ほかの人にとられるぐらいなら好きな人を殺して自分も死んだほうがましっていう気持ちは理解できるの」

「それなら浪岡準子の行動にも合点がいくんじゃないのか」

「基本的にはね。でも」彼女は少し間を置いてから続けた。「あたしだったら、たった一人で部屋で死ぬようなことはしないと思う」

「じゃあどうするんだ」

「できれば、愛する人を先に殺して、その人のそばで自分も命を絶ちたいと考えるんじゃないかな」

「そりゃあ、それが第一希望かもしれないけど、あの時には無理だった。何しろ、第三者がいっぱいいたからね。それに今回みたいな殺害方法を選んだ以上、都合よく目の前で穂高さんが死ぬなんてことは望めないだろう。いつ彼が毒入りカプセルを飲むか、予測できないからね。しかも翌日には結婚式があり、彼はそのまま新婚旅行に出てしまって、当分帰ってこない。というより、その旅行中に彼が死んでしまう可能性のほうが高かった。つまり彼女が穂高さんの死体に近づくこと自体、もはや不可能だったわけだ。となると、一人で死ぬしかないじゃないか」

「うん、それはあたしもわかる。だから、できればそうしたいっていうことなの。でも、愛する人の死体のそばで死ぬことが無理だとしても、全然関係のないところで死ぬのは、あたしだったらいやだな」

目の前の信号が赤になったので、僕はゆっくりとブレーキを踏んでいった。車が完全に停止してから、彼女のほうを向いた。

「じゃあ、どこで死ぬ?」

「そうね」美和子は首をわずかに傾けた。「やっぱり、その人との思い出がいっぱいある場所かな」

「となると……」

「彼の家か、家のそば」小さな声だが、断言する口調だった。「そうすれば、自分が死んだことが確実に相手の男性に知れるもの。自分の部屋で、一人ひっそりと死ぬようなことはしないと思う。もし彼が自分の死を知らないまま、毒を飲んで死んでしまったらと思うと、すごく寂しいから」

「なるほどね」

　信号が青になったので、僕はブレーキから足を離し、アクセルを踏んだ。

　そういうことはあるかもしれない、と僕は思った。浪岡準子が望んだのは、あくまでも心中だったのだ。

「だけど、浪岡準子が自分の部屋で自殺したのは動かせない事実だ。だからどんなに不自然と思えても、受け入れなきゃ仕方ないんじゃないか」

「それはわかってるんだけど」美和子はそういったきり、また黙り込んだ。この沈黙は僕を不安にさせた。

　家に着く頃には、すっかり日が落ちていた。ヘッドライトの光が、濡れた路面に反射している。雨はやんでいるようだ。

　カーポートにボルボを入れる前に、美和子を先に降りさせた。横幅がぎりぎりいっぱいなので、止めると助手席側のドアが開けられないのだ。

　僕がカーポートから出るまで、美和子は家の前で待っていてくれた。先に入っていればよかったのに、と僕はいった。

「うん。でも、何となく入りにくくって。ここはもうあたしの家じゃないんだって、ずっと自分に言い聞かせてきたから」そういって美和子は、眩（まぶ）しいものを見るような目を僕たちの古い家に向けた。

「美和子の家だよ」と僕はいった。「たとえ結婚していたとしても、それは変わらない」

彼女は目を伏せ、「そうかな」と小さな声で呟いた。

僕が門の扉を開けようとした時だった。「神林さん」と、呼ぶ声がした。僕は振り向いた。道の反対側から、一人の男が近づいてくるところだった。

知らない男だった。長身で肩幅が広く、そのせいか顔が外人のように小さく見えた。

「神林貴弘さんと美和子さんですね」男は確認するように訊いてきた。その口調から、何者であるかを僕は察知した。同時に憂鬱（ゆううつ）な思いが胸に広がった。今日はこのままゆっくり二人だけで過ごさせてほしいと思った。

だが男は僕が恐れたとおりの行動に出た。つまり警察手帳を出し、「警察の者ですが、少しお尋ねしたいことが」といってきたのだ。

「明日にしていただけませんか。今日はもう、僕も妹も疲れているので」

「申し訳ありません。上石神井（かみしゃくじい）のほうでお葬式だったんですよね」刑事はいった。僕たちの服装を見て、そう判断したのだろうと僕は思った。

「そうです。だから、とにかく今は、一秒でも早くくつろぎたい気分なんです」僕は門扉を開け、美和子の背中を軽く押して、彼女を先に中へ入れた。それから僕自身も彼女に続こうとした。ところが後ろ手で閉めようとした門扉を、刑事は押さえた。

「三十分で結構です。あるいは二十分でも」そういって食い下がった。

「明日にしてください」

「お願いします。新しい事実が見つかったのです」刑事はいった。

　この言葉に僕は反応してしまった。僕は訊いた。「新しい事実？」

「ええ、いろいろと」刑事は僕の目を真正面から見据えてきた。鋭く、そして深みのある目だった。内面に彼自身の作り上げた確固たる世界があることを、その目は語っていた。その世界に引き込もうとする力が、彼の全身からオーラのように出ていた。

「お兄ちゃん」美和子が僕の後ろでいった。「入ってもらえば？　あたしなら大丈夫よ」

　僕は彼女のほうを振り返り、小さく吐息をついた。それから改めて刑事を見た。

「三十分で済みますか」と僕は訊いた。

「約束します」と彼はいった。

　僕は門扉から手を離した。刑事はそれを開け、入ってきた。

2

　男は練馬警察署の加賀と名乗った。明言はしていないが、主に浪岡準子の自殺について調べているような口ぶりだった。所轄の警察署だと、合同捜査といっても行動が制限されるのかもしれないなと僕は勝手に想像した。

「まずお尋ねしたいのは、五月十七日の昼間のことです」加賀刑事は玄関の沓脱ぎに立ったままいった。黒っぽいスーツを着た大男に立たれると、まるで死神の訪問を受けているようだった。美和子が、どうぞ上がってくださいといったのだが、彼はここで結構ですありがとうございます、と笑顔を添えて辞退したのだ。アマチュアスポーツマンが試合前に見せるような、爽やかでいて、幾分強張ったところのある表情だった。刑事らしくないなと僕は思った。

「浪岡さんが穂高さんの家に突然やって来た時のことなら、もう何度もほかの刑事さんに話しましたよ」

僕の言葉に対し、加賀はこっくりと頷いた。

「わかっています。でも自分の耳で確かめておきたいのです」

僕はため息をついた。「十七日の何を訊きたいんですか」

「まずお二人の行動から」彼は手帳を取り出し、メモを取るポーズを作った。「あの日は午前中にこちらのお宅を出て、夜は例の結婚式場となったホテルでお泊まりになったんでしたね。その間のことを、できるだけ詳しく話していただけますか」

この台詞から察するに、「朝、家を出て穂高氏の家へ行き、夜ホテルに行った」という程度の話では彼が納得しないようだった。仕方なく僕は、時折美和子の助言を求めながら、あの日自分たちが体験したことを、かなり細かく説明した。僕としては、イタリアンレストランを出て穂高たちと別れた後のことまでは話す必要がないのではないかと思ったが、加賀刑事は僕の話にストップをかけてはこなかった。結局僕は、ホテルでベッドに入るまでの殆どの行動を説明することになった。

僕の話を聞き、素早くメモを取っていた加賀刑事は、その手を止めてから十秒ほど考え込み、顔を上げた。

「すると午後六時頃から八時過ぎまで美和子さんが美容室に行っておられる間を除いて、お二人はずっと一緒だったわけですね」

「そういうことです」

僕の横で美和子も頷いた。彼女も僕も、まだ喪服のままだった。

「美和子さんを待っている間、あなたはホテルのティーラウンジにいたとおっしゃいましたね。約二時間、ずっとそこにいらっしゃったのですか」加賀刑事が訊いてきた。

面倒なので、そうだと答えようかとも思ったが、彼の鋭い目は、いい加減なことをいっても調べればすぐにわかるのだぞと威圧的に語っていた。

仕方なく僕は答えた。「その前にちょっと買い物に出ました。近くの本屋まで。その後コンビニエンスストアにも寄りました」

「本屋とコンビニ？　どこの何という店だったか覚えておられますか」

「何といったかな」全く覚えていなかった。しかし、その代わりに思い出したことがあった。「ああ、そうだ。もしかしたら……」僕はポケットから財布を出し、その中を探った。思ったとおりだった。僕は一枚のレシートを取り出して、加賀刑事に見せた。「これがその時に入ったコンビニのものです」

彼は上着の内ポケットに手を入れると、白い手袋を出してきた。それを素早く手にはめてから、僕の持ったレシートに指を伸ばしてきた。

「なるほど、あのホテルの近くのようですね」印刷されたコンビニの住所を見たらしく、加賀刑事はいった。「本屋のほうは？」

「本屋のほうは、ちょっと見当たりません。捨てちゃったのかもしれない。でも場所は覚えています。そのコンビニの並びにありました」

「クライトンを買ったのよね」美和子が横からいった。

「うん」

「マイクル・クライトン？」加賀刑事が訊いた。少し表情が和(なご)んだように見えた。

「そうです。文庫の上下本を買いました」

「すると、『ディスクロージャー』あたり？」

「はい」僕はちょっと驚いて刑事の顔を見た。クライトンの名前を知っていたとしても、『ジュラシック・パーク』か『ロスト・ワールド』を連想するのがふつうだと思ったからだ。「よくわかりましたね」と僕はいった。

「勘です」そういってから彼は続けた。「『エア・フレーム』も面白いですよ」

クライトンのファンだったのか、と僕は了解した。

「コンビニでは」加賀刑事はレシートを見ていった。「酒とおつまみを買っておられる」

「寝酒用です。眠れないとまずいから」

「なるほど。よくわかります」加賀刑事は僕と美和子を交互に見てから、頷いていった。翌日に結婚式を控えていたことを改めて思い出したようだ。だが、僕があの夜すんなりと眠る自信がなかった本当の理由については、この慧眼そうな刑事にもわからないはずだった。

彼はレシートを指先でつまみ、ひらひらさせた。「これはお預かりしていいですか」

どうぞ、と僕はいった。そんなものが何かの役に立つとは思えなかった。しかし刑事は上着の内ポケットから小さなビニール袋を取り出し、貴重品を扱うような手つきでその中にレシートを入れた。彼のポケットにはほかにどんなものが入っているのか、僕はちょっと訊いてみたくなった。

「美和子さんが美容室での用を済まされた後は、お二人で日本料理店で食事をされ、その後もそれぞれの部屋に戻るまでずっと一緒だったということですが、そのことを証明することはできますか。たとえば、どなたかと会ったとか」加賀刑事が次なる質問に移った。

僕は露骨に眉をひそめて見せた。証明、という言葉が気にかかったのだ。

「僕と妹が二人きりで行動していたというのが、何か問題なのですか」

するると加賀刑事はかぶりを振った。「いえ、そういうことではありません」

「それなら、どうして……」

「五月十七日における関係者の行動を整理したい——ただそれだけのことです」

「その目的は何ですか。たしかに我々は間接的に浪岡準子さんと関わりを持っていますが、その人が自殺したからといって、そこまで調べられる理由があるんでしょうか。本屋やコンビニに行ったことの裏づけまでとられ、兄妹で過ごしたことの証明を求められるほど、僕たちは怪しい人間なんでしょうか」

僕はさほど怒っていなかったが、語気はわざと荒らげた。この刑事に対して、一ポイントでも稼げれば、という思いからだった。

加賀刑事は少し黙っていた。それから腕時計を見た。明らかにこんなふうに時間を消費することを嫌っていた。

「雪笹さんにも同じようにいわれました。あの日の自分の行動が、事件とどう関係しているというのか、とね」

「それが正常な反応だと思いますよ」と僕はいった。

一つ吐息をついてから彼はいった。「単なる自殺だとは思えないのです」

えっ、と僕は聞き返した。「どういう意味ですか」

「どういうも、こういうもありません。それだけの意味です」

「浪岡準子さんの死は自殺ではないというんですか」

「それはまだ何とも……。あるいは、自殺そのものは事実かもしれませんが、何かが隠されている可能性があります。穂高誠さん殺害事件に関係するような重大な何かがね」そこまでしゃべり終えると、加賀は咳払い（せきばらい）をした。「もちろん、これは深読みのしすぎで、結局何もなかったということで決着する可能性もあります。しかし我々としては、とりあえず調べなければならない」

「歯切れが悪いですね。もう少しはっきりといっていただくわけにはいきませんか」

「では、このように申し上げましょう」加賀刑事はいった。「何者かが、浪岡準子さんの自殺に関与していた可能性がある。それが誰であるかを我々は調べています」

「関与？」僕は聞き直した。「関与って、どういうふうにですか」

「そこまではまだお話しできません」刑事はいった。

僕は腕組みをした。隣で美和子が何かいいたそうにしているのが目の端に入った。だが僕としては、あまり彼女にしゃべらせたくはなかった。

「僕たちは無関係です」と僕はいった。「あの日、穂高さんたちと別れた後、たしかに僕たちは二人きりでした。ずっとホテルにいたことを証明してくれる人もいません。だけど僕たちは浪岡さんの自殺とは一切関係していません」

たのかは不明だ。

加賀刑事は真剣な顔つきで僕の話を聞いてくれてはいた。しかしどこまで受け入れてくれ

「よくわかりました」彼は頷いていった。「今のお話は捜査の参考にさせていただきます」

そして、「次の質問に移ります」と続けた。

次の質問は、浪岡準子が穂高家の庭に現れた状況に関するものだった。加賀は穂高家の敷地内の簡単な見取り図を出してきて、浪岡準子が現れた場所や、その時に各自がどこにいたのかなどを、こと細かく質問してきた。また彼は美和子に、穂高誠が常用していた鼻炎薬が通常どこに置かれていたのかについて、図面上で説明するよう求めた。

「今のお話を総合すると」手に持った図面を眺めながら加賀刑事はいった。「十七日に関していえば、浪岡準子さんが薬瓶に近づくのは不可能だったように思われますね」

「それについては、さっき妹とも話をしていたんです」僕はいってみた。

ほう、と加賀は顔を上げた。「それで?」

「彼女が毒を仕込んだのは、あの日以前だったのだろうということになりました。それしか考えられませんからね」

だが加賀刑事は頷かず、科学者が何かの実験結果を眺めるような目をこちらに向けてきた。居心地が悪くなるほど冷めた目つきだった。

その目に徐々に感情らしきものが注がれていった。それと共に刑事の口元は緩んだ。

「あなた方も事件について話し合っておられるのですね」

「それはまあ、少しは。考えたくなくても、考えてしまいますから」僕はちらりと美和子のほうを窺った。彼女は目を伏せていた。

加賀刑事は手帳やら図面やらを、上着のポケットにしまった。

「とりあえず、お尋ねしたいことは以上です。お疲れのところ、御協力ありがとうございました」

「いいえ」僕は腕時計を見た。彼が家に入ってきた時から、二十六分が経っていた。

「それにしても」彼はぐるりと見回した。「立派なお宅ですね。風格が感じられます」

「父が建てたんです。ふつうの家ですよ。ただ古いだけで」

「いやあ、そんなことはありません。細かい部分を見ればわかります。こちらに住まれて何年になりますか」軽い口調で加賀刑事が訊いてきた。

「何年……になるかな」僕は美和子を見た。彼女も考える顔になった。僕は刑事にいった。

「いろいろと事情がありまして、一時期住んでいなかったんです」

すると加賀刑事は、そんなことは承知しているという顔で、「そうらしいですね。御親戚のお宅で、別々に住んでおられたとか」といった。

僕は虚をつかれた思いで、一瞬返すべき言葉を失った。

「よく……御存じですね」

「ああ、失礼。詮索しているわけではないのですが、いろいろと聞き込みをしているうちに自然と耳に入ってくるのです」

どういう聞き込みだろうと思ったが、訊かないでおくことにした。

「五年です」と僕はいった。

「はっ？」

「僕と妹がこの家に戻ってきてからは五年になります」

「ははあ、五年……ですか」加賀刑事は口を真一文字に結び、僕と美和子を交互に見つめ、ゆっくりと呼吸した。厚い胸が上下した。それから口を開いた。「五年間、力を合わせて生きてこられたわけだ」

「まあ、そういうことです」と僕はいった。

加賀刑事は頷いた。そして自分の腕時計を見た。「長居をしてしまいました。これで失礼いたします」

気をつけて帰ってください、と僕も頭を下げた。

加賀刑事は自分でドアを開けて出ていった。ドアが閉まるのを待って、僕は沓脱ぎに下りた。鍵をかけようとドアに近づいた。

その時、突然それが開いた。僕は驚いて、後ろにのけぞった。隙間の向こうに加賀刑事が立っていた。

「すみません。一つお教えしておきたいことがあったのを忘れていました」

「何ですか」

「今回の事件で使用された毒入りカプセルのことです。入手経路が、ほぼ固まりました」

「ああ……薬の名前は何といったかな」

「硝酸ストリキニーネです。調べたところ、やはり浪岡さんが勤めていた動物病院から盗まれていました」

「そうですか」予想できたことなので、特に驚かなかった。加賀刑事がわざわざ戻ってまで教えてくれる情報でもないと思った。

「病院の院長の話では、盗まれた時期は特定できないとのことでした。杜撰といえば杜撰なのですが、まさか助手が悪用するとは思ってもみなかったと弁解しています。まあ、これについては多少同情の余地はあります」

「同感ですね」そういいながら僕は少しいらいらしていた。加賀刑事の真意がよくわからなかった。「それで？」

「問題はカプセルのほうです」彼は内緒話を打ち明けるようにいった。

「どうかしたのですか」と僕は訊いた。

「御存じだと思いますが、使用されたカプセルは穂高さんが常用されていた鼻炎薬のものでした。その中身を入れ替えてあったわけです」

「ええ、知っています」

「その鼻炎用カプセルをどこの薬局で買ったのか、ここ二、三日、ずっと調べていたのですが、ようやく昨日見つかりました。浪岡さんが住んでいたマンションから、四キロも離れたところにある薬局でした」

「そうですか。じゃあこれで、浪岡準子さんが毒入りカプセルを作ったということは確実になったわけだ」

「ええ、そうだと思います。ただ、大きな問題が一つ生じてしまいました」加賀刑事は人差し指を立てた。

「何でしょう?」

「その薬局の店員によると」ここで加賀刑事は美和子のほうにも視線をちらりと投げかけ、再び僕の顔に目を戻してからいった。「浪岡さんが問題の鼻炎薬を買ったのは、金曜の昼間だったのです」

あっと僕は口の中で声を漏らした。それを加賀刑事に聞かれたかもしれなかった。だが彼は渋面を作り、首をゆっくり左右に振っただけだった。そしていった。「解決しなければならない大きな宿題が一つできてしまいました。これから署に帰って、じっくり考えてみるつもりです」

何かいわなければ、と僕は焦った。ところが言葉が何ひとつ思いつかなかった。そのうちに加賀刑事は、「では、今度こそ失礼いたします」といって改めてドアを閉めた。

閉じたドアに向かい、僕は立ち尽くしていた。様々な思いが頭の中を駆け巡っていた。その時背後から、「お兄ちゃん」と呼ぶ声がした。

僕は我に返り、まずドアに鍵をかけた。それから身体を反転させた。玄関ホールで立ったままの美和子と目が合ったが、僕のほうからそらした。

「ちょっと疲れちゃったな」そういうと僕は彼女の横を通り、自分の部屋に向かった。

3

ノートパソコンを起動させたが、キーボードに指を載せただけで、全く文字を打てなかった。言葉が出てこないのだ。明後日までに仕上げなければならないレポートがある。この分だと、明日は徹夜になりそうだ。

僕は傍らに置いたコーヒーカップに手を伸ばしかけたが、それがとっくの昔に空になっていることを思い出して、その手を引っ込めた。おかわりを入れてこようかと思ったが、そのためには一階のキッチンに行かなければならないことを考えると躊躇ってしまう。面倒なのではなく、美和子と顔を合わせるのが何となくこわいのだ。

先程コーヒーを入れに下りた時、彼女はダイニングテーブルの上に新聞を広げ、真剣な顔つきで記事を読んでいた。どういう記事を読んでいるのかは遠目にもよくわかった。『人気作家　結婚式最中に変死』という見出しが見えたからだ。彼女の脇には、ここ数日分のものと思われる新聞が積まれていた。

「お兄ちゃん、さっきの加賀さんの話、どう思う？」僕がコーヒーメーカーをセットしていると、彼女から話しかけてきた。

「何のことだ」僕はとぼけて尋ねた。彼女が何のことをいっているのかは、十分にわかっていた。

「浪岡準子さんが鼻炎薬を買ったのは金曜日だっていうこと」

「ああ」僕は曖昧に頷いた。「ちょっと驚いたな」

「あたしはちょっとじゃない。すごくびっくりしちゃった。だってそうすると、浪岡さんが毒入りカプセルを仕掛けるチャンスは全くなかったということになるんだもの」

僕は、コーヒーメーカーがこぽこぽと音をたてながら濃い茶色の液体をガラス容器に落とすのを、黙って見つめていた。何とか彼女を納得させられる説明はないものかと考えたが、妙案は浮かばなかった。

「もしも彼女が仕掛けたのでなければ、ほかの誰かが誠さんを……」その想像があまりにも恐ろしいものだからか、彼女は語尾を濁した。

「やめろよ」僕はいった。「毒入りカプセルを作ったのが浪岡準子だというのは確実なんだ。だったら、彼女が仕込んだと考えるのが一番妥当じゃないか」

「でも、そのチャンスがないんだもの」

「それはわからない。一見なさそうに思えるけれど、それは僕たちがうっかりして何かを見落としているのかもしれない」

「そうかな……」

「そうだよ。ほかにどういうことが考えられるというんだ」

美和子は答えず、手元の新聞に目を落とした。沈黙の中、コーヒーの香りが部屋を満たしていった。

「新聞に書いてあるんだけど、浪岡さんの部屋には、まだいくつか毒入りカプセルが残っていたらしいの。誰かがその中の一つを盗みだして、誠さんに飲ませたということは考えられないかな」

「誰かって誰だよ」僕は訊いた。

「そんなこと、あたしにはわかんない。でも加賀さんがいってたじゃない。浪岡さんの自殺には、別の人間が関与しているかもしれないって。その人物が盗みだしたってこともありうるんじゃないかな」

「あの刑事は勝手なことをいってるだけだよ」僕はカップにコーヒーを注いだ。手元が狂い、少し床にこぼれた。

美和子はそれ以上何もいわなかった。ただじっと新聞を見つめているだけだ。彼女の頭の中でどんな考えが広がりつつあるのか、僕には想像できなかった。彼女の思い詰めたような表情を見ていると、僕たちの間に透明の分厚い壁ができたような気がした。僕は半ば逃げるような気分で、コーヒーカップを手に部屋を出てきたのだった。

それから小一時間が経っている。

美和子がまだあの薄暗い部屋で、ダイニングテーブルに肘をつき、様々な忌まわしい想像を働かせているのかもしれないと思うと、そこへ入っていく勇気が出なかった。

僕はあの結婚式当日のことを思い出した。あの朝、僕の部屋に差し込まれていた手紙のことだ。あれはすぐに燃やしてしまったが、そこに書かれていた内容は記憶に焼き付けられたままだ。

おまえと神林美和子との忌まわしい間柄について公表されたくなければ、同封したカプセルを穂高誠の鼻炎用カプセルに紛れ込ませろ――。

脅迫状の差出人は、次の三つの条件を満たしていることになる。まず僕と美和子の関係に気づいている。次に穂高誠が鼻炎薬を使っていることを知っている。そしてホテルでの僕の部屋がどこかを知っていた。特に三つ目の条件は意外に厳しい。フロントで尋ねただけではわからない。あの日僕たちは神林の名前でシングルルームを二つ確保していた。どちらの部屋を僕が使っているかは、フロントの人間だって知らなかったはずだ。

土曜の夜、ホテルでそれぞれの部屋に分かれる時、美和子がたしか、雪笹香織と穂高誠に電話しなければならないようなことをいった。その電話で、彼女が自分たちのルームナンバーを二人に教えたことは大いに考えられる。また穂高がそれをさらに駿河に話したということもありうることだった。

となるともはや差出人は絞られる。まず穂高誠本人と美和子だが、彼等は除外して問題ないだろう。

駿河直之と雪笹香織のどちらかが、僕に穂高を殺させようとしたことは、まず間違いがなかった。どちらにしても、自ら毒薬を仕込むより僕にやらせたほうが、警察が動きだした場合でも安全だと考えたのだろう。

では犯人はどちらかだとして、毒入りカプセルの入手経路はどういうものだったか。これはやはり美和子がいったように、犯人は何らかの形で浪岡準子の自殺に関わっており、彼女の部屋から盗み出したと考えるのが妥当かもしれない。

僕は十七日の昼間、幽霊のように浪岡準子が現れた時のことを思い浮かべた。あの時は駿河直之が彼女を外に追い払ったのだが、そうするまでにずいぶんと親しげに話をしていた。また警察の話では、駿河直之と浪岡準子は同じマンションに住んでいるという。ということは、一足先に浪岡準子の死体を見つけていた可能性だってある。死体を見つけたがすぐには届けず、便乗して穂高誠を殺害する計画を立てたというのは、十分に考えられることだ。

僕は駿河直之の尖った顎や窪んだ目を思い出した。彼に穂高誠を殺したいと思うほどの動機があったのかどうかは知らない。しかし彼等の様子を見たかぎりでは、二人が友情の絆で結ばれているようには思えなかった。おそらくは、金銭のみによって維持された関係だったのだろう。それならば、はたからは思いもよらぬ確執があったとしても不思議ではない。

一方雪笹香織のほうはどうか。彼女と浪岡準子の間に何らかの繋がりのある様子は、今のところない。では動機はどうか。

彼女は穂高誠の担当者でもある。だから仕事のことを考えると彼に死なれると困るはずだが、個人的には果たしてどうだったか。

じつは雪笹香織と会っていて何度か思ったことがある。この女性は、もしかしたら穂高と関係があったのではないか、ということだ。根拠といえるほどの強いものはない。美和子と穂高の話をしている時の表情や言葉遣いから、ふとそんな気がしたにすぎない。だがもしそれが気のせいでなかったとしたらどうか。裏切られた復讐をすることは考えられないか。

それからもう一つある。美和子のことだ。

雪笹香織は美和子のことを、自分が発見した宝だと思ってくれている。ある意味では並みの肉親以上に肉親的な愛を注いでくれている。それほど大切な宝物を、穂高誠などという俗物以外の何者でもない男には、死んでも渡したくないと彼女が考えたとしたらどうだろう。

僕は頭の後ろで手を組み、大きく椅子にもたれかかった。背もたれの金具が嫌な音をたてた。

脅迫状を書き、僕に穂高誠を殺させようとしたのが二人のうちのどちらかは、まだ決定できそうになかった。どちらであってもおかしくない。

しかし不明のままにしておくわけにはいかなかった。それが誰なのかを知っておかないことには、今後どう対処していいかわからない。

階下で小さな物音がした。美和子は今も穂高誠を殺した犯人について考えているのだろうか。僕は空のコーヒーカップを握りしめ、身を固くした。

雪笹香織の章

1

穂高誠の葬儀の翌日、すなわち五月二十三日の午後、あたしは京浜急行を使って横浜に向かった。神林美和子に会うためだった。昨日は彼女が火葬場に行ってしまったり、あたしが妙な刑事に捕まったりで、ゆっくりと話をするチャンスがなかった。

扉のそばに立ち、窓の外を流れる景色をぼんやりと眺めながら、あたしは昨日の加賀刑事とのやりとりを反芻していた。

加賀は明らかに穂高の死に疑問を抱いていた。正確にいうならば、穂高を殺した犯人が浪岡準子だという説を、否定したそうな様子だった。

その根拠は何だろう。薬の数が合わないことを指摘していたが、それだけではないはずだ。もっとほかにも疑問点や矛盾点を見つけだしているのかもしれない。

あたしは浪岡準子の死体を運んでいた、駿河直之や穂高誠の行動を思い起こし、舌打ちしたい気分になった。いくら突然のこととはいえ、あんなに目立つ方法で運んだのでは、人目につかないほうが不思議だ。もしかしたら誰かが彼等のことを目撃していて、警察に知らせたのかもしれない。あるいは、決定的な物証でも残したのかもしれない。いずれにせよ、そういった材料を根拠に加賀が動いているのだとしたら、事態は頭が痛くなるほど厄介な方向に転がっていることになる。

まあもし加賀が、今以上に何かを嗅ぎつけるようなことになったとしても、あたしとしては何も怖がる必要はない。火の粉が飛んでくるようなことはないはずだ。穂高誠の死に、あたしがどう関わっているかなど、あたしが告白しないかぎりは誰にもわからないのだから。

品川から十数分で横浜に着いた。あたしは電車を降りると、ホームの階段に向かって競うように歩く大勢の人々をやりすごし、その場で深呼吸を一つした。昨日の鬱陶しい天気から一転して、今日は空が青く輝いていた。地面は暖かく、時折吹き抜ける風はさわやかだ。

自分の中に新しい力が宿ったのをあたしは感じる。手足の指先の一本一本にまで、気力が行き渡っているようだ。そしてここ何年も味わったことのない爽快感が胸に広がっている。心の中の醜く爛れていた部分が、きれいさっぱりと除去されたのだ。

昨日の葬儀のことが、あたしの脳裏に蘇る。天候と同様に、暗く陰鬱な儀式だった。あの時あたしは涙をこぼしそうになった。昔の自分に対する涙だった。思えば昨日の葬儀は、あたし自身の葬儀でもあったのだ。

しかしあの瞬間、あたしは生を取り戻したのだ。思えばあたしはここ何年間か、穂高誠によって殺されていたのかもしれない。あるいは呪いをかけられていたのかもしれない。その呪いが、昨日とけたのだ。

あたしは人目さえなければ、大きく手足を伸ばしたい心境だった。そして叫びたい。あたしは勝ち取ったのよ、自分自身を取り戻したのよ――。

すぐそばに鏡があった。そこに映っているのは、今にも笑みを吹き出させそうにしているあたしの顔だった。自信にあふれている。そしてプライドを持っている。

もう一つ口に出したい台詞があった。この場で叫ぶ自分を想像してみる。あたしがあの男を死へと導いてあげたの、あの穂高誠をね――。

その想像はあたしを楽しい気分にさせた。後ろめたさなど微塵もない。そのことにさらに満足し、あたしは階段に向かって歩きだした。途中サラリーマンらしき男と肩がぶつかった。相手は謝らず、ただむっとした顔をこちらに向けた。

「失礼」あたしはにっこり笑い、再び歩き始めた。

神林美和子とは、彼女の家で会うことになっていた。時計を見て少し時間があるのを確かめ、あたしはショッピングセンター内にある大型書店を覗くことにした。もちろん目的があってのことだ。

書店に入ると、迷わず文芸書のコーナーを探した。ベストセラー本や話題の本などが平積みされているところだ。

あたしはそのコーナーの前に立ち、さっと視線を走らせた。自分で作った本なら、どんなにたくさんある本の中でも瞬時にして見つけられる。あたしは手前から二列目に、神林美和子の著作が二冊並べて置いてあるのを発見した。

思ったとおりだ、とあたしはほくそ笑む。穂高誠の死は、彼自身に関してのニュースであるだけでなく、同時に神林美和子に関する重大ニュースでもあるのだ。現在の人気、話題性などを考慮すると、「結婚式の最中に変死した穂高誠」より、「結婚式の最中に花婿に変死された神林美和子」のほうが、強く世間の関心を呼ぶ。大型書店が、このチャンスを生かさないはずがなかった。

うまくすれば、来週早々増刷がかかるかもしれない。部長がぼんやりしているようだったら、あたしが尻を叩いてやらないと。

だが美和子の本のすぐ隣に目を移した時、あたしの楽しい気分の何パーセントかが損なわれた。そこに置いてあるのは穂高の本だった。ずいぶん昔の本も含めて五冊並べてあった。

舌打ちしたい気分だ。なぜあんな男の本を並べるのだろう。殺されたからといって、下火になった作家の本に世間の人間が興味を持つとは思えない。

美和子の本の横に並べてあるのも気に入らない。これでは文学的価値までもが同列のように思われる。冗談じゃない。

そんなことを考えていたら、あたしのすぐ横にいたOLらしき若い女性が、美和子の本にすっと手を伸ばした。そして頁をめくる。

それを買いなさい——あたしは念波を送る。長年編集者をしているが、自分の担当した本が書店で売れるのを見たことがない。

OLらしき女性はしばらく迷っていたが、結局本を閉じ、元の場所に戻した。あたしは心の中で地団駄（じだんだ）を踏む。

ところが次の瞬間信じられないことが起きた。その女性はもう一方の美和子の本を手に取り、そのままレジに向かって歩きだしたのだ。あたしは彼女の背中を目で追う。レジは混んでいて、少し並ぶようだ。並んでいるうちに気が変わらないともかぎらない。あたしは焦る。男性店員のもたもたした手つきがもどかしい。

ようやく美和子の本を持った女性の番になった。店員が本にカバーをかけ、女性は財布から代金を出す。もう大丈夫だ。

どうやらあたしの運は完全に好転したようだ。書店に入ってきた時以上の晴れ晴れとした気分で、あたしは店を出た。

2

今後考えねばならないことは、いかにして一刻も早く穂高誠の影を美和子から消してしまうかだった。いつまでもあんな男とセットで見られていたら、美和子の将来にとって致命傷になる。しかしあたしは心配していなかった。世間の人間が忘れっぽいということを、骨身にしみて知っている。

横浜からはタクシーを使った。古い家並みの残る住宅地に神林美和子の家はある。再びここへ来ることができて、この上なくうれしい。もし無事に例の結婚式が終わっていたなら、あたしは美和子の担当をしているかぎりずっと、穂高誠の家に通わねばならなかったのだ。そして二人の結婚生活を見せられねばならなかった。今考えると、寒気がしてくる。改めて胸を撫で下ろす思いだ。

約束の時刻より三分早く到着した。玄関のインターホンのチャイムを鳴らす。はい、と美和子の声。「雪笹です」と、あたしはマイクに向かっていった。

「あ、早かったんですね」彼女はいった。

「そうかしら」あたしは自分の時計を見る。狂ってはいないはずだ。

「今開けます」乱暴にスイッチを切る音がした。

あたしはちょっと嫌な予感がした。美和子の声に固さが感じられたからだ。事件から五日、まだ立ち直れないとしても無理ないか。

玄関のドアが開き、美和子が出てきた。「こんにちは」

「こんにちは」笑いかけながら、あたしは自分の勘が正しかったことを確信した。美和子は昨日葬儀会場で見た時よりも、さらに顔色が悪く、やつれていた。

来てよかった。手遅れになるところだったかもしれない。

「どうぞ」

「お邪魔します」

門扉をくぐる時、カーポートのほうに目を向けた。くすんだ色のボルボが今日はなかった。神林貴弘は大学に出かけているらしい。美和子とゆっくり話すには好都合だ。

美和子の荷物は、まだ戻ってきていないということだった。だから一階のダイニングを使うことにした。今までは彼女の部屋で、小さな折り畳み式のテーブルを挟んで打ち合わせを行ったものだ。

ダイニングテーブルの隅に、たくさんの新聞が畳んで置いてあった。それだけでなく、それらの新聞は、ところどころ鋏(はさみ)で切られているようだ。美和子がコーヒーを入れている間に、あたしはそのうちの一枚を広げてみた。思ったとおり社会面の一部が切り取られていた。どういう記事が載っていたのかは訊かなくてもわかる。

あたしの行動に気づいた美和子が、コーヒーを二つのカップに注ぎながらこちらを見て、ちょっと気まずそうな顔をした。

「ごめんなさい。片づけなきゃと思っていたんだけど」

あたしはわざと大きなため息をつき、新聞を畳み直した。そして腕組みをし、美和子を見上げた。「事件の記事をスクラップしてるの？」

彼女は少女のようにこっくりと頷いた。

あたしはもう一度ため息をつく。「何のために？」

だが美和子は即答しない。二つのコーヒーカップをトレイに載せ、それぞれのソーサーにコーヒーフレッシュを添えて、ゆっくりとした動作で運んできた。そうしながら、あたしへの説明を考えているのか。

彼女はあたしの前と自分の前にコーヒーカップを置き、目を伏せたまま椅子に腰を下ろした。それから徐（おもむろ）に口を開いた。

「自分なりに事件のことを整理して、自分なりに解釈してみようと思ったの」

「解釈？」あたしはつい眉を寄せる。「解釈ってどういうこと？」

「だから……」美和子はコーヒーフレッシュを開け、コーヒーに注いだ。さらにスプーンでゆっくりとかきまぜる。わざとではないだろうが、あたしをじらす効果はあった。「本当は何があったのかを、つきとめようと思って」

「本当はって……どういう意味？」

「誠さんの死の裏に、何があったのかってこと」

「おかしなことをいうのね。新聞を読んだんでしょ？　だったら、どういうことが原因で彼が殺されたのかは、あなただって知っているはずよ」

「浪岡準子という女性に、無理心中を謀られたってこと？」

そう、とあたしは頷いた。

美和子はコーヒーを一口啜り、首を傾げた。「本当にそうなのかな」

「どうして？　何か気に入らないことでもあるの？」

「昨日、刑事さんが来たの。練馬警察署の加賀さんという人よ」

「ああ」あたしは頷いた。鋭い眼光、精悍な顔つきが目に浮かぶ。「あたしも会ったわ。あなたたちが火葬場に行っている間に」

「そういえば、雪笹さんからも話を聞いたようなことをいってた」

「アリバイを訊かれたのよ。おかしなことに、五月十七日のアリバイをね」あたしは肩をすくめ、コーヒーカップに手を伸ばした。

「あたしたちにも同じようなことを尋ねてきた。土曜日の行動を、ずいぶん細かく質問するの」

「どうかしてるのよ、あの刑事。気にすることないわよ」

「加賀さんは、浪岡準子さんの自殺には第三者が関わっているんじゃないかというの」

そんなことまで話したのか。あたしの口の中に苦いものが広がった。

「根拠は？　第三者って誰？」

「それは話してもらえなかったけど……」

美和子の答えに、とりあえずあたしはほっとした。

「いい加減なことをいってるだけよ。世間の注目を集めている事件だから、警察内で何とかして目立とうと思ってるんじゃないの。とにかくあなたが振り回されることはない」少々強めの口調でいってみた。

「だけど」美和子は顔を上げた。「浪岡準子さんには、毒入りカプセルを仕掛けるチャンスはなかったのよ」

「えっ？」あたしは彼女の顔を見返した。「それ、どういうこと？」

美和子はあたしに、加賀から聞いたことや神林貴弘の証言を話した。それらを総合すると、たしかに浪岡準子にチャンスはなくなるのだった。

それでもあたしは簡単に同調するわけにはいかない。少なからずショックを受けていたが、聞き終えた後も表情を変えぬように気をつけ、なんだそんなこと、と軽い口調でまずいってみた。

「うまいスリというのは、近くで見ていても、いつ盗んだのかわからないそうよ。盗まれたほうが被害に遭ったことさえ気づかないなんてこともざらなんだって。だからこそ、警察に目をつけられていても、なかなか捕まらないプロフェッショナルがいるわけ。浪岡準子という女性が殺しのプロだったとはいわないけれど、偶然か何かで、みんなの盲点になるような時に毒を仕掛けたんじゃないのかな」自分でも説得力が乏しいと思ったが、黙り込んでしまうよりはましだ。

「そんな盲点なんてあったのかな」しかし美和子は納得していない。

たとえば、とあたしはいった。「彼女が鼻炎薬を買ったのは金曜日なんでしょ？　それなら、その後すぐに自分の部屋に戻って毒入りカプセルを作って、金曜の夜のうちに穂高さんの家に忍び込むってことも可能なんじゃないかな」

悪くない考えだと思ったが、美和子の表情は変わらない。

「それはあたしも考えたんだけど、やっぱり無理じゃないかと思う。だって金曜日は、誠さんがずっと家にいたはずだもの。夕方あたしのところに電話してきて、これから一晩かけて旅行の支度をするっていってたのよ。それなのに浪岡さんが忍び込むなんてことできるかな」

美和子の意見はもっともなものだった。非の打ちどころがない。しかし感心してはいられなかった。あたしはたっぷりと時間をかけてコーヒーを飲んだ。顔つきは平静、だが頭の中はパニック状態だった。このディベートに負けるわけにはいかない。

「こういうことは想像したくないし、口に出したくもないのだけれど」あたしはようやく思いついたことを、超高速で整理しながらいった。「浪岡準子さんが忍び込んだ、とはかぎらないんじゃないかな。忍び込む必要はなかったかもしれない」

美和子が瞬(まばた)きをした。あたしが何をしゃべろうとしているのか、まだ察してはいないようだ。

「つまり堂々と玄関から入った可能性もあるってこと。穂高さんに呼ばれたのか、彼女が突然訪ねていったのかはわからないけれど」

ここでようやく美和子はあたしのいいたいことに気づいたようだ。大きな目を、さらに見開いた。

「金曜の夜に会ってたというの？　誠さんが彼女と……」

「ありえないことではないでしょう？」

「そんな……彼は二日後に結婚式を控えてたのよ」美和子の眉が八の字を描いた。

あたしは吐息をつき、唇を舐(な)めた。いい調子だ。こちらのペースになってきた。

「いいことを教えてあげる。結婚を直前に控えた男の中にはね、独身のうちにもう一度だけ前の恋人と会っておきたいと考える馬鹿が結構いるのよ。もちろん会うだけじゃなくて、セックスもしたいんでしょうけど」

美和子は激しく首を振り、不快感を示した。「そんなこと信じられない。ほかの人はともかく、彼がそんなことをするなんて……」

「美和ちゃん」あたしは真っ直ぐに彼女を見据えた。「あたしだって、こんなことはいいたくないわよ。でも現実に穂高さんは、浪岡準子さんの心を弄んだのよ。残念だけど、そういう男だったということなの」

「誠さんだって独身だったんだもの、あたしと付き合う前に恋愛してたって不思議じゃないわ」

「前、じゃないでしょ」あたしはいった。はっきりさせておかねばならないことだ。「あなたと付き合っている間も、彼女との関係は続いていたのよ。だからこそ彼女は穂高さんとあなたとの結婚を知って逆上した――そういうことじゃないかしら」

「彼は……誠さんのほうは別れたつもりだったのかもしれない」美和子は思い詰めた目でいう。その顔はまるで少女だ。

あたしは歯痒かった。この世間知らずな娘の目を覚まさせる一撃が、じつは一つある。あたしと穂高誠の関係を教えてやればいいのだ。だがそれを話すことは、あたしと美和子の関係が終わることを意味する。

あたしはコーヒーを飲み、もう一度作戦を練り直した。そして一つ思いついた。

「妊娠したことがあるのよ、彼女」あたしはいった。

えっ、と美和子の口が開く。不意をつかれた表情だ。

「浪岡準子さんは穂高さんの子供を妊娠したことがあるの。もちろん堕ろしたらしいけどね。いい加減な話じゃないわよ、駿河さんから聞いたんだから。マスコミは、まだ嗅ぎつけてはいないようだけど」

「うそ……」

「うそだと思うなら、駿河さんに確かめてみなさい。今なら彼も本当のことをいってくれると思うから。これまでは穂高さんに口止めされていたのよ。彼によると、浪岡準子さんは、ずっと自分が結婚してもらえるものと信じてたらしいわ。いずれ結婚してやるからという話を信じて、堕胎を承諾したのよ」

この話の最後の部分は、駿河から聞いた話ではなく、あたしが推測していったことだった。だがたぶん間違いないだろうという確信はあった。穂高はそういう男なのだ。

さすがにショックだったのか、美和子は黙り込み、じっとテーブルの表面を見つめた。右手の指がコーヒーカップにかけられたままだ。マニキュアを塗っていない細い指を見ていると、あたしは無性に彼女がかわいそうになった。

元はといえば、あたしが悪いのだ。あたしがあんな男に会わせなければ、こんな事態を招くこともなかった。だからこそあたしはあたしの責任において、美和子を立ち直らせねばならない。

「美和ちゃん」あたしは声に優しさを込めた。「前から訊こうと思っていたんだけど、彼のどこがよかったの？」

美和子がゆっくりとこちらを見た。その黒い瞳に向かって、あたしは続ける。「あなたみたいな賢い子が、なぜ彼のような人を好きになったの？　あたしには、どうしてもわからないんだけど」

尋ねながら、あたしは心の中で自嘲する。自分だって好きになったくせに。

「たぶん」彼女は口を開いた。「あたしと雪笹さんとでは、彼の全然別の姿を見ているんだと思う」

「ジキルとハイドってこと？」

「そうじゃなくて、同じものを見ても、角度が違えば全く違うものに見えるということ」

彼女はそばのワゴンに手を伸ばし、コーヒーの粉の入った缶を取った。そしてそれを横にしてテーブルに置いた。

「こうすると雪笹さんのほうからだと長方形に見えるでしょ？　でもあたしのほうからだと円に見えるの」

「つまりあたしは彼のいいところを見ていないというわけね」あたしの言葉に、美和子は小さく頷いた。それを見てあたしはさらにいった。「でも美和ちゃんも、彼の悪いところを見ていないわけだ」

「醜いところのない人間はいないわ。彼だって例外じゃないと、ずっと思ってきた」

「だけどショックを受けてるじゃない」

「少しだけ。でもすぐに馴れるから」美和子は右手で額を押さえ、そのままテーブルに肘をついた。何かの痛みをこらえているように見えた。

悪質な新興宗教の虜になった娘を、何とかして目覚めさせようとする親の気分が少しわかった。言葉は無力だ。

しかし少し前までは、これがあたしの姿だったのだ。穂高誠と付き合っていることは誰にもいわなかったが、もし誰か彼の正体を熟知している人間がいて、別れたほうがいいと忠告してくれたとしても、あたしは耳を貸さなかっただろう。

「わかった、もういいよ」あたしは両手を軽く上げた。降参のポーズだ。それからその手をテーブルの上に、ばたんと落とした。「惚れた状態のままで突然死なれちゃったんだものね、どんな話を他人から聞かされたって実感がわかないだろうし、急に嫌いになれといわれてもそんなことは無理かもしれない。だからもうそれはそれでいい。そのかわり、あたしのお願いを一つ聞いて」

美和子がこちらを向いた。その目はすっかり充血している。今にも涙がこぼれそうだ。

「事件のことを早く忘れるよう努力して。あたしも協力するから」

これを聞き、彼女はまた睫を伏せてしまった。あたしは両手をテーブルにつき、身を乗り出した。

「うちのボスはね、今日あたしがここへ来ることには、ちょっぴり反対だったの。事件からまだ日が浅いので、美和ちゃんの気持ちがまだ落ち着いていないだろうというわけ。しばらくはそっとしておいたほうがいい、なんていうのよ。でもあたしは違う考えだった。今こそ会わなきゃいけない、会ってあなたに詩を書くようにいわなきゃと思ったの」

彼女は下を向いたままかぶりを振った。あたしの言葉を全身で拒絶していた。

「どうして？」とあたしは訊いた。「それどころじゃないくらい悲しいから？　でもそんな悲しみこそ、詩で表現するべきなんじゃない？　だってあなた、詩人なんだから。それとも、ふわふわした夢みたいなことだけを書いていけばいいと思ってるの？」

声がつい大きくなる。切なる思いがあるからだ。早く立ち直ってほしい。穂高誠のことは忘れてほしい。

美和子は手をテーブルから下ろした。まるで放心したような顔で、空間の一点を見つめた。

「あたし、納得するまで詩は書かない」

「美和ちゃん……」

「事件について、はっきりとした答えを得られるまで、あたし書きません。書きたくないし、たぶん書けないと思う」

「そんなことといったって、今あたしたちが知っていること以外の答えなんて、どこにもないわよ」

「もしそうだとしても、それが確実になるまでは、あたしにとっての事件は終わらないんです」宙に目を向けてそういった後、美和子は小さく頭を下げた。「ごめんなさい」

あたしは首を大きく後ろに反らせ、天井を見上げた。ふうーっと長いため息が腹の奥から出た。

「浪岡準子さん以外の人間が穂高さんを殺したっていうの？　一体どうやって？」

「わかりません。でも、毒を仕掛けることのできた人間は、そんなに多くないと思うんです」

あたしは思わず彼女を見た。この台詞だけが、妙に冷静な口調になっていたからだ。すると美和子の表情自体が、先程までの取り乱したものから、どこか冷めたものに変わっていた。

その顔をあたしに向け、美和子は訊いた。「結婚式の直前、あたしはピルケースを雪笹さんに預けましたよね。あの後、ピルケースをどうされました？」

3

神林家を出る頃には四時を回っていた。あたしはタクシーを拾える通りまで出るため、南に向かって歩いた。なま暖かい風が頬を撫でていく。埃が肌にからみついて不快だ。こんな気候を、なぜさっきは爽やかだと思ったのだろう。

美和子を事件の呪縛から解き放つことは、とうとうできなかった。彼女は疑念という鎖で身体中をがんじがらめにされている。それをほどかないことには、彼女の耳にあたしの声は届かないだろう。

それにしても、あたしのことまで疑うとは——。

もちろん、特にあたしを疑っているということではないだろう。事件解決には、毒入りカプセルが誰の手をどう渡っていったかを明らかにする必要があるから、あたしに対しても明瞭な説明を求めたに違いない。しかし、「ピルケースをどうされました?」と尋ねてきた美和子の目は、この件に関して特例は一人もいないのだと峻厳に語っていた。

どうすれば美和子を納得させられるか。どうすれば彼女の頭から事件や穂高誠のことを払拭させられるか。

ぼんやりと考えながら歩いている時だった。横でクラクションの音がした。あたしは驚いて音のしたほうを見た。すぐそばを見たことのある車が徐行していた。

「あら」といって、あたしは足を止めた。「今お帰りですか」

「ええ」ボルボの運転席で神林貴弘が薄く笑った。「うちにいらしてたんですね」

「はい。美和子さんとの打ち合わせを終えて、これから帰るところです」

「へえ……」神林貴弘は意外そうに目を丸くした。現在の美和子の様子は彼もよく知っているはずだから、打ち合わせなどできたのだろうかと疑問に思ったのだろう。

「実際のところ、仕事の話は殆どできませんでしたけどね」

あたしがいうと、彼は合点したという顔で頷いた。

「そうでしょうね。ところで、これからどうやってお帰りですか」

「タクシーを拾って、横浜まで出るつもりですけど」

「だったらお送りしますよ。乗ってください」彼は助手席のドアロックを外した。

「いえ、そんな、悪いですから」

「遠慮しないでください。それに、あなたに相談したいこともあるんです」

「相談？」

「お尋ねしたい、といったほうがいいかな」神林貴弘は意味深長に語尾を上げた。

この男と二人きりになるのはあまり気が進まなかったが、断る理由がなかった。それに彼の手の内を知っておきたいという気もある。

「じゃあ、お言葉に甘えて」あたしは助手席側に回った。

「美和子とはどんな話を？」車が走りだしてすぐ、彼のほうから訊いてきた。

「まあ、いろいろと」あたしは言葉を濁す。こちらからカードを出す必要はない。

「事件のこととか？」

「ええ、その話も少し」

「美和子は何かいってましたか」

「昨日刑事さんが来たようなことを聞きましたけど」

「それで？」

「それでって？」

「そのことについて美和子は何かいってませんでしたか」

「刑事さんが来たことについてですか？」あたしは首を捻って見せる。「彼女は特に何も。あたしはその話を聞いて、事件はもう解決したはずなのに、何を調べることがあるんだろうと思ったんですけど」

神林貴弘は前を向いたまま小さく頷いた。明らかに美和子のことを気にしている。彼等兄妹の間でどういうやりとりが行われているか、あたしとしては猛烈に知りたい。

「事件のことを、お二人で話し合われたことは？」あたしは訊いてみた。

「あまり話してません。彼女は大抵部屋に閉じこもったきりでね」素気ない答えだ。本当にそうなのか、何かを隠しているのか、判断がつかない。

あたしは彼の横顔を眺めた。少年のようにきれいな肌。思わずキスしたくなるほど端正だが、どこか作りものめいた顔立ち。あたしはデパートの紳士服売場に置いてあるマネキンを連想する。

「あの浪岡準子という女性のことですが」その彼の唇が動いた。「あなたは彼女のことを知っていたんですか」

「いいえ、全然知りませんでした」

「すると僕と同様、先週の土曜日に初めて彼女を見たわけですか」

「ええ。それが何か？」

「いや……ああいう女性が穂高さんにいたことを、駿河さん以外に知っている人はいなかったのかなと思って。あなたも穂高さんの担当者だったわけだし」

「もしあたしが知っていたら、美和子さんが彼と結婚しようとするのを、何としてでも阻止しました」あたしは、はっきりといった。

神林貴弘はハンドルを持ったまま、ちらりとこちらを見て、「たしかにそうですよね」といって頷いた。

横浜駅が近づき、道が少し渋滞した。適当なところで降ろしてくださって結構です、とあたしはいった。

ところがそれには答えずに、「穂高さんとは長かったんですか」と彼は尋ねてきた。

「長かったって？」

「付き合いです。担当しておられた期間といえばいいかな」

ああ、とあたしは頷いた。「四年ちょっと……でしょうか」

「じゃあ結構長いですね」

「そうですか。そうでもないと思いますよ。最近彼は一向にうちの仕事をしてくれなかったので、形だけの担当みたいなものでした」

「でも、わりと個人的にも親しくしておられたんじゃないですか。美和子を穂高さんに紹介したのも、あなただったんでしょう？」

何がいいたいのだろう、この男。あたしは警戒心を強めた。油断していると、思わぬところからカウンターパンチが飛んでくるかもしれない。

「親しいってほどじゃありません。美和子さんを紹介したのだって、たまたまあたしが彼女の担当でもあったという理由だけからです」

「そうですか。でも先週の土曜日、皆で一緒にレストランに行った時の様子なんかを見ていると、相当気心が知れているという印象を持ったのですが」

「へえ、そうでした？　それはちょっと意外です。パーティなんかで会っても、話をしないことのほうが多いんですよ」

「そんなふうには見えなかったなあ」神林貴弘は前を見たまま いった。

どうやら鎌をかけてきているようだ。何を根拠にしているのかは不明だが、あたしと穂高誠の関係を疑っているらしい。わけもなくこんなことを探ろうとするはずはないから、つまりあたしに穂高を殺す動機があるかどうかを知りたいのだろう。あたしに目をつけた理由は何か。

いずれにしても、この話題はあまり歓迎できるものではなかった。

「あの、もうこのあたりで結構です。後は歩いても知れてますから」あたしはいった。

「お急ぎですか。どこかでお茶でもいかがです」神林貴弘はいった。これまでの彼なら、あたしに対して絶対にいいそうにない台詞だった。

「そうしたいんですけど、生憎時間がなくて。校了前で、これから社に戻らなきゃいけないんですよ」

「そうですか。それは残念だな」

道路の左側に、停車させられそうなスペースがあった。彼は車の速度を落とし、慎重にハンドルを切りながら寄せていく。

「ありがとうございました。おかげで助かりました」あたしはバッグを持ち、降りる体勢に入った。車が止まったら、すぐにドアを開けられるよう、レバーに手をかけた。

「いえ、かえって遅くなってしまったかもしれない。ああ、そうだ」車を止めると同時に彼はいった。「パソコンはお持ちですか」

「パソコン？　いえ、持ってないんです」

「そうですか。いやじつは僕の知り合いでパソコンのゲームソフトを作っている奴がいるんですが、そのモニターを探しているらしいんです。でもお持ちでないなら仕方がないな。じゃあ雪笹さんはワープロ派ですか」

　あたしは首を振った。

「お恥ずかしい話ですけど、パソコンもワープロも持ってないんです。編集者というのは、自分で文章を書くというのは案外少ないものですから。ゲラに赤を入れたりするのは当然手書きですし」

「そうなんですか」神林貴弘は、探るような目をじっとこちらに向けてきた。

「じゃあ、あたしはこれで。本当にありがとうございました」

「いいえ、またいらしてください」

　あたしは車から降りると、車体の後ろを回って歩道に入った。運転席の神林貴弘に軽く会釈し、そのまま歩きだす。ほっと一つ息をついた。

　話しにくい男だ。心の奥が読みにくい。あの男がいなければ、美和子の結婚に賛成なんかしなかった。あの男から彼女を引き離したくて、相手が穂高誠でも仕方がないと諦めたのだ。

　横断歩道があったので、あたしはそれを渡ることにした。車道は相変わらず混んでいる。横断歩道を渡りながら、神林貴弘のボルボはどこへ行っただろうと、あたしは何気なく遠くに目を向けた。

　ボルボは二十メートルほど後方にいた。さっきからあまり進んでいない。神林貴弘は、さぞかしいらいらしていることだろう。だがそう思って運転席に目を向けたあたしは、立ち止まりそうになるほどぎくりとした。

神林貴弘は、依然としてあたしのほうを見つめ続けていたのだ。ハンドルに両手を載せ、その手の甲に顎を載せている。だが目はこちらを向いたままだった。しかもそれは何かを観察する学者の目だった。

あたしは顔をそむけ、急いでその場を去った。

駿河直之の章

1

乗り込んできた家族連れを見て、俺は絶望的な気分になった。世間から最も敬遠される家族連れの典型だった。

四十歳過ぎに見える父親らしき太った男は、三歳ぐらいの女の子の手を引いていた。その女の子も、ハムのような足をしている。そして彼等よりもさらに肉づきのいい体格をした母親は、赤ん坊を右手一本で抱えていた。左手には、ぱんぱんに膨(ふく)らんだ紙袋を提げている。おそらく外出時用ベビー用品が、ぎっしりと詰め込まれているのだろう。

水戸から東京に帰る電車はすいていた。四人掛けのロマンスシートにゆったりと座り、足を向かい側の座席に載せて新聞を読んでいたところだった。しかしそんなくつろいだ時間も長くは続かなかった。ほかの座席もすいているが、どこも二人乃至(ないし)三人が座っており、乗り込んできたデブ家族全員が座るのは無理だ。

母親がこちらを見た。俺は咄嗟(とっさ)に目をそらし、窓の外の夜景を見る。

「あっ、お父さん、あそこあそこ」

太った母親がまっしぐらに俺のところへやってくるのが、窓ガラスに映っていた。床を踏む振動が伝わってきそうだ。

彼女はまず紙袋を俺の横に置いた。ここに座るぞ、という意思表示なのだろう。俺はやむなく前の席から足を下ろした。

遅れて父親がやってきた。

「おっ、いい具合に空いていたなあ」

父親は自分が先に座ろうとする。途端に娘がぐずりだした。窓際に座りたいらしい。

「はい、じゃあマーちゃんそこに座って。靴も脱ごうね」

父親が娘の世話をしている。母親のほうは荷物を網棚に載せることで頭がいっぱいらしい。

ひと騒動の後、ようやく家族は腰を落ち着けた。赤ん坊を抱いた母親が俺の隣に座り、その向かい側に父親が座る。そしてその横にこましゃくれた娘が座るという配置だ。

「すみませんねえ、ばたばたして」ようやく父親が俺に詫びた。さほど悪いとは思ってない口調だ。いいえ、としか俺はいえない。

広げるスペースがないので、新聞は折り畳んで片づけた。隣の女がシートの半分以上を占拠しており、狭くて仕方がない。さりげなく座り直したりしてそのことを訴えてみるが、女のでかい尻は全く動かなかった。

俺はネクタイを緩めた。喪服を着ているとただでさえ窮屈な気分になるというのに、こんな目に遭うとは全くついていない。

夫婦が何かしゃべりだした。聞くつもりはないが、耳に入ってくる。何の話をしているのか、最初はさっぱりわからなかった。やがて親戚の悪口らしいと察しがついた。祝い金の額が少ないとか、酒癖が悪いとか、そういう話だ。生まれたばかりの赤ん坊を見せに行って来たらしい。二人共、アクセントの位置が微妙に狂っている。茨城の訛だなと俺は見抜いた。見抜いたというほどのことはないかもしれない。何しろ、ついさっきまでその方言に囲まれていたのだ。

穂高誠の二度目の葬儀は、彼の生家がある町内の集会所で行われた。とはいっても本葬はすでに済んでいるわけだから、早い話が地元民による追悼会ということになる。二十畳ほどある大広間に親戚や近所の人間たちが集まり、仕出し料理を食べたり酒を飲んだりしながら穂高の死を悼んだというわけだ。

穂高誠の人気はとうの昔にピークを過ぎていたと俺は認識していたのだが、あの中にいると、いやまだまだ捨てたものではなかったのかなと思ったりする。彼は生まれ故郷の街では依然としてスターだった。追悼会に来ていた誰もが、彼の作品をよく知っていたし、彼のことを誇りに感じているようだった。俺の向かい側の席に泣いている老婦人がいたので、穂高とかなり親しかったのですかと尋ねてみたら、近所に住んでいるが彼と会ったことはないといった。それでも町内で一番の出世頭が不幸な目に遭ったと思うと、涙が止まらないのだそうである。

もちろんこれで彼の人気が健在だと思うのは錯覚にすぎない。追悼会に集まった人々の口から出てくる穂高のエピソードは、彼が全盛だった頃のものばかりだった。小説で賞をもらったり、ベストセラーとなった作品が映画化されてヒットしたなどという話は、すべて何年も昔のものなのだ。彼等の中に、穂高が手がけた映画が全く当たらず、穂高企画が傾く原因になったということを知っている者はいないようだった。

追悼会の途中からは穂高道彦が立ち上がり、親戚や町の有力者らにスピーチを求めた。はっきりいって、これには参った。指名された連中は、事前に依頼されていたらしく、言葉を用意してきているふしがあった。だが退屈でメリハリのない文句がだらだらと長く続くのは、結婚披露宴のスピーチと同様だ。しかもこちらは制限時間が決められていないから、披露宴以上に一つ一つのスピーチが長くなる。聞いているだけでなく、ただそこにいるというだけで苦痛だった。俺は欠伸(あくび)をこらえるのに苦労した。

その俺の目を覚まさせてくれたのは穂高道彦だ。突然俺を指名してきたのだ。長年故人と一緒に仕事をしてこられた方のお話を是非聞きたい、などといいだした。

辞退しようとしたが、それが許される雰囲気ではなかった。仕方なく俺は前に出ていき、聴衆が喜びそうな話を二つ三つ見繕って披露した。穂高と一緒に取材旅行に出かけた時のことだとか、作品が成功して二人で祝杯を挙げた話などだ。俺の話に涙腺を緩めている者が何人かいることに気づき、ちょっと脚色してしまったのはサービス過剰だったかもしれない。

追悼会に出版関係者をはじめ業界人が一人も来ていなかったのは、俺が連絡しなかったからだ。穂高道彦から、連絡しないよう頼まれていたのだ。彼はこの場にマスコミが押し掛けてくるのを恐れたようだった。理由は、はっきりしている。出席者たちに対し、穂高誠の死の原因を曖昧にぼかしたかったからだ。

不慮の事故死、原因については捜査中、という言葉を穂高道彦は何度か使った。さらに最初に、「無責任な憶測が流れているが自分たちは誠を信じている」と明言していた。茨城でも穂高の死と浪岡準子の自殺との関連については新聞などで報道されているから、そのことで何か訊かれる前に先手を打ったのだろう。

追悼会がお開きになった後、俺は穂高道彦に呼び止められた。ちょっと話があるのだという。一時間ぐらいなら、と腕時計を見ながら俺はいった。

連れていかれたのは近所の喫茶店だった。そこで一人の小柄な男が待っていた。知り合いの税理士だと穂高道彦はいった。

彼等が俺を呼んだのは、穂高企画の経営状態を尋ねるためのようだった。また今後の方針を決めるためでもあるようだった。言葉では俺の立場を優先しているようなことをいっているが、これからは自分たちが切り回していくということを宣言したい様子だった。

俺は穂高企画の現状を包み隠さずに話した。隠して俺が得することなど何もなかった。

話を聞くうちに穂高道彦の顔が曇っていった。税理士も困惑していた。借金のことは全く予想外だったのだろう。穂高企画のことを金の卵を産む鶏だとでも思っていたのかもしれない。

「そうしますと、穂高企画の現在の主な収入源となると、どういったものになりますか」税理士が細い声で訊いてきた。マイナスについてはわかったから、プラスを聞かせろということらしい。

「出版物やビデオの印税、映像化やラジオドラマ化された際の原作料……ということになります。原稿を書けば原稿料が入ってくるんですがね」

今はもう原稿を書く人間がいない。

「大体どれくらいの金額ですか」税理士があまり期待していない顔で訊いた。

「その年によってまちまちです。細かい数字は事務所に戻りませんと」

「あの……」穂高道彦が口を挟んだ。「今度みたいなことが起きて、話題になって、それでまた今までに出した本が売れるということはないんですか」

俺は彼の一見実直そうな顔を見返した。同時に、彼が信用金庫に勤務しているという話を思い出した。

「多少あると思います」俺は答えた。

「多少というと……」

「どれぐらいかは予想できません。すごいベストセラーになるかもしれないし、ほどほどに売れる程度かもしれない。それはわかりません」

「でもいずれにしても、少しは売れると？」

「少しは」と俺はいった。

穂高道彦と税理士は顔を見合わせ、困惑と逡巡の入り交じった表情をした。おそらく頭の中で様々な計算が働いているのだろう。俺には彼等が弾く算盤の音が聞こえるようだった。

またこちらから連絡するという言葉をもらい、俺は彼等と別れた。だがじつは俺のほうの腹は決まっている。沈没船に固執する気は全くなかった。

穂高企画にしがみついていても何もいいことがないと確信したのは、東京での葬儀の時だった。穂高の生前に付き合いのあった編集者、プロダクション、映画関係者などが顔を揃えていたが、俺のところへ積極的に挨拶をしに来る者は少なかった。殆どの者が、通りいっぺんの悔やみをいってくるだけだ。そして俺に熱心に話しかけてくる者の大半は、神林美和子の仕事を穂高企画で仕切るという話がどうなったかを確認したがっていた。もちろんご破算になったことを願っているのだろう。

「事務所自体がどうなるかわからないから」と俺は彼等に答えた。それを聞いた彼等の反応は明らかに安堵したものになった。葬儀に出てきた目的の大半を果たした顔だった。

ネズミはすでに逃げ出している。後は船が沈むのを待つだけだ。俺はそう思っている。

隣の女が抱いている赤ん坊がぐずりだした。女はあやそうと身体を揺する。おかげで俺はますます窮屈な思いをすることになった。

「おなかがすいてるんじゃないのか」父親がいう。

「でも、さっきミルクをあげたばかりよ」

「じゃあ、おむつかな」

「そうかなあ」母親は赤ん坊の下半身に顔を押しつけ、くんくんと臭いを嗅いだ。「違うみたいだけど」

赤ん坊の泣き声が大きくなってきた。あらあらあら、とかいいながらも、母親は具体的な策を講じる様子はない。

「ちょっと失礼」俺は新聞を手に座席から腰を上げた。

すぐに母親が赤ん坊を抱いたまま立ち上がった。俺が他の席に移動するつもりだとわかったようだ。おそらくこの時を彼等も待っていたのだろう。

俺は通路を歩きながら空席を探した。ところがつい先程まではあれほど空いていたはずなのに、今は殆どすべての座席が埋まっているのだった。空席が全くないわけではなかったが、大男の隣だったり、やはり子供連れがいたりと、何らかの事情があるのだった。仕方なく俺は扉のそばに立ち、手すりに身体をもたせかけた。

車体の揺れに耐えるため、両足で微妙にバランスをとった。全く馬鹿げている。こんなことなら、あの家族がやってきた時に、さっさと席を移っておけばよかったのだ。

結局のところこれと同じ失敗を、仕事の面でもしでかしたということだなと俺は思った。穂高企画のことだ。もっと早くに見切りをつけ、次の仕事を探しておけばよかった。穂高誠の才能が枯渇していることを見抜けなかった代償は、あまりにも大きい。

東京での葬儀には、穂高誠と交流のあった作家も何人か来ていた。中には、ここ数年でかなりの売れっ子になった者もいた。以前穂高が冗談半分に、映像化に関する雑務をすべて穂高企画で仕切ってやろうかと持ちかけたこともある。本の売れる作家になると、あちこちの製作会社から著作を原作にしたドラマや映画を作りたいといってくるが、その対応や実際に製作が決まった後の雑務が、結構煩わしいものなのだ。また概して作家という人種は、原作料の交渉などを苦手としている。それらを穂高企画が本人に代わってしてやろうというわけだった。もちろん穂高には、単に仲介をするだけでなく、その作家の原作を使った企画を自分たちのほうからテレビ局などに持ち込もうという考えがあった。

葬儀の途中、俺は何人かの作家に近づき、彼等がいわゆるエージェントを必要としているかどうかを探ってみた。結果は予想通りだった。彼等の誰も、その手の話を穂高企画の人間とはしたくない様子だった。

つまり俺は、この業界で生き残っていく術を事実上失ったということだ。

しかしこの道を選んだのは、ほかならぬ俺自身だった。穂高企画は穂高が生きていたとしても時間の問題で沈没する運命にあっただろうが、俺がその時期を早めたのだ。そのことについて後悔は全くしていなかった。男一人、どんなことをしてでも食べていける。だが魂を殺したままでは、生きている価値などない。

赤ん坊の泣き声がした。先程の母親のあやす声が聞こえる。迷惑なことだ。周りにいる人間たちにとっては、とんだ災難だ。

だが浪岡準子がもしこの場にいたなら、眉をひそめたりはしなかっただろう。赤ん坊や小さな子供を連れた女性を見るたびに、彼女が羨望と悲しみと後悔の混じった目をしていたのを俺は思い出した。そんなときには、おそらく無意識だろうが、彼女の手は下腹に当てられているのだった。

遺書の文面を俺は思い出した。どういう思いで彼女はあれを書いたのだろう。

浪岡準子のことを考えると、胃袋と胸の間が熱くなった。その熱い固まりが上下し、時には俺の涙腺を刺激しそうになる。俺は唇を嚙んでこらえた。

2

自分の部屋に帰ると、奥に積んである段ボール箱の陰からサリーが出てきた。にゃあと一声啼(な)いてから大きく伸びをし、大欠伸(おおあくび)を披露した。

喪服を脱ぎ、楽な服装に着替えていると電話が鳴りだした。俺はコードレスの子機を手にベッドに腰を下ろした。「はい、もしもし」

「駿河さんですね」低い声が聞こえた。「私です。練馬署の加賀です」

胸中に黒い霞(かすみ)のようなものがかかった。疲れている身体が、さらに重くなった。

「何ですか」声がぶっきらぼうになる。

「二、三、お伺いしたいことがあるんです。近くにいるのですが、これからお邪魔してもよろしいですか」

「いや、それはちょっと……。部屋の中が散らかっているものですから」

「じゃあ、近所の喫茶店で待っていますから、ちょっと出てきていただけませんか」

「すみませんが、疲れてるんですよ。今日は勘弁してください」

「ほんの少しだけでいいんです。御協力お願いします」

「でも」

「マンションの前まで車で行きますから、ちょっと出てきていただけませんか。お時間はとらせません。車の中でお話を伺いたいと思います」

相変わらず強引だった。ここで追い払ったところで、明日またやってくるだけだろう。

「わかりました。じゃあ部屋まで来てください。ただし、本当に散らかってますからね」

「そんなことは構いません。どうぞお気遣いなく。ではこれから伺います」加賀は余裕のある口振りでいい、電話を切った。

一体何を訊きに来るのだろう。俺はすっかり気持ちが重たくなっていた。あの刑事は最初から、準子の死に疑問を抱いていた。彼女の髪に芝が付着していたとかいって――。

チャイムが鳴った。電話を切ってから三分しか経っていなかった。本当に近くにいたらしい。俺が帰ってくるのを待ち伏せていたのかもしれない。

インターホンの受話器を取り、「はい」といった。

「加賀です」

「早いですね」

「近くにいましたから」

俺は一階のオートロックを解錠するボタンを押した。あと一、二分すれば、加賀は部屋の前まで来て、もう一度チャイムを鳴らすだろう。俺は素早く周りに目を走らせ、奴に見られて都合の悪いものがないかをチェックした。散らかってはいるが、そういうものは見当たらなかった。当然だ。この部屋の中にかぎらず、どこにも、俺のしたことの痕跡を示すような証拠は存在しないはずだった。

チャイムが鳴った。サリーが少し怖がって椅子の下に隠れた。俺は彼女を抱きかかえ、玄関のドアを開けに行った。

開けると、先日と同様に黒っぽい色のスーツを着た加賀が立っていた。彼は俺に挨拶しようとして頭を下げかけたが、視線をサリーに止めると、驚いたように目を丸くした。それからにっこり笑った。「ロシアンブルーですか」

「よく御存じですね」

「つい最近、同じ種類の猫を見たばかりなんですよ。動物病院でね」

ああ、と俺は頷いた。「彼女の病院に行かれたわけだ」

「彼女の病院？」

「菊池動物病院ですよ。浪岡さんが勤めていた病院」

ああ、と今度は加賀が頷いた。「いえ、別の動物病院です。そういえば菊池動物病院では猫は見なかったなあ。たまたまなんでしょうが、その時の患者さんは犬ばかりでした」

「別の動物病院？」訊いてから、俺は合点していった。「あなたも何かペットを？」

「いえ、飼ってません。何か飼いたいんですが、職業柄家を開けることが多いので我慢しています。仲間に大トカゲを飼っているのがいますが、あれはちょっと」刑事は苦笑した。

「じゃあ別の動物病院に行かれたというのは……」

「捜査のためです」そういって加賀は頷いた。

「ほかの事件の捜査ですか」

「いえ」加賀はかぶりを振った。「自分は現在、浪岡さんの事件にかかりきりです」

俺は思わず眉を寄せていた。「今度のことで、別の動物病院に行くような用事がありますか」

「それはまあ、いろいろと」加賀はにやにや笑った。これ以上のことは話す気がなさそうだった。「とにかく、ちょっとお話を聞かせていただけますか」

「どうぞ」俺はドアをさらに大きく開いた。

部屋に入った加賀は興味深そうに室内を眺めていた。口元に笑みを浮かべたままなのは、こちらを不気味がらせるための演技か。ただし目は、獲物を探す肉食獣のように鋭く光っていた。

ダイニングテーブルを挟んで俺たちは向き合った。俺はサリーを放してやった。

「茨城のほうはどうでしたか」ハンガーにかけてある喪服を見て加賀が訊いてきた。

「ああ……ま、特にどうということもなく終わりました」

俺はいきなり軽いジャブをくった思いだった。茨城に行っていたことはお見通しということらしい。そして、もしかしたらそのことを知っていて、俺が帰る時刻を予測していたのかもしれないなと思った。

「仕事関係の方々は、あまりいらっしゃらなかったようですね」加賀はいった。

「どなたかからお聞きになりましたか」

「ええ、出版社の方なんかに」

「仕事関係の人たちは皆、上石神井での本葬に出てくれました。茨城で行われるのは身内だけの集まりですから、こちらから連絡してご遠慮願ったんです」

「そのようですね」加賀は手帳を取り出し、ゆっくりした動作で頁を開いた。「少し失礼な質問になりますが、御勘弁ください。真相究明のためなんです」

「遠慮なくどうぞ」と俺はいった。今更失礼もくそもないと思った。

「ある人によると、穂高企画は経営面でこのところあまりうまくいってなかったということですが、本当ですか」

「さあ」俺は苦笑を浮かべてみせた。「うまくいっていたかどうかというのは、主観の問題でもあると思いますね。私個人の見解をいわせてもらうなら、別に悪くはなかったと思います」

「しかしここ数年、借金の額は増えていますよね。特に映画製作に絡んだものが多いようです。そうしたことから、経営方針を巡って、あなたと穂高さんとの間にかなり意見の衝突があったようですが」手帳を見ながら加賀はいった。

「それはまあ人間同士ですから、時には意見が対立することもあります。それが正常というものです」

「意見が対立したのは」加賀が真正面から俺の顔を見た。「経営面においてだけですか」

「どういう意味です」自分の頬が微妙にひきつるのを俺は感じた。

「浪岡準子さんと親しい人から、いろいろと話を聞きました」

「それで？」

「浪岡さんはかつて、こういう相談を友人にしています。自分のことを好いてくれている人がいる、自分もその人のことが嫌いではなかった。だけどその人を通じて知り合った男性のことを自分は愛してしまった。どうしたらいいだろう——そういう相談でした」

俺は黙り込んだ、というより、返すべき言葉が思いつかなかった。会社の経営の話から、こんなふうに飛躍してくるとは予想していなかった。

「これはあなたのことですよね」加賀はいった。正確に急所を突いたという手応えを感じたのか、口調に自信が滲んでいた。

「さあ」俺は首を捻った。こんな表情をしても無駄だと思いつつ、薄笑いを浮かべていた。

「どういうことなのかな。ちょっとよくわからないんですが」

「浪岡さんは、あなたに好かれていると思っていたようです。それは彼女の自惚れだったのでしょうか」

俺は吐息をついた。「好意は持っていました」

「どの程度に？」

「どの程度って……」

「ペットが大した病気でもないのに、彼女に会うため動物病院へ通う程度に、ですか。そして彼女が仕事を終える時間を狙ってお茶に誘う程度に、ですか」加賀は矢継ぎ早にいった後、じっと俺の目を見つめた。

俺は小さく首を振り、掌で顎をこすった。少し伸びた髭の感触があった。

「加賀さん、あんたも人が悪いな」

加賀は表情を和ませた。「そうですか」

「そこまで調べがついているなら、わざわざ訊く必要もないでしょうが」

「御本人の口から聞きたいわけですよ。本当のところをね」加賀は指先でこつこつとテーブルを叩いた。

沈黙の時が何秒間か流れた。風の吹き抜ける音がし、窓枠がかたかた鳴った。サリーがどこからか現れて、俺の足元で丸くなった。

ふっと息を吐き、肩の力を抜いた。「ビールを飲んでいいですか。こういう話は素面じゃ話しにくい」

「どうぞ」

俺は立ち上がり、冷蔵庫を開けた。缶入りのギネスがほどよく冷えていた。

「加賀さんもどうです」黒い缶を見せて訊いてみた。

「本場の黒ビールですか」加賀は口元を緩めた。「いただきましょう」

俺は少し驚きながら彼の前にギネスの缶を置いた。勤務中だから、とでもいって断ると思っていたのだ。

椅子に座り直し、缶ビールのプルトップを開けてまず一口飲んだ。黒ビール特有の香ばしい味が口の中に広がる。そしてそれ以上に、渇いた喉を潤せたことがありがたかった。「好きでしたよ、彼女のこと」俺は加賀の顔を見て、はっきりといった。これについて下手にごまかすことは、余計にこの刑事の嗅覚を刺激することになると思った。

ただし、と俺は続けた。「それだけです。本当です。俺と彼女の間には何もなかった。古い言い方をすれば、手を握ったこともなかった。だから彼女が穂高と付き合い始めたからといって、彼女を責めることはできなかったし、穂高を恨むのも筋違いだった。要するに俺の片思いだったわけです」そこまでいって、またビールを飲んだ。

加賀は窪んだ眼窩の奥から俺を見つめてきた。俺の真意を透視しようとする目だ。やがて彼もギネスを開けた。そして乾杯するように掲げた。

「シラノ・ド・ベルジュラック。彼女の幸せのために身を引いたというわけですね」

「そんな格好のいいものじゃない」俺は吹き出した。「一方的に惚れて、一方的にふられただけです」

「でも、彼女に幸せになってほしかったのでしょう？」

「そりゃあそうだ。ふられたからといって、相手の不幸を望むほど暗い人間じゃないつもりですから」

「だったら」加賀はいった。「穂高さんが浪岡準子さんを捨てて神林美和子さんと結婚すると知った時には、特別な思いが芽生えたんじゃないですか」

「特別な思い？」

「ええ」刑事は頷いた。「特別な思いです」

俺はギネスの缶を握りしめた。もう一口ビールを飲んで舌を濡らそうかと思ったが、胃袋から何かがこみあげてくるような感覚があり、飲む気がしなくなった。

「それは、ないですよ」俺はいった。「加賀さん、あんたの考えていることはわかる。自分が惚れた女のことをゴミみたいに扱われ、頭に来て穂高のことを殺したんじゃないかというんでしょう？　せっかくだけど、それはないよ。俺はそこまで単純じゃない」

「あなたのことを単純だなんて誰がいいました？」加賀はぴんと背中を伸ばした。「あなたは心に深い部分のある人だ。いろいろと調べてみて、そう思いました」

「単に褒められているのではなさそうだな。俺のことを犯人だと思っている」

「正直なところ、疑っています。容疑者の一人です」加賀はきっぱりといい、ビールをごくりと飲んだ。

3

「やれやれ」俺は腕組みをした。「遺書のことはどうなっているんですか」

「遺書？」

「浪岡準子さんの遺書です。チラシの裏に書いてあったというやつですよ。筆跡が彼女のものと一致したと新聞で読みましたけど」

「あれですか」加賀は頷いた。「ええ、たしかに浪岡さんが書いたものだと確認できました」

「だったらそれで、すべて解決じゃないんですか。あの中で彼女は穂高殺しを仄めかしているわけでしょう？」

加賀は缶ビールを置き、人差し指の先で、自分のこめかみを掻いた。「彼女はそんなことは仄めかしていません。先に天国へ行っていると書いてあっただけです」

「それは仄めかしていることになりませんか」

「彼女が穂高さんの死を望んでいたことは窺えます。でも穂高さん殺害を告白しているわけではありません」

「へりくつだな」

「そうでしょうか。自分では客観的事実だけを述べているつもりですが」

加賀の落ち着き払った態度は、俺を苛立たせた。

「とにかく」俺は缶ビールを握りしめていった。「あなたがどんなふうに想像を働かせているのかは知りませんが、俺は犯人じゃありません。俺には穂高を殺せませんよ」

「それはどうでしょう」

「穂高は毒を飲んで死んだわけですよね。硝酸ストリキニーネ……でしたか。そんなもの、どうやって俺が入手できるんですか？」

すると加賀は目を伏せ、もったいぶった手つきで手帳の頁をめくった。

「五月十七日の昼間、あなたは穂高さんたちとイタリアンレストランに行きましたね。ところが店の者に訊いてみると、途中であなただけが店を出たそうじゃないですか。あなたの分の料理だけが途中から出されなくなっているのが、記録にはっきりと残っているんです」ここで加賀は顔を上げた。「どういうことですか。会食中に一人だけ店を出たということは、相当な事情が発生したとしか考えられないのですが」

缶ビールを持つ掌に、じわっと汗が滲(にじ)むのを俺は自覚した。あのことを警察が嗅ぎつけることは覚悟していたが、できれば避けて通りたい部分だった。

「そのことと、俺には毒を入手できないという話と、どういう関係があるのかな」精一杯平静を装っておれは訊いた。

「あなたはその時、浪岡準子さんと接触したのではないか、と考えているわけです」

「接触？　接触とはどういうことだろう」

だがこれには加賀は答えてこなかった。無駄な言葉のやりとりは時間の無駄だとでも思ったのかもしれない。テーブルの上で指を組み、上目遣いにこちらを見た。「こちらの質問に答えてください。何のためにレストランを途中で出たのですか」

俺は姿勢を正した。ここが正念場だと思った。

「どうしてもあの日のうちに済ませておかねばならない仕事があったんです。そのことを思い出したので、失礼して先に帰らせてもらったんです」

「変ですね。雪笹さんやレストランの人間の話では、その前にあなたの携帯電話が鳴ったということでしたが」

「自分で鳴らしたんです」

「自分で？」

俺は腕を伸ばし、バッテリーに充電中の携帯電話を取った。そして着信音を設定する操作画面を出し、決定ボタンを押した。聞き慣れた着信音が小さなスピーカーから出た。

「このようにして、電話がかかってきたように見せかけたんです。外から急な連絡が入ったといえば、中座しやすいですから」

加賀は険しい顔つきで俺の携帯電話を見つめたが、やがて薄い笑みを浮かべた。

「どういう用事だったんですか。会食が終わってからでは間に合わないような仕事だったんですか」

「間に合ったかもしれないけれど、間に合わないおそれもありました。ある小説の資料をまとめておくという作業です。穂高はそれを新婚旅行に持っていくつもりをしていましたから、何としてでもあの日のうちに完成させておかねばならなかったのです。それをうっかり忘れていたのを、食事中に思い出したんです」

「その資料は今ここに？」

「ありません。穂高に渡しましたから」

「内容はどういったものですか」

「陶芸に関するものです。Ａ４の用紙に二十枚程度です」

「陶芸……ねえ」加賀は俺の話を手帳にメモしていった。相変わらず不気味な笑みを浮かべている。

こちらの言い分が嘘であることを見抜いていながら、その嘘を楽しんでいる――そういう笑みに見えた。

俺に電話をかけたのは浪岡準子ではないか、と踏んでいるのだろう。しかしその証拠は摑めないはずだった。彼女が使った携帯電話は、穂高が処分したはずだった。充電器も俺が捨てた。元々彼女名義の電話ではなかったから、発信記録を調べられる心配もない。

少し考えてから彼は訊いた。「その資料は、いつ穂高さんに渡しましたか」

「土曜の夜です」

「土曜の夜？　なぜですか。穂高さんはそれを新婚旅行に持っていくつもりだったんでしょう？　それなら結婚式当日に渡してもいいはずだと思うのですが」

「当日はいろいろと大変ですから、渡している暇がないかもしれないと思ったのです。穂高にしても、新郎の衣装をつけた状態でそんな資料を渡されても困るだけでしょう。それに何より、当日だと忘れるおそれがありますから」

加賀は黙って頷き、ギネスの缶に手を伸ばした。飲みながら鋭い眼をこちらに向けてくる。嘘を見破ろうというより、嘘をつく人間の本質を見定めようとしているようだった。

陶芸の資料というのは現実に存在した。二ヵ月程前に俺が穂高に渡したものだ。ただし、おそらくそれは今も書斎机の引き出しにでも入れられたままだろう。加賀はそのあたりのことを予想して、いつ俺が穂高に資料を渡したのかを質問してきたのだ。当日に渡したとでも俺が答えていたなら、彼の思うつぼだった。その場合、資料が旅行用の荷物に入っていないのはおかしいということになるからだ。だが渡したのは前日だと俺が答えたことで、とりあえず筋は通ったはずだ。その場合には穂高の荷物の中に資料が入っていなくても矛盾はしない。彼が出発前に思い直して持参しないことにしたか、スーツケースに入れるのを忘れたという可能性があるからだ。

「ほかに質問は？」と俺は訊いた。

加賀は手帳を閉じた。それを上着のポケットにしまい、一度小さく首を振った。「今日のところは以上です。御協力ありがとうございました」

「お役に立てなくて申し訳ない」

俺のこの言葉で、椅子から立ち上がりかけていた加賀の身体が止まった。彼は俺を見ていった。「いいえ、十分に収穫がありましたよ。十分にね」

「そうかな」俺は腹に力を入れて、刑事の視線を受けとめた。

「もう一つだけ訊いていいですか」加賀が人指し指を立てていった。「捜査とは無関係のことです。三十過ぎの男が野次馬根性で訊いていることだと思っていただいて結構です。答えたくなければ、答えないでください」

「何ですか」

「あなたは」加賀は真っ直ぐこちらに身体を向けて立った。「浪岡準子さんのことをどう思っておられましたか。もう好きでも嫌いでもなくなっていましたか」

ストレートな質問に、俺は少したじろいだ。思わず少し下がってしまったほどだ。

「どうしてそんなことを知りたいんです」俺は訊いた。

加賀は口元に笑みを作った。意外なことに、彼の目も少し笑っていた。「だから野次馬だといっているでしょう」

刑事の刑事らしくない表情に、俺は惑わされた。何か狙いがあるのか。

俺は唇を舐めてからいった。「答えたくありません」

「そうですか」納得した、という顔で彼は頷き、腕時計を見た。「ずいぶん長くお邪魔してしまいました。お疲れのところ、すみませんでした。これで失礼いたします」

いいえ、と俺は小声でいった。その時サリーが俺の横をするすると通り抜けて、靴を履いている加賀のそばまでいった。俺はあわてて抱き上げた。

加賀が右手を出し、サリーの耳の後ろを搔いた。彼女は気持ちよさそうに目を閉じた。

「この猫は幸せそうだ」と彼はいった。

「だといいんですが」

「ではまたいずれ」加賀は頭を下げた。俺も会釈を返した。もう来るな、といいたいところだった。

加賀が出ていき、靴音が遠ざかるのを確認してから、俺はサリーを抱いたまましゃがみこんだ。彼女は俺の頰をぺろぺろ舐めた。

神林貴弘の章

1

頭の中に靄がかかっていた。それがあるために、僕の考えは少しも前へ進まなかった。僕はウイスキーを飲むことで、その靄を取り払おうとした。しかし払っても払っても、いや払えば払うほど、視界は悪くなる一方だった。量子力学の難問にぶちあたっている時の気持ちにそっくりだった。相手が量子力学の場合には、こういう時、僕は大抵その難問を回避するルートを取るようにしている。その難問を突破できるアイデアを思いつく時は、ノーベル賞を取れる時だと思っているからだ。

しかし現在僕を苦しめている問題については、避けて通る道も見つからなかった。僕はウイスキーを飲み続けた。結果、睡魔が僕を救いに来た。昨夜のことだ。

だがそれは本当に一時的なものだった。そのことを僕は今朝改めて思い知った。ベッドで目覚めた僕の頭には、依然として灰色の靄がかかったままだったのだ。おまけに頭痛がひどかった。

どこかで何かが鳴っていた。それが玄関のチャイムの音だと気づくのに数秒間を要した。僕はベッドから飛び起きた。壁の時計は午前九時を少し過ぎたところを指している。僕は二階の廊下の壁に取り付けてあるインターホンの受話器を取り上げた。「はい」

「あっ、神林貴弘さんですか」男の声がいった。

「そうですけど」

「電報です」

「電報？」

「はい」

僕はぼんやりした頭を修復できないまま、パジャマ姿で階段を下りていった。電報という通信手段がこの国にあったことを、改めて思い出していた。結婚式場と葬儀会場以外の場所に届くことなどないと思い込んでいた。

玄関のドアを開けると、白いヘルメットをかぶった中年男が折り畳まれた白い紙をこちらに差し出した。僕は無言で受け取った。男もまた無言で去っていった。

僕はその場で電報を開いてみた。その紙に並んでいたのは合計三十二個の文字だった。その文字列の意味する内容は、即座には僕の頭に入っていかなかった。その理由の一つは僕の頭が依然として満足に機能していなかったことにある。そしてもう一つの理由は、書かれていることが僕の意表をつくものだったことだ。

そこにはこうあった。

『二十五ヒ　ショナノカオコナウ　ゴゴ一ジ　トウケ　イマニテマツ　ホダカマコト』

なんだこれは、と思わず声を出していた。

二十五日、初七日行う、午後一時、当家、居間にて待つ　穂高誠——。

もちろん電報の送り主が穂高誠であるはずはなかった。しかし差出人は彼の名前になっていた。誰かが彼の名を騙ったということだろう。それは誰か。

二十五日といえば今日だった。日曜日だ。だからこそ目覚まし時計をセットせずにベッドに入ったのだ。大学に行かなくていい日だ。

穂高誠が死んでから丸一週間が経ったわけだ。彼のモーニングコートが瞼に蘇る。

当家居間にて待つ。

どうしようもなく心が騒いだ。誰がこんなことをしたのだろう。

行くべきかどうか迷った。無視してやろうかとも思った。単なる悪戯とわかっていれば、考えるまでもなくそうしただろう。だが悪戯だとは思えなかった。誰かが何かの目的で、僕を穂高の家に行かせようとしているのだ。

僕は電報を手に、階段を上がった。美和子の部屋のドアをノックした。

返事はなかった。もう一度ドアを叩き、今度は呼びかけてみた。「美和子」

だがやはり部屋の中からは何の反応も返ってこなかった。「開けるよ」といって僕はドアを静かに押した。

まず白いレースのカーテンが目に入った。それを通して柔らかい太陽光が入りこんでいた。つまり内側の遮光カーテンのほうは開けられているということだ。

ベッドは奇麗に整えられていた。美和子がパジャマ代わりに着ていたTシャツも、畳んで枕のそばに置いてある。

僕は部屋の中に足を踏み入れた。日差しのせいで室内には暖かい空気が満ちていた。だが美和子の体温の名残を感じることはできなかった。彼女がここにいた気配はすっかり消えていた。

ベッドの上に便箋が一枚載っていた。それを見た途端、僕はある予感を抱いた。その予感が外れてくれることを僕は祈った。

便箋には彼女の文字が並んでいた。予感が的中したことを僕は認めねばならなかった。

『初七日に行きます　美和子』

丁寧(ていねい)な筆遣いで、そう書かれていた。

2

古いボルボを運転しながら、昨夜のことを考えた。夕食は僕が作った。昨日にかぎらず先週の食事の支度は殆ど僕がした。料理のレパートリーはさほどなかったが、今の美和子に家事をさせる気にはとてもなれなかった。彼女がまた元気な笑顔を見せてくれるようになるまで、僕は食事の支度だけでなく、洗濯や掃除もするつもりだった。彼女が無事に結婚式を済ませていたなら、そうなっていたはずなのだ。

昨夜のメニューは数少ない僕の得意料理の一つであるビーフシチューだった。性能のいい圧力釜のおかげで、比較的短時間で肉を煮込むことができる。フォークの先で簡単に切れるほど柔かく出来上がった。

そのビーフシチューを、美和子は黙々と口に運んでいた。最初に一言「おいしそうね」といっただけで、後は何ひとつ言葉を発しなかった。間をもたせるために僕が話すことに対して、適当に頷いたり、相槌を打ったり、首を振ってみたりするだけだった。心は完全に僕の前から離れていた。

彼女が昼間どこかに出かけていたらしいことを僕は知っていた。僕が大学から帰った時には、すでに帰宅していたが、様子を見ようと思って部屋を覗いた時、壁に見慣れない白のワンピースがかけてあったのだ。美和子はベッドに横たわって本を読んでいたが、僕の視線に気づくと、とりつくろうようにいった。「気分転換に、買い物に行ってきたのよ」

「そうだったのか」

「その時に、その洋服を買ったの」

「似合いそうだね」

「そう？　だといいけど」美和子は本に目を戻した。明らかに僕と長く話すことを避けていた。

買い物をしたのは本当だろう。しかしそれは何かのついでだったのではないかと僕は踏んでいた。現在の彼女は、とても自分から気分転換に出かけられるような心境ではないはずだった。

昨日出かけたことと今日のこととは、たぶん何か関係があるのだろう。彼女は昨日から、こういう形で家を抜け出すことを決めていたに違いない。

あの電報は彼女が出したものと考えたほうがよさそうだった。だが何のために？　何か理由があって僕を穂高の家に連れていきたいならば、率直にいえばいいではないか。

つまりその理由というのは直接僕にはいえないようなものだ、ということになる。

高速道路の出口が見えてきた。ウインカーを出し、車を左に寄せた。

穂高邸のある住宅地は、八日前に来た時と同様に静かだった。歩いている人も殆どおらず、すれ違う車も少ない。うんざりするほど混んだ環状八号線を走ってきたので、まるでエアポケットに入り込んだような気がした。

　そして穂高誠の白い家は、先日と同じように、傲慢さを発散させて周囲を見下ろしていた。ペットの犬や猫が飼い主に似るという話を思い出した。もしかすると家の顔も、そこに住んでいる人間に似てくるのかもしれないと僕は思った。

　白い家の前に大きなワンボックスカーが止まっていた。その車の後ろに僕はボルボを止めた。ワンボックスカーには誰も乗っていなかった。

　門の前に立ち、インターホンのボタンを押した。美和子の声が聞こえてくるのを僕は予想していた。目的は不明だが、すでに彼女も来ているはずだ。

「はい」ところが聞こえてきたのは男の声だった。聞き覚えがある。

「あの……」僕は戸惑った。何といえばいいだろう。「神林といいますが、あの、妹は来ていませんか」

「ああ、神林さん」相手は僕のことを知っていたようである。そして一拍遅れて僕も声の主を思い出した。

　玄関のドアが開き、駿河直之が姿を見せた。灰色のスーツを着ていた。ネクタイも暗い色だ。それで僕は本当に今日ここで初七日が行われるのだろうかと思った。

「神林さん……どうしてここへ？」駿河が玄関からの階段を下りながら訊いてきた。

「ですから、その、妹が来ていないかと思いまして」

「美和子さん……は、いらっしゃいませんよ」

「来ていない？　いや、でも、そんなはずは」

「美和子さんは、穂高の家へ行くとおっしゃったのですか」

「はっきりといったわけじゃないんですけど、そういう意味のことを」

「ははあ」駿河は視線を少し下げた。慎重になっている、というより警戒している顔だ。

「駿河さん、あなたはどうしてここにいらっしゃるんですか」こちらから質問してみた。

「それは……あの、残務整理のようなものがありましてね。必要な資料の一部を穂高が持っているものですから」

「勝手に入ったわけですか。家には鍵がかかっていたと思いますが」

「いや、それはですね」駿河はいったんは何かうまい言い訳を考えようとしたらしい。だがすぐに苦笑して肩をすくめた。「嘘です。残務整理なんかじゃありません。呼び出されてやってきたんです」

「呼び出されて？」

「これです」駿河はスーツの内ポケットに手を入れた。取り出してきたものは、僕が予想したものだった。つまり電報だ。

僕もズボンのポケットから同じものを取り出して見せた。

駿河は小さく首を後ろに反らせた。「やっぱりね」

「文面は初七日への招待……ですか」

「そう、穂高からね」彼は自分の電報をポケットにしまった。

僕もそのまま電報をポケットに戻した。お互いの電報の文面を確認する必要はなさそうだった。

「入ってもいいですか」僕は訊いた。

「いいんじゃないですか。俺だって勝手に入ったんです。玄関の鍵があいていたものですから」

「鍵があいていた？」

「ええ。電報にも書いてあったでしょ。『居間にて待つ』ってね。だから居間までは勝手に入っていいと解釈したわけです」

彼に続いて家の中に入った。当然のことながらひっそりとしていた。天井が高いせいか、靴を脱ぐ音がやけに大きく響いた。

広いリビングルームは薄暗かった。明かりがついていないからだ。ソファの上に駿河のものと思われる書類鞄が載っていた。かすかに煙草の臭いがする。

「美和子さんは一緒じゃないんですね」駿河が訊いた。

「ええ。僕が電報を受け取った時には、もう部屋にいませんでした」

「するとここへ来ているはずだというのは……」

「書き置きがあったんです」

僕はベッドの上に置いてあったメモのことを話した。駿河も僕と同じ推理を展開したらしく、「すると電報の主は彼女……かな」と眉を寄せていった。

そうかもしれません、と僕は答えた。

僕たちは向き合って座った。煙草を吸ってもいいかと駿河が尋ねてきた。どうぞ、と答えた。センターテーブルの上の灰皿には、吸殻が四つ入っていた。

この部屋での五本目の煙草に彼が火をつけようとした時、玄関のチャイムが鳴った。駿河は煙草を唇から離し、薄く笑った。

「三人目の客だ。誰なのかは、訊かなくてもわかりますよ」そういいながらも彼は壁のインターホンに近づいていった。そして受話器を取る。「はい」

相手が名乗ったようだ。それを聞いて駿河は唇を曲げた。「ええ、全員揃ってますよ。どうぞお入りになってください」

受話器を置き、「予想通り」と僕に一言いって、彼は玄関のほうに出ていった。

ドアの開く音がして、雪笹香織の声がした。

「どういうことなの、あの電報？　初七日をするなんて、誰が決めたのよ。おまけに差出人が穂高さんだなんて」

「俺だってわかんないんだよ。誰かが何かの目的で、ここへ俺たち三人を呼び出したってことらしい」

「三人？」語尾に疑問符をつけながら雪笹香織が部屋に入ってきた。彼女は僕を見て足を止めた。「あっ、神林さん……」

こんにちは、といって僕は頭を下げた。

「神林さんも例の電報を？」

「ええ」

「そうなんですか」雪笹香織は不安そうに眉をひそめた。彼女は紺色のスーツを着ていた。駿河と同様、初七日を本当にするとは思っていないが、一応派手な服は避けたということだろう。

「役者が揃ったということになるのかな」駿河も彼女の後から入ってきていった。「ここに穂高がいれば完璧ということに――」そこまでいったところで彼は口を開けたまま動きを停止した。視線は僕の後方に向けられている。

駿河と同じ方向を見ていた雪笹香織も目を見張った。息を止めているのがわかる。驚きの色がありありと浮かんでいた。

二人とも、庭に面したガラス戸のほうを見ているのだった。僕は振り返る前に、彼等が何を見ているのかを薄々察知した。いつかこれと同じ場面があったことを思い出していた。ほんの八日前だ。

ゆっくりとそちらを向いた。そこには予想した通りの光景があった。

美和子が立っていた。昨日買ったという白いワンピースを着ていた。あの日の浪岡準子と同じように、じっと僕たちを見つめていた。

3

美和子がこちらを見ている間、誰も言葉を発することができなかった。動くこともできなかった。たぶん傍からは、蠟人形の対峙に見えたことだろう。

やがて美和子はゆっくりと動きだした。ガラス戸に手をかけ、するすると開けた。そこの鍵がかかっていないことを彼女は知っていたわけだ。無論、玄関の鍵をあけておいたのも彼女だろう。

白いレースのカーテンを彼女はくぐった。それが頭にかかった瞬間、ウェディングドレスを着ているように見えた。

「あの日」美和子は口を開いた。「こんなふうに彼女は現れたんですね」

誰に対して発せられた質問なのかわからなかった。言葉遣いから察すると、僕に対してではなさそうだった。もちろん僕が答えてもよかったのかもしれない。しかしここでは駿河直之が返答した。

「そうです。全く、そういう感じでした」彼の声はうわずっていた。無理もないことだ。

美和子はサンダルを脱ぎ、そのままリビングルームに上がり込んだ。スカートの裾が風になびき、白い太股(ふともも)が少し見えた。彼女はいったん僕たちに背を向け、ガラス戸をぴったりと閉めた。それからまたこちらを向いた。

「その、浪岡準子さんという人の気持ちになってみようと思ったんです。それで、あそこに立ってみたんです」美和子はいった。

「それで、何か得るものはあったのかしら」雪笹香織が訊いた。「何かわかったことは」

「ええ、とても重要なことが」と美和子は答えた。

「どういうことだい」と僕が尋ねた。

彼女は僕を見下ろし、そしてまた駿河と雪笹香織の顔を交互に見た。

「あの日、なぜ浪岡準子さんは庭に立ったのか、ということです」

「だからそれは、あなたに会うためですよ。つまり、自分を裏切った穂高がどんな相手と結婚するのかを知りたかった、というわけです。俺がこの耳で聞いたんだから、たしかです」

駿河がいった。

「本当にそれだけでしょうか」

「そうでなければ、何が目的だったというの？」雪笹香織が苛立ったような声を出した。

「一番の目的は、誠さんに自分の姿を見せておくこと……だったのではないでしょうか」

彼女の言葉に我々三人は一瞬顔を見合わせた。

「どういう意味？」と僕が訊いた。

「あそこに立ってみて思ったのよ」美和子は僕に向かっていった。「今日みたいに天気のいい日だと、外から中は殆ど見えないの。特にレースのカーテンがかけてあったりするとね。あの日……結婚式の前日も、とてもいい天気だった」

「だから？」

「お兄ちゃんもあそこに立てばきっとわかる。こちらからはよく見えない。だけど相手からはよく見えている。そんな状態で立っているのって、とても不安なの。居心地が悪くて、逃げ出したくなる。だけど彼女は逃げなかった。ずっと立っていた。どうしてだと思う？」

僕は首を振った。わからない、という意味だ。

彼女は僕以外の二人のほうも見た。

「浪岡準子さんは、誠さんに自分の姿を見ておいてもらいたかったのだと思います。きっと、自分が生きている最後の姿を見せたかったんです。その時には、もう死ぬことを決めていたと思うから」

美和子の言葉に一時我々は沈黙した。彼女のよく通る声が、いつまでも広いリビング内で響いているような気がした。

やがて駿河が頷きながら口を開いた。

「それはそうかもしれませんね。ええと、何という毒薬でしたっけ。硝酸ストリキニーネ……か。とにかくその毒を職場から盗みだした時点で、穂高と一緒に死のうと思っていたわけですから」

「誠さんと一緒に死ねたらって考えていたと思います。そのつもりであの日ここへ来たのだと思います」

「だから？　一体何がいいたいんだ」僕は訊いた。

「つまり」美和子はそういってから深呼吸を一つした。「浪岡準子さんがここに来た時点では、彼女の頭の中には、誠さんがすでに死んでいるなどという考えは全くなかったということよ」

えっ、と雪笹香織が声を漏らした。「それ……どういうこと？」

「もし彼女が犯人なら、毒入りカプセルを仕込んだのは、それ以前だということになります。なぜならその時点で鼻炎薬の瓶はあたしが預かっていて、それ以後彼女が手を触れるチャンスはなかったはずだからです。でも」美和子は雪笹香織のほうを見た。「もし金曜日以前に毒を仕込んだのだとすると、彼女が土曜日にここへ来た時、誠さんがすでに死んでいる可能性だってあったわけです。だけど皆さんの話を聞いたかぎりでは、浪岡さんがそのことを考えていたようには思えないのです」

僕は息を飲んだ。たしかにそれは彼女のいうとおりだった。

他の二人も言葉を失っていたようだが、やがて駿河がいった。

「でも……毒入りカプセルは仕掛けられていたわけですよね。その結果、穂高は死んだ」

「ええ、だけど彼女には仕掛けられなかった。だから、それはほかの人間が仕掛けたんです」美和子は静かに、しかしきっぱりといった。「あなたたちの中の誰かです」

4

空気が急に重くなったようだった。部屋全体が沈黙に覆われた。たしかにこのリビングルームは広いが、一層そのことが際立ったように感じられた。車のエンジン音が遠くで聞こえた。

最初に動きを見せたのは雪笹香織だった。彼女はため息を一つつくとソファに腰を下ろした。足を組む時、スカートの丈(たけ)が思いの外短かったことに僕は気づいた。形のいい足だった。なぜかこの瞬間、この女性と穂高誠との間に何もなかったはずがないという確信を僕は得た。

「なるほどね」彼女はいった。「それであたしたちをこういう形で集めたわけね。あんな奇妙な電報を打ってまで」

「犯人でないお二人には謝ります。ごめんなさい。でも、こういう方法しか思いつかなかったんです」

「おれにまで電報を打つ必要はなかったのに」と僕はいった。

「全く同じ条件にしたかったのよ、三人とも」美和子は僕の顔を見ないでいった。

「実のお兄さんまで特別扱いしないということなら、僕としても協力せざるをえないでしょう。だけどちょっと理解できないな。なぜこの三人に容疑者が絞られてしまうのか」駿河も雪笹香織の隣に腰を下ろした。

「理由は単純です」美和子はいった。「誠さんをああいった形で死に追いやるには、少なくとも二つの条件が必要です。一つは、彼が例の鼻炎用カプセルを常用していたことを知っていたこと。もう一つは、毒入りカプセルを薬瓶かピルケースのどちらかに混入させるチャンスのあったこと。この二つの条件を満たしているのが、あなたがた三人だけなんです」

駿河が外国の映画俳優がやるように、大げさに両手を広げて見せた。

「たしかに我々は穂高の常備薬のことを知っていました。毒入りカプセルを紛れ込ませるチャンスもあったかもしれません。だけど美和子さんは肝心なことをお忘れですよ。僕たちは毒を持っていないということです。新聞などで報道されたから御存じでしょう？　硝酸ストリキニーネという毒物は、一般人には入手が困難なんです。毒入りカプセルを作ったのは浪岡準子さん。それはもう動かせない事実です。では彼女の作った毒入りカプセルを、僕たちの中の誰が、どうやって入手できたというんですか。それとも僕たちの誰かが、準子さんの願いを聞いて毒を仕掛けたとでもいうんですか？」

すると美和子は小さく吐息をつき、庭を向いた。それからゆっくりとした動作で、内側のカーテンを閉めていった。それで部屋はすっかり薄暗くなった。彼女は僕たちの座っているソファセットを迂回して、入り口のほうへ行った。壁のスイッチを二つ、ぱちんぱちんと音をたてて入れた。花びらの形を模した照明が、部屋全体を照らしだした。

「あたしは名探偵じゃありません」美和子はいった。「だからここで、皆さんを納得させ、犯人が諦めて白状せざるをえないような推理を述べることなんてできません。あたしにできるのは、ただお願いすることだけです」

彼女は再び僕たちのほうに近づいてきた。一メートルほどのところで立ち止まると、小さく息を吸い込んだ。

「お願いです」抑えた声で彼女はいった。「誠さんを死に追いやったのは、どなたなんですか。どうか、この場で名乗り出てください」

お願いです、ともう一度いい、彼女は頭を下げた。下げたまま静止した。

どこかでこういう映画を見たことがあるような気がした。最近ではない。ずっと遠い昔のことだ。まだ両親が生きていて、僕と美和子はふつうの兄妹だった頃だ。あるいはそれは映画ではなく夢だったのかもしれない。それを見てから今日まで、僕と美和子は間違った道を走り続けてきた。その結果がこれだ。妹は兄を殺人の容疑者扱いし、兄は何もいえず、ただ途方に暮れている。

彼女が僕を疑う理由は充分にあるのだ。僕は薬袋に近づくことができた。そして何より動機がある。

僕は他の二人を見た。駿河直之も雪笹香織も、誰とも目を合わさぬ方向を見ていた。どちらも他の二人の出方を窺っているように見えた。またどちらかが、ふっと話しだしそうな予感もした。じつは自分が穂高を殺した、という具合に。

僕は脅迫状のことを考えた。あの脅迫状を書いたのはどちらだろう。一昨日雪笹香織を横浜駅まで送る途中、パソコンかワープロをよく使うのかと訊いてみた。どちらも使わないと彼女は答えた。脅迫状の文面は、パソコンもしくはワープロで印字されていた。雪笹香織の言い分を信用するならば、脅迫状を書いたのは駿河ということになる。だが近頃の編集者が、パソコンもワープロも使わないなんてことがありうるだろうか。

結局僕の予感は予感のままに終わり、二人とも口を開かなかった。それだけでなく全く身動きをしなかった。駿河はソファの肘置きに右肘を載せ、頬杖をついたままだった。雪笹香織は膝の上で両手の指を組み、テーブルの灰皿のあたりに視線を向けていた。そして僕はそんな二人を黒目だけを動かして眺めていた。

美和子が頭を上げた。それで僕は彼女のほうを見た。

「わかりました」彼女は沈んだ声でいった。「もしここで名乗り出てくださったのなら、警察のほうにあたしからも情状酌量をお願いしてもいいとさえ思っていました。でもあたしの気持ちは伝わらなかったみたいですね」

ここで雪笹香織が声を発した。「駿河さん」

全員が彼女に注目した。その中で彼女は続けた。

「それから神林さん。あたしはお二人のことを信用しています。美和子さんが何か大きな勘違いをしているのだと確信しています。だけどもし――誤解しないでくださいね、本当にこれは仮に、の話なんですから――どちらかがここで名乗り出られた場合には、美和子さんと同様、いえ彼女以上に、量刑を軽くしてもらえるよう、あたしからも警察にお願いしたいと思います。だって、それなりの理由があってしたことだと思いますから」

「ありがとう、といえばいいのかな」駿河が苦笑した。「それと同じ台詞を、俺も君に返すよ」

雪笹香織は頷いた。かすかに歪んだ唇は、不可解な笑みを浮かべているように見えた。

美和子が、はあーっと大きく息を吐き出した。空気を濃密にさせる効果のあるため息だった。

「仕方がありませんね。あたしは、本当に名乗り出てほしかったのに」

「名乗り出てあげますよ。もしも僕が本当に犯人ならね」駿河が、やや挑戦的にいった。

美和子は目を伏せ、無言でドアに近づいた。一度僕たちを見て、何かを決断する表情を見せてから、ドアのノブを摑んだ。それを押し開き、その向こうに声をかけた。「どうぞ、お入りになってください」

すぐに誰かが入ってきた。全員の視線がそちらに向いた。

加賀刑事が我々を見て、小さく会釈した。

駿河直之の章

1

長身の刑事の登場は、少なくとも俺にとってはさほど意外でもなかった。神林美和子が自分一人の裁量で、こんな大げさな舞台を用意したとは思えなかった。

「主役の登場というところですか」とうの昔にこの家に来ていながら、今まで出てこなかったことに対して皮肉をこめ、俺は加賀にいった。

「私は脇役です。いや、脇役ですらない。主役は皆さん方です」加賀は俺たちを見回していった。

「ああ、そうか」雪笹香織が口を開いた。「加賀さんは演出家ね、きっと。まずは美和子さんに名演技をさせたってところかしら」

「誤解のないように申し上げておきますと、こういった趣向になっていることは、私もここへ来るまでは知らされていませんでした。私はただ、重大な話があるからとだけ美和子さんにいわれ、やってきたのです。正直にいいますと、私はこういう方法は好みません。一人ずつ取調室に呼んで、順番に落としていくほうが確実だと思うからです」

「でもあたしはそういうのは嫌だったんです。何があって、誰がどういうふうにして誠さんを殺したのか、自分の耳で聞いておきたかったんです。警察の密室で処理されたくなかったんです」

神林美和子の力説は、俺の鼓膜(こまく)と心を少し刺激した。青臭く、自己陶酔を感じるが、それなりに感動的だった。あんな男のためになぜ、と改めて思う。

「この事件に関して警察が情報を隠すことはたぶんないと思うんですが、まあ美和子さんのお気持ちもわからないではない。それでまあ」加賀は咳払(せきばら)いを一つした。「この、少々芝居じみた趣向に乗らせていただこうと思ったわけです」

「全く芝居じみている」俺はいった。「アガサ・クリスティの世界だな。容疑者を集めて探偵が推理を披露(ひろう)するというわけだ」

「クリスティの世界なら、もう少し話が派手になるでしょう。容疑者も多い。この部屋の壁沿いにずらりと椅子を並べる必要があるほどにね。しかし容疑者が三人だからといって、犯人を絞るのが楽というわけでもないのが、捜査の難しいところです」

「だけど絞れているわけでしょう？　加賀さんが、そんなふうに格好よく現れたからには」

雪笹香織の口調には、揶揄(やゆ)する響きがあった。

「さあ、それはどうでしょうね。まだまだわからないことは多々あるというのが実状なのですが」加賀は首の後ろを掻いた。

「あたしは」神林美和子がいった。「加賀さんなら、きっと犯人を突き止めてくださると思ったんです。いいえ、たぶんある程度の目星をつけておられると思いました。だからこそ、こうしてここに来ていただいたんです」

「ずいぶんとこの人のことを買っているのね。でも、その信頼に応えられるのかしら。この人は警視庁の刑事さんじゃないのよ。ただの所轄の人。――そうでしたよね」

「おっしゃるとおりです」加賀は雪笹香織に向かって、にっこりと笑って見せた。「しかしねえ雪笹さん、所轄の人間だからこそ自由にできることもあるんですよ。それに、美和子さんにここまで評価していただいた以上、何とかその期待に応えたいとも思います。どこまでできるかはわかりませんが」

それから彼は我々のほうに近づいてきた。立ち止まり、三人の顔を見回してから人差し指を立てた。「その前に私から最後の勧告です。穂高誠を殺した人は、今この時点で名乗り出ていただきたい。そうすれば、自首とみなすことも不可能ではありません」

「さっきの美和子さんからの提案と同じね。取引というわけね」

「まあ、そういうことです」

「どうかしら、お二人」彼女は俺と神林貴弘を交互に見た。「悪くない取引だと思いますわよ。犯人にとっては、ですけど」

俺はそれに対しては何もいわず、煙草の箱を取った。それから全員に、「吸ってもいいですか」と訊いてみた。誰も、吸っていいとも悪いともいわなかった。俺は一本くわえ、ライターで火をつけた。神林貴弘はうつむいている。何を考えているのかは、まるでわからない。

「残念ながら、取引不成立ということみたいよ」雪笹香織が加賀にいった。

加賀はさほど失望した様子も見せなかった。小さく手を上げた。

「仕方がありませんね。では始めるとしましょう。アガサ・クリスティの世界をね」

2

加賀はまず、黒っぽいスーツの内ポケットに手を入れた。取り出してきたのは手帳だった。立ったまま、それを広げた。

「最初から整理してみましょう。事件の内容は皆さん御承知のとおり、穂高誠さんが結婚式の最中に毒を飲んで亡くなった、というものでした。ホテルのボーイたちの目撃談などから、穂高さんが直前に鼻炎用カプセルを飲んだことが明らかになりました。やがて浪岡準子さんの死体と共に、遺書や毒物、それを詰めたカプセルなどが見つかり、彼女によって仕組まれた無理心中事件だった、という見方が有力になりました」

「それで間違ってないと思うがね。何が気に入らないのか、わからないな」俺はそういってから神林美和子を見た。「さっきの美和子さんの説は興味深いけれど、所詮(しょせん)は感覚的な話に過ぎないと思います。あの日浪岡準子さんが何を思ってここに来たのかは、結局のところ誰にもわかりません。もしかしたら、金曜日以前に仕込んだ毒入りカプセルの首尾を確認しに来たのかもしれない」

「それからもう一つ」雪笹香織が口を挟んできた。「美和子さんから聞いたんですけど、浪岡準子さんが鼻炎薬を買ったのは金曜日だそうですね。それで毒入りカプセルを仕込む時間がないと加賀さんは考えておられるようですけど、金曜日の夜にこの家に来たということも考えられるんじゃないかしら」

「金曜の夜にですか」加賀がわざとらしく驚いた顔を見せた。「その夜はずっと穂高さんが家にいました。彼の目を盗んで仕掛けたわけですか」

「それは……目を盗まなくても、いろいろとやり方はあると思いますけど」雪笹香織は言葉を濁した。

その時神林貴弘が顔を上げた。「僕からも一ついっていいですか」

どうぞ、と加賀が促(うなが)す。

「浪岡準子さんが金曜日に鼻炎薬を買ったという話は僕も聞きました。でも、だからといって、それが毒入りカプセルの材料にされたとはかぎらないんじゃないですか。もっと以前にも鼻炎薬を買っていて、それを使って作った毒入りカプセルを、金曜日よりももっと前に仕掛けていたということも考えられます」

「もしそうなら、なぜ浪岡さんは金曜日にも鼻炎薬を買ったのでしょう」

「それはわからない。浪岡準子さんが何を考えていたかなんてことは、僕にはわからない。元々全然知らない人なんですから」

「その説が正しいとすると、金曜日に買った鼻炎薬がどこかにないとおかしいですね。ところがそんなものは浪岡さんの部屋からは発見されていません」

「発見されないからといって、存在しないとはいいきれないんじゃないですか」

殆ど無表情だが、神林貴弘の口調から自信が感じられた。量子力学について議論する時にも、きっとこういう感じなのだろうと俺は想像した。

彼の言い分は筋が通っていた。そのせいか加賀は少し黙っていた。だがやがて低く笑った。ただし目は鋭いままだった。

「私がまだ何もいわないうちから、皆さんのほうからどんどん話が出てくる。非常にいい傾向です。この調子でいきましょう。そうすれば、必ず真相が見えてきます」

「俺たちをからかっているのかい」加賀がわざと挑発してきているのはわかっていたが、言葉遣いに気を配るのも忘れて俺はいった。

「からかう？　とんでもない」大きくかぶりを振った後、加賀はズボンのポケットに右手を突っ込んだ。そしてそこから出してきたものを、俺たちの前にあるセンターテーブルの上に置いた。それは十円玉だった。全部で十二個ある。

「何をするつもりだ」と俺は訊いた。

「簡単な算数です。いいですか、事件が発生した直後、すぐに美和子さんのバッグの中にあった鼻炎薬の瓶が警察によって回収されました。その瓶の中には、カプセルが九個残っていました。いずれも、毒は入っていませんでした」そういうと加賀は十二個の十円玉の中から三つを取り除いた。「さて、結婚式が始まる直前、美和子さんは瓶の中から一錠を取り出し、例のピルケースに入れました。するとその前には瓶の中に十錠入っていたことになります」彼はテーブルの上に十円玉を一つ戻した。「さらに美和子さんによれば、穂高さんは瓶を彼女に渡す直前に、缶コーヒーで一錠飲んでいるそうですね。そしてその時に、こうもおっしゃったと聞いています。『参ったな、薬がきれてきたらしい。さっき飲んだばかりなのに』」

その時のことは俺も覚えていた。穂高はしきりに鼻をかんでいた。

「つまり穂高さんは、あまり間隔をおかずに二錠飲んだわけです。そこでこうして二つを加えると」加賀は十円玉二つをテーブルに置いた。「このように元の十二個に戻りました。そしてあの瓶は、元々十二個入りです。ということは、穂高さんが最初の一錠を飲む時、あの鼻炎薬は新品だったということになるんです。もしも浪岡準子さんが犯人ならば、新品の薬瓶の中に毒入りカプセルを混入させたということになります。そんなことが果たして可能だったかどうか」

「可能じゃないのかしら。何か問題があります？」雪笹香織が訊く。

加賀は彼女のほうを向いた。口元に余裕の笑みを浮かべている。こちらを苛立たせるテクニックだとわかっていても、平静ではいられなくなる。

「新品の状態では瓶は箱に入っています。その箱を穂高さんはどうしたか。それについては雪笹さんも話してくださいましたよね。穂高さんは瓶を美和子さんに渡す前に箱を書斎のゴミ箱に捨てたのです。その箱を我々のほうで回収しました。回収して、調べました」

「何かわかったのか」と俺は訊いてみた。

「箱からは穂高さんの指紋しか検出されませんでした。また箱を一旦開封した後、再び新品に見えるよう糊付けしたような形跡もありませんでした。これらのことから、新品の状態だった薬瓶に毒入りカプセルが入れられた可能性はないと考えられます。すなわち、浪岡準子さんは犯人ではない」加賀は背筋を伸ばして立ち、我々を見下ろした。「これについて、まだ何か疑問がありますか」

発言する者はいなかった。俺は何とか彼の説に隙を見つけようとしたが、見つからなかった。

「さて、では誰が毒入りカプセルを仕込んだのか。それを考えるため、まず仕込むことが可能だった人間を列挙してみましょう。まず、いうまでもないことですが、穂高さん本人です」

「あれが自殺のはずはないと思いますけど」神林美和子が、驚いた顔で加賀を見た。

「私もそう思います。しかしこういうことは厳密にしなければいけません。そういう理由から、毒入りカプセルを仕込めた人間の二人目として、美和子さん、あなたの名前も上げなくてはならないということになります」

「美和子が犯人のはずないじゃないですか」神林貴弘が発言した。

「ですから、厳密にしているのだと申し上げています」

「しかし」

「お兄ちゃん」神林美和子が兄に向かっていった。「加賀さんの話を聞きましょう」

それで神林貴弘は唇を閉じてうつむいた。

「さあ問題はここからです。穂高誠さん、神林美和子さんを除けば、誰に犯行が可能だったか。毒入りカプセルが穂高さんの口に入るまでに辿（たど）った道筋を考えれば、それは自ずから絞られてきます」

「あたしたち三人だけ……といいたいわけね」

「あと一人いますよ、雪笹さん。あなたの会社の後輩である西口絵里さんも含めなければなりません。もっとも、あらゆる面から考えて、彼女は事件とは無関係であると断言できますがね」それから加賀は俺と神林貴弘の顔を交互に見た。「ここまでで何か質問はありますか」

俺はいうべき言葉が思いつかず、やたらに煙草をふかした。それは忽ち短くなった。クリスタルガラス製の灰皿の中でもみ消した。神林貴弘からも意見らしきものは出てきそうになかった。

「次に、毒入りカプセルについて考えてみます。御承知のとおり、元々毒入りカプセルは浪岡準子さんが作ったものでした。彼女以外の人間が、たまたま同時期に硝酸ストリキニーネなどという特殊な薬品を入手し、たまたま鼻炎用カプセルに仕込むことを思いついたと考えるのは、あまりに非現実的です。では犯人はそれをどうやって入手したのか？」加賀はガラス戸に近づいた。神林美和子が先程閉めたカーテンを再び開けた。「それを明らかにするためには、まず浪岡準子さんの自殺の謎を解く必要があります」

刑事は庭を背にして立った。逆光になり、彼の表情がよく見えなくなった。そのことは俺を妙に不安にさせた。無論この男は、そういう効果を狙ったのだろう。

「おかしなことをいうんですね。彼女の自殺にどういう謎があるというんですか」雪笹香織の声には、まだ余裕が感じられた。最終的には自分への疑いは晴れるはずだという自信があるからか。

「いくつかの疑問については、すでに駿河さんにはお話ししました」加賀は俺を見た。

「そうだったかな」と俺はとぼけた。

「まず芝生のことです」と彼はいった。「浪岡準子さんの髪には芝が付着していました。調べてみると、ここの庭の芝と断定してよさそうでした。同じ種類だし、使われている除草剤も一致しました。科学は大したものです。小さな草からでも、それだけのことがわかる。さてそうなると、当然我々としては疑問を持ちます。なぜ髪にそんなものが付いていたのか？」

「あの日彼女はここへ来たのだから、その時に付いたということでしょ。不思議でも何でもないわ」ややぶっきらぼうに雪笹香織がいう。

「髪に付いていたんですよ」加賀はいった。「気象庁に問い合わせたところ、あの日は殆ど風のない穏やかな一日でした。そんな日に芝が頭につくでしょうか。ただ庭に立っていたというだけで」

「そんなことはわからないわ。たまたま何かの拍子に枯芝が舞うということもあるんじゃないかしら」

「考えにくいですが、まあたしかにありえないことではないでしょう。ではチラシのことはいかがですか。遺書の書かれていたチラシの件です。非常に不自然な点があるのですが」加賀が俺のほうに目を向けた。

「それについては前に意見をいったはずだ。自殺するつもりの人間の心理は、当人でなきゃわからない」俺はいった。

　すると加賀は頷いた。

「おっしゃるとおりです。ですから、チラシの裏に遺書を書いたことや、そのチラシの端が少し切り取られていたことについては、ここで問題にする気はありません」

「じゃあ何を問題にするんだ」

「もっと根本的なことです。あのチラシがエステサロンの広告だということは、前に申し上げました。しかしあの日あの広告が、日本中のすべての家に配布されたわけではないのです。あの広告が新聞に挟まれて配られたのは、この町内を含む、ごく一部のエリアだけです」

加賀のいいたいことがわかった。俺の腋の下を汗が流れた。

「私のいいたいことがおわかりいただけましたか。浪岡準子さんのマンションでは、あのチラシは配られなかったはずなのです。それなのに、なぜあの部屋にあったのか」

俺は必死で平静を保とうとした。胸の中では焦りが渦巻いていた。

迂闊なことが多すぎる、と思った。直筆の遺書があったほうが自殺としてすぐに処理されるだろう——そう思ってあの紙を死体のそばに置いた。チラシの裏に書いたというのが不自然だとは思ったが、筆跡が一致すれば問題ないだろうと踏んでいた。チラシが配布されるエリアまでは考えなかった。

「さらに、浪岡準子さんのサンダルのことがあります。白いサンダルです」加賀はいった。憎らしいほどに落ち着いた口調だ。

「サンダルがどうかしたんですか」と雪笹香織が訊いた。

「部屋で脱ぎ捨てられていた彼女のサンダルの底には土がついていました」

「土？」

「ええ、土です。それを見た時に変だと思いました。彼女のマンションの周りはアスファルトだらけです。仮にどこかで土の上を歩くようなことがあったとしても、マンションに戻ってくるまでの間に、すっかり落ちてしまうのではないか。そこで土の成分を調べることにしました」加賀はカーテン越しに庭を指差した。「答えはあっさりと出ました。予想したとおり、この庭の土が付着していたのです。成分が完全に一致しました。これは一体どういうことでしょう。なぜ彼女はこの庭の土をサンダルにつけたままだったのでしょう？」

加賀のよく通る声が、ボディブロウのように俺の腹に響いた。彼の一言一言にダメージを受けた。サンダルか。そういえばそうだ。

浪岡準子の死体を運んだ時のことを俺は思い出した。段ボール箱を用意し、彼女の死体を入れた。その時彼女のサンダルを脱がしたのは穂高だった。穂高はこんなふうにいったのだ。

「なるべく死体をいじらないように運ぼう。妙なことをして、移動させたことが警察にばれたら元も子もないからな」

何ということだ。サンダルまでそのまま何の手も加えずに運んだため、現場の土を運ぶことになってしまったのだ。

「以上のことから一つの想像が生まれます。浪岡準子さんが死んだ場所は自室ではなく、この家の庭だったのではないか、ということです。この庭で遺書を書き、毒を飲んだ。だから髪に芝が付いた。しかしこの推理には一つだけ欠点があります。ここで遺書を書いたのなら、筆記具はどうしたのかということです。チラシは郵便受けに入っていたのでしょう。ではボールペンはどうしたか。答えは意外なところにありました」加賀はもったいをつけるように間を置いてからいった。「回覧板です。あの日皆さんがイタリアンレストランに行っておられる間に、隣の人が回覧板を郵便受けに差し込んでいったのです。その回覧板には、受け取った人がサインできるようにボールペンを一本取り付けてありました。彼女はそれを使ったのではないか。我々は町内会長さんのところへ行って回覧板を借りてきました。鑑識で調べた結果、浪岡準子さんの指紋がいくつか見つかりました」

極めて状況が悪くなっていることを自覚しつつも、俺は別の頭で、この刑事の慧眼に感心していた。準子が何を使って遺書を書いたかということまでは、考えたことさえなかった。回覧板の存在も気づかなかった。

「浪岡準子さんがこちらの庭で自殺をはかったことは、もはや確実といっていいと思います。その彼女の死体を、誰かが部屋まで運んだ。だからサンダルには土が付いたままだった。そう考えると辻褄が合います。では運んだのは誰なのか。当然ここで、ある人物の行動に注目することになります。レストランでの食事中、突然席を立った人物です」

加賀の言葉で、神林貴弘がこちらを見た。雪笹香織までもが、今初めて知ったかのような顔をした。

俺は何かいおうとした。何をいえばいいのかわからなかったが、とりあえず口を開こうとした。その時、俺の胸元で携帯電話が鳴りだした。

「失礼」そういって俺はスーツのポケットに手を入れた。風向きの悪い時に携帯電話が鳴ると助かったような気になるものだが、今回にかぎりそんなふうには感じられなかった。呼び出し音は不吉な音色に聞こえた。俺は携帯電話を取り出し、通話ボタンを押した。受話口に耳をあて、「もしもし」といってみる。だがすでに電話は切れていた。

その時、加賀がズボンの右ポケットから手を引き抜いた。彼が右手をポケットに入れていたことさえ俺は気づかなかった。そして彼がポケットから出したのは携帯電話だった。今の呼び出し音は彼が鳴らしたものだったのだ。

「じつは、浪岡準子さんの部屋から妙なものが見つかっているんです。何だと思いますか。携帯電話です。上着のポケットに入ったままになっていました。最近浪岡さんは勤めていた菊池動物病院から、携帯電話を一台与えられていたんです。緊急の用があった時のためにね。部屋から見つかった電話機が、まさにそれでした」

俺はどきりとした。ということは、準子は携帯電話を二つ持っていたということになるのか。

「それのどこがおかしいんですか。あるべきものが見つかったというだけのことじゃないですか」雪笹香織がいった。

「失礼、説明不足でしたね。携帯電話自体は問題ありませんでした。妙なのは、一緒に見つかった、携帯電話用充電器のほうでした。服をいっぱい吊したブティックハンガーの陰に隠れていたのですがね」

胸騒ぎがした。携帯電話が二つあったということは、充電器も二つあったということになる。

「ところが」と加賀はいった。「この充電器が、見つかった携帯電話用のものではなかったのです。つまり浪岡さんは、別の機種の携帯電話をもう一つ持っているということになる。我々はその電話機を探すことにしました。しかし浪岡さんの預金口座やクレジットの明細を見ても、携帯電話の使用料が引き落とされている様子はない。ということは、それは別人の名義で申し込まれた電話機ということになる。若い女性が他人名義の携帯電話を持っているとなれば、その電話機を与えた人間の正体は察しがつきます」

「穂高か……」神林貴弘が呟いた。

「そう考えるのが妥当でしょうね。我々はすぐにその方向で調べてみました。答えは簡単に出ました。穂高さんは、ご自分で使っておられるもののほかに、もう一台携帯電話をお持ちでした。そしてその電話機は、どこを探しても見つからない」

頭の中がぐるりと一回転したような気がした。

そういうことだったのか。俺が回収した充電器は、準子が病院から預かっていた携帯電話用のものだったのだ。

「それで……その穂高のもう一つの携帯電話の発信記録を調べたというわけか」

「まあそういうことです」加賀は頷いた。「携帯電話そのものがなくても、それは調べられます。時刻まで正確にね。浪岡準子さんが最後に電話をかけた相手はあなたです。ちょうどあなたがレストランで電話を受けた頃です」

3

俺の頭の中で様々な考えがめまぐるしく回転した。その結果、ここで抵抗してみても無駄だという結論に達した。死体を動かしたことはたしかに犯罪行為だが、状況を考慮すれば、さほど重い罪に問われることでもあるまい。ガードの一つが崩れたことは事実だが、まだ加賀は真相から遠いところにいる。俺は外堀を捨てることにした。

「俺は」加賀の彫りの深い顔を見上げていった。「命令されたんだよ」

「穂高さんに？」

「そういうことだ」

「だろうと思いました」加賀は頷いた。「電話はやはり浪岡準子さんからのものだったのですね」

「自殺を仄めかす内容だった。だから食事を抜けて、様子を見に来た」

「すると彼女が庭で死んでいた？」

「そういうことだ。俺はすぐに穂高に電話で知らせた。奴はすっとんで来たさ。そうして彼女の死体を見ると、すぐにいった。これを何とかしよう。彼女の部屋に運ぼうってな。彼女がどうして自殺したのかなんてことには、全く興味がない様子だった」俺はドアのそばに立っている神林美和子のほうを振り返った。彼女は青い顔をしていた。「あいつはそういう男だったんだ」

　さらに俺は浪岡準子の死体を運んだ手順を説明した。そして死体を置いた後は、すぐにマンションを離れたといった。

「俺がやったことは以上だよ。死体の発見を遅らせたことには責任を感じるが、そのことと穂高が死んだことは関係ないんじゃないかな」俺は締めくくり、煙草をくわえた。

「関係あるかないか、それはこれから明らかになることです」加賀はいった。「今の話で重要なことは、あなたが浪岡準子さんの部屋に入ったということです。つまり毒入りカプセルに近づけたということです」

俺は煙草に火をつけようとライターの石をこすった。ところが一度ではうまくいかず、二度三度と失敗し、四度目にようやくつけることができた。

すぐ隣で固い表情をしている雪笹香織を見た。

考えてみれば、と俺は思った。この女を庇ってやる必要などなかったのだ。

俺は煙草をゆっくりと吸った。白い煙の漂う様子を眺めた後、改めて加賀を見上げた。

「俺だけじゃないよ、加賀さん。あの部屋に入ったのは、俺と穂高のほかにもう一人いるんだ」

かすかではあったが、加賀がこの日初めて戸惑った顔を見せた。

「どういう意味です」

「そのままの意味さ。俺たちが彼女の死体を運ぶ一部始終を見ていた人間がいる。俺たちの後を尾行して、最後には浪岡準子さんの部屋にも入った。その人物を容疑者に入れる必要はないのかな」

「それは誰ですか」

俺は鼻で笑って見せた。せめてもの虚勢だ。「それを敢えていわなきゃならないかい」

加賀は鋭い眼光を俺からゆっくりとずらし、雪笹香織の顔を見たところで止めた。彼女は宙を見つめていた。

「あなたですか」加賀は訊いた。

雪笹香織は大きく一つ深呼吸した。俺の目をちらりと見て、再び正面を向き、小さく顎を引いた。「ええ」

「なるほど」加賀は頷き、窓の前を少し歩き回った。彼の影がテーブルの上で揺れた。やがて彼は足を止めた。「駿河さんの話に何か補足することは？」

「特にはありません」彼女はいった。「レストランで駿河さんからの電話を受けた時、穂高さんの様子は明らかに変でした。それで何かあると思って、ここまで来てみたんです。そうしたら駿河さんもいて、二人で大きな段ボール箱を運び出そうとしていました」

「で、マンションまで尾行した？」

「尾行というのは正確じゃありません。二人が話しているのを聞いて、どこへ段ボール箱を運ぶつもりなのかわかったから、少ししてからタクシーで行ってみたんです。そうしたらちょうど二人が運び終えたところでした。あたしは部屋に入り、浪岡準子さんの死体を見つけました。その直後、駿河さんだけが戻ってきたんです」

「警察に届けようとは思わなかったのですか」と加賀は訊いた。

「率直にいって」雪笹香織は肩を少しすぼめた。「どうでもいいと思ったんです。浪岡さんが死んでしまったことは、もうどうしようもないんだから、その現場がどこであろうと構わないと思いました。部屋で自殺していたことにしたほうが、余計な騒ぎに巻き込まれずに済むかなとも思ったし」それから彼女は神林美和子のほうを振り返った。「あなたの結婚式を台無しにもしたくなかった。それは本当よ」

神林美和子は唇をかすかに動かした。だが声は聞こえなかった。

加賀が訊いた。「あなたは机の上にカプセルの入った瓶があることには気づきましたか」

雪笹香織は少し躊躇する様子を見せてから唇を開いた。「ええ、気づきました」

「中のカプセルの数は覚えていますか」

「覚えています」

「いくつありました」

「八つです」そういってから彼女は俺を見た。かすかに微笑んだ。

「駿河さん、今の雪笹さんの話に間違いはありませんか」加賀の目がまたしても俺に向けられた。

「よく覚えていないな」と俺は答えた。

すると、雪笹香織が口を開いた。

「駿河さんが見た時には、カプセルは七つになっていたはずです」

ほう、と加賀は驚いたように目を見開いた。「なぜですか」

「あたしが一つ、取ったからです」彼女は平然といってのけた。

俺は彼女の横顔を見た。彼女は胸を張り、背筋を伸ばしていた。恐れるものは何もないという態度に見えた。

「毒入りカプセルを一つ、あなたが？」人差し指を立て、加賀が確認した。

「そうです」

「それをどうされましたか」

「どうもしていません」

雪笹香織は自分の黒いバッグを開けた。そして中から小さく折り畳んだティッシュペーパーを取り出した。それを広げ、テーブルに置いた。見覚えのあるカプセルが一つ、包まれていた。

「これがその時の一つのカプセルです」と彼女はいった。

雪笹香織の章

1

　あたしの態度に駿河直之も面食らったようだ。無理もない。あたしだって、十分迷った末、カプセルを盗んだことは告白したほうがいいと判断したのだ。

テーブルに置かれたカプセルを見つめて、しばらく誰も何もいわなかった。このカプセルの登場は、さすがに加賀も予想していなかったようだ。

「これは本当に浪岡準子さんの部屋にあったものですか」加賀がようやく尋ねてきた。

「間違いありません」と、あたしはいった。「疑うんでしたら、鑑識というところでお調べになったらいかがですか。あるいは、今ここで加賀さんがお飲みになっても結構ですよ」

「まだ死にたくないのでね」加賀はにやりと笑ってから、カプセルをティッシュで包み直した。「これはお預かりしてもいいですか」

「どうぞ。使う予定はありませんから」

「予定はなし、ですか」加賀はスーツのポケットから小さなビニール袋を取り出し、その中に畳んだティッシュを入れた。「では、なぜですか」

「なぜって？」

「なぜ薬を盗んだんです。カプセルの中身が入れ替えられていることは、すぐにわかったはずです」

あたしは天井を見上げ、吐息をついた。「何となく」

「何となく？」

「そう。何となく盗みたくなったんです。おっしゃるとおり、カプセルの中身が入れ替えられていることは、すぐにわかりました。そばに白い粉の入った瓶もありましたから。毒じゃないかと気づいたことは否定できません」

「その上で、敢えて盗んだ」

「そういうことです」

「わかりませんね。目的もなく、毒薬と思われるカプセルを盗んだりするものですか」

「ほかの人は知りません。あたしはそういう女だということです。捜査を混乱させたのだとしたら謝ります。ごめんなさい。でも、こうして返したからいいでしょ」

「全部返したとはかぎらないんじゃないかな」横から駿河がいった。

「どういう意味かしら」

「盗んだのが一つとはかぎらないといってるんだよ。君は元々八つあったといったが、それを証明することはできない。本当は九つあったのかもしれない。あるいは十個かも。君が盗んだのが二つ以上でなかったと、どうしていえるんだ」

　あたしは駿河直之の細い顔を見返した。自分に嫌疑がかかることを予想し、先手を打ってきたらしい。

「あたしは本当のことをいって、できるかぎりそれを証明しようとしているの。カプセルを一つ盗んだから、その盗んだカプセルはこれですと提出したわけ。駿河さん、その点あなたはどうなの？　あなただって、提出すべきものはあるんじゃない？」

「何のことだ」

「あたし、覚えてるのよ。浪岡準子さんの部屋からあなたと二人で出ていく前に、瓶についた指紋を拭き取ったわよね。その時瓶の中を見たの。カプセルの数は六つに減ってた。消えた一つはどこへ行ったのかしら」

　ゆっくりと煙草をくゆらせる余裕など、駿河にはないはずだった。それを裏づけるように彼はまださほど短くなっていない煙草を灰皿の中で捻りつぶした。顔は不機嫌そうに歪んでいる。その歪みの中に困惑と狼狽の色が滲んでいた。

「どうなんですか、駿河さん」加賀が訊いた。「今の雪笹さんのお話は本当なんですか」

　駿河の迷いが、膝の細かい振動から窺えた。肯定するか、とぼけ通すか、思案しているのだろう。

その彼の肩から力がふっと抜ける気配があった。話すつもりだな、とあたしは直感した。ごまかしきれないと悟ったらしい。

「彼女のいうとおりだよ」駿河は、ややぶっきらぼうにいった。「カプセルを取った。一錠ね」

「それはどこにありますか」

「捨てたよ。穂高の死因が毒殺だとわかった時、自分に容疑がかかっちゃかなわないと思って処分した」

「どこに捨てたんですか」

「生ゴミと一緒にゴミ袋に入れて捨てた」

それを聞き、あたしは声をたてて笑った。駿河が驚いた顔をした。その顔を見てあたしはいってやった。「そのゴミ袋を探せるものなら探してみろ、というわけね」

駿河は口元を歪めた。「俺は本当のことをいってるだけだ」

「でも証明はできない」

「まあね。君がカプセルを二つ以上は盗まなかったことを証明できないのと同じさ」

「あなたには」あたしは一呼吸置いていった。「動機がある」

駿河の目がつり上がった。頬がひきつるのがわかる。

「何をいいだすんだ」

「浪岡準子さんの死体を前に、あなたは泣いていたわよね。すごく悲しそうで、悔しそうだった。好きな女性を自殺に追いやられた上、その人の死体の始末まで押しつけられたんだから、さぞかし穂高さんのことを憎んだでしょうね」

「だからといって、すぐに殺しを思いつくほど、俺は単細胞じゃないぜ」

「あなたのことを単細胞だなんていってない。殺したいと思うのが当然だといってるの」

「俺は」駿河はあたしを睨みつけた。「俺は穂高を殺してない」

「ではなぜカプセルを盗んだのですか」加賀が鋭い口調で質問した。

駿河は横を向いた。奥歯を嚙みしめているのが顎の動きでわかった。

その時、それまで黙っていた美和子が発言した。「一つ、訊いてもいいですか」

皆の視線が彼女に向いた。

「何ですか」と加賀がいった。

美和子の目はあたしに向けられていた。真摯（しんし）な眼差しだった。あたしは少しうろたえそうになった。

「雪笹さんにお尋ねしたいんです」と彼女はいった。

「何かしら」

「結婚式の前、あたしは雪笹さんにピルケースを渡しましたよね。問題の、鼻炎用カプセルが入った袋を」

「ええ。もっとも、実際にピルケースを持っていたのは、あたしじゃなくて西口さんだけど」答えながらもあたしは不安だった。美和子は何をいうつもりなのか。

「後で聞いた話だと、それをまた駿河さんに預けたとか……。それは本当ですか」

「本当よ。だから彼には毒入りカプセルを仕込むチャンスが十分にあったということになるわね。それが何か？」

「先程からの話を聞いていて、おかしいなと思いました」

「何がおかしいの」

「だって」美和子は自分の頬に手を当て、思案する顔つきで続けた。「雪笹さんは駿河さんが毒入りカプセルを盗んだことを知っていたわけでしょう？ 駿河さんに誠さんを殺す動機があることもわかっていたわけでしょう？ それならどうして、ピルケースを駿河さんに預けたりしたんですか。それが危険なことだとは思わなかったのですか」

それは、といった後、あたしは言葉に窮した。

2

浪岡準子の部屋で、明らかに何らかの細工が施されたと思われるカプセルを見た瞬間、あたしの中に殺意が芽生えた。穂高誠にうまく飲ませられれば完全犯罪になる、と思った。警察も、浪岡準子による無理心中と解釈するだろうと予想できたからだ。

もしもあの時駿河直之が戻ってこなければ、あたしは穂高の鼻炎薬にカプセルを混入させる方法について、頭を悩ませたに違いない。どこでやるか、いつやるか、人目をどう避けるか、混入のタイミングは——おそらく気分が悪くなるほど知恵を絞ったことだろう。

ところが駿河の行動が、あたしの計画を百八十度転換させた。彼がカプセルを盗んだとわかった時、全く別のアイデアがあたしの頭に浮かんだ。

何も難しいことを考える必要はない、この男にすべてやらせればいいだけだ、と思い直したのだ。

駿河がカプセルを盗んだ目的が、穂高を殺すこと以外にあるとは思えなかった。しかしだからといって、黙って待っていればいいだけだろうか。駿河は行動力のある男だが、いざなると決断が鈍るかもしれない。また、カプセルを混入させる機会を得られないかもしれない。肝心の鼻炎薬が入った瓶は神林美和子が持っている。結婚式当日に、新婦の持ち物に近づくチャンスが、駿河にあるとは思えなかった。

考えを巡らせるうちに、あたしのすべきことが明確になった。彼にカプセル混入のチャンスを与えればいいのだ。あたしは、当日神林美和子のそばに居続けられる、数少ない人間だ。それは決して難しいことではないと思えた。犯人は駿河直之。この事実は動かせない。

仮に警察が事実を突き止めたとしても、逮捕されるのは彼だけだ。彼の犯行が成立した陰に第三者の意思が介在していたことなど、捜査員の誰も見抜くことはできないだろう。いや直接手を下した駿河自身、誰かによって操られたとは夢にも思うまい。

そしてあの時——。

美和子からピルケースを差し出され、これを穂高誠に渡してほしいといわれた時、神はあたしに味方をしたと思った。これほどのチャンスは願ってもなかった。

ピルケースを同行の西口絵里に持たせたのは、あたしにはカプセル混入のチャンスがなかったことを、後で警察にアピールするためだった。無論、その狙いがあったから、彼女を式場に連れていったのだ。

あたしは駿河を探した。ピルケースを直接穂高に渡したのでは意味がない。

ちょうど美和子が控え室から出た時、花嫁の姿を早く見ようと集まってきた人々の中に彼がいるのをあたしは見つけた。さりげなく近づき、さりげなく話しかけた。彼は花嫁のほうを見ていなかった。彼の視線の先には神林貴弘の姿があった。

少し言葉を交わした後、あたしは西口絵里に、駿河にピルケースを預けるよう命じた。

「答えてください」沈黙しているあたしに、神林美和子がもう一度いった。「駿河さんがカプセルを盗んだことを知っていながら、なぜ黙っていたんですか。ピルケースを預けたりしたんですか」

「想像と行動は別だと思ったの」あたしは答えた。「まさか彼が本当に毒入りカプセルを混ぜるとは思わなかった。ただそれだけよ」

「でも、もしかしたらって思わなかったんですか。そんな……駿河さんが泣いている姿まで見ていながら」

「軽率だった。反省してる。何といって詫びていいか、わからない」あたしは美和子に謝った。

「なるほど、そういうことか」駿河が首を縦に動かしながらいった。「あの時俺は変だと思ったんだ。ピルケースを穂高に渡さなければならないなら、さっさと新郎の控え室を訪ねて行けばいいわけだからな。わざわざ俺に預けたのは、俺に毒入りカプセルを仕込んでもらおうと企んだということか」

「勝手に想像しないで。そんなふうに罠にはめられたみたいな言い方をして、自分の罪を少しでも軽くしてもらおうとする気持ちはわかるけど」

「何度もいうようだが、俺はやっていない」駿河は拳でテーブルを叩いた。そして加賀を見上げた。「あの時俺は彼女からピルケースを受け取った後、すぐに近くにいたホテルのボーイにそれを渡したんだ。新郎に渡してくれといってね」それから彼はあたしにいった。「君だって見ていたはずだぜ」

あたしはそれについては何もいわないでいることにした。駿河のいっていることは本当だった。ピルケースをすぐにボーイに預けた。その中に毒入りカプセルを仕込む暇はなかっただろう。だが彼の弁護をしてやる義理は、あたしにはない。

「とにかく、あたしとしてはもうこれ以上話すことは何もありません」と、あたしは加賀刑事にいった。「警察まで来いというのなら、いつでも行きます。でも、今と同じ話しかできません」

「もちろん、一度は署まで来ていただくことになると思いますよ」加賀は意味ありげな笑みを浮かべていった。

「俺もそうだよ、同じことしか話せない」

「あなたの場合は」加賀はじろりと視線を駿河に向けた。「扱いが少し変わることを覚悟していただかねばなりませんね。何しろあなたはカプセルを盗んだ上、それを現在持っていない。そして我々が探している犯人というのは、一週間前にそれと同じカプセルを毒殺に使った人間なのです。あなたが自らの嫌疑を晴らそうと思うのであれば、カプセルの行方を明らかにする必要があります」

「だからそれは捨ててしまったといってるんだ」

「駿河さん、あなたは頭の悪い人じゃない。そんなことでは我々が納得しないことぐらいはおわかりでしょう」

「そんなことをいっても、本当なんだから仕方ないだろう」

「先程の質問に対する答えを、まだ聞いていませんね」

「先程の質問？」

「なぜカプセルを盗んだのかという質問です。それとも雪笹さんと同じく、何となく盗みたくなったわけですか。そして、自分はそういう男なのだと主張されるわけですか」加賀はあたしのほうを見ながら、皮肉っぽくいった。

答えに窮したのか、駿河は黙って唇を噛んだ。

ところがこの時、これまで全く議論に参加してこなかった人物が小さく手を上げた。「ちょっといいですか」

「何でしょう」加賀は発言者――神林貴弘を見た。神林の端正な顔は、駿河に向けられていた。彼はそのままいった。「あれは……あなただったんですね」

「何のことかな」駿河は呻くような声を出した。

「あの奇妙な脅迫状ですよ。あれを僕の部屋に入れたのは、あなただったんだ」駿河は明らかに作り笑いとわかる顔をして、横を向いた。

「何のことか、さっぱりわからない。何か誤解しているんじゃないですか」その強張った表情は、神林のいいだしたことが、的外れなことではないことを示していた。

「何ですか、脅迫状って」あたしは訊いてみた。

神林はいったん目を伏せ、迷いに沈む表情を見せた。

「お兄ちゃん」と神林美和子が細い声を出した。

「神林さん」加賀がいった。「どうか、話してください」

ようやく何かの決心がついたようだ。神林貴弘は顔を上げた。

「結婚式の朝、僕の部屋に一通の封筒が差し込まれていました。開けてみると、中に脅迫状が入っていました。その内容は、じつに……卑劣なものでした」

「それを今、お持ちですか」加賀が訊いた。

神林は首を振った。「すぐに燃やしました。あまりにも不愉快な内容だったので」

「話していただけますか」

「詳しい内容は勘弁してください。端的にいうと、こういうことです。僕と妹の、ある秘密を知っている。それを世間に公表されたくなければ、いうとおりにしろ――」神林は苦しげに話した。あたしは美和子のほうをちらりと振り返った。彼女は口元を両手で覆って立ち尽くしていた。

『ある秘密』とは何か。あたしはすぐに察しがついた。彼等の間にある、兄妹を越えた関係のことだろう。そのことに気づいていた人間はかぎられている。あたしは駿河を見た。彼は全く無表情だった。

「具体的に、あなたにどうしろと書いてあったのですか」加賀が訊いた。

「封筒には」神林は答えた。「ビニール袋が同封されていました。そこにはカプセルが一つ入っていました。白いカプセルです。それを穂高誠が常用している鼻炎薬に混入させろ――

指示はそういうものでした」

　がたん、と後ろで音がした。見ると美和子が床に膝をついていた。顔を両手で覆っている。

　無理もなかった。あたしも心底驚いていた。そういうからくりが潜んでいたとは夢にも思わなかった。あたしは駿河に殺させようとした。そのチャンスを与えた。だが駿河は違った方法で、別の人間を操ろうとしていたのだ。

「駿河さん」加賀が駿河にいった。「脅迫状を出したのは、あなたですか」

「……知らないな」

「あなたしかいない」神林がいった。「あの日、僕と美和子は別々の部屋に泊まっていた。どちらの部屋も僕の名前で予約した。部外者には、どちらに僕がいるかわからなかったはずだ。知っていたのは、あなたと穂高さんと雪笹さんだけだ」

「簡単な消去法ね」と、あたしはいった。

　それでも駿河は黙っている。こめかみに汗が一筋流れるのが見えた。

　するとここで突然神林貴弘が低く笑い始めた。不気味な声だった。ぎくりとしてあたしは彼を見た。気がふれたのかと思ったのだ。

　しかしそうではなかった。彼はすぐに真顔に戻った。

「駿河さん、あなたは本当のことをいいたくないようだ。それをいえば、殺人の共犯者になってしまうと思っているんでしょうね。でも、これを見れば、きっと本当のことをいいたくなると思いますよ。そして、僕に感謝することになる」

彼の台詞に、駿河は怪訝そうな顔をした。あたしも神林を凝視した。何をするつもりなのか、予想がつかなかった。

神林はズボンのポケットから財布を出してきた。さらにそこからビニール袋を取り出した。それを見てあたしは、あっと思わず声を出していた。

「これが、あの時封筒に入っていたものです」

ビニール袋には、白いカプセルが一つ入っていた。

神林貴弘の章

信じられない、という目を駿河はした。当然かもしれない。彼は今この瞬間まで、自分の命令にしたがって僕がカプセルを混入させたものと思い込んでいたのだろう。

「ちょっと拝見」加賀が手を伸ばしてきた。その大きな手にビニール袋を載せた。

加賀は白いカプセルを、ビニール越しにじろじろと眺めた。眺めたからといって中が本当に毒物なのかどうかはわからないと僕は思ったが、刑事としてはそうしたい心境なのだろう。

「さっきの雪笹さんじゃないですけど、警察に持って帰って、納得いくまで調べてみたらいかがですか。もちろん、あの脅迫状が単なる悪戯で、このカプセルも鼻炎薬に過ぎないのでしたら、話は違ってきますけど」そういいながら僕は駿河を見た。「でも、これは本物なんでしょう？　駿河さん」

駿河は明らかに迷っていた。ここでどう答えるのが最も有利なのか、思案しているのだろう。まず、僕がカプセルを使わなかったという話が本当かどうか、疑っている。嘘だった場合、どういう窮地が訪れるかをシミュレーションしている。また、脅迫状を出したのは自分ではないと主張し続けた場合のリスクも考えている。

「どうなんですか、駿河さん」加賀がじれたらしく答えを促した。「神林さんが受け取った脅迫状というのも、あなたとは無関係なのですか」

駿河は眉間に皺を寄せたまま、徐に腕を組んだ。これで僕は彼が覚悟を決めたことを察知した。往々にして、人間が腕組みをする時には、すでに結論が出ているものなのだ。

「そのカプセル」駿河は僕にいった。「本当に、あの封筒に入っていたものなんですか」

「本当です」と僕は答えた。

「あなたは……使わなかったんだ」

「ええ、使いませんでした」

「そうだったのか」駿河は太いため息をついた。全身から力が抜けているのが、傍から見ていてもわかった。「使わなかったのか……」

「脅迫状を出したのはあなたですか」加賀が重ねて訊いた。

駿河は小さく頷いた。「そうだよ」

「このカプセルはどうしたのですか」

「さっきの話の通りだよ。彼女……浪岡準子さんの部屋から盗みだしたものだ」

「穂高さんに飲ませるため盗んだ、と考えて差し支えないわけですね」

「今さら否定はできないだろうな」駿河は薄く笑った。少し余裕が感じられた。

「その時すでに、神林さんを脅迫するつもりだったのですか」

「いや、その時点では、穂高に飲ませる方法について具体的に考えていたわけじゃない。家に帰り、カプセルを眺めながらじっくり考えた結果、彼を利用することを思いついたんだ」

駿河は顎を僕のほうにしゃくった。

「脅迫状の内容については覚えていますか」

「もちろん覚えているよ。自分で書いたものだからな」

「その具体的な内容を教えてください」

「それは構わないが……」駿河は僕のことをちょっと気にする素振りを見せた。

すると加賀はダイニングテーブルのほうへ歩きだした。「こちらへ来てください」

駿河は立ち上がり、加賀の後についていった。ダイニングテーブルの向こうで、二人の男は僕たちに背を向け、何かひそひそ話を始めた。駿河が脅迫状の詳しい内容を話しているに違いなかった。

やがて駿河が戻ってきた。彼は僕の顔を見た後、すっと目をそらし、元の席に座った。

「神林さん」加賀が声をかけてきた。「ちょっといいですか」

彼の目的はわかっていた。僕は小さくため息をつき、さっきまで駿河が立っていた場所へ行った。

「脅迫状を出したのが本当に駿河さんなのかどうか、確認する必要があるのです」加賀は少し申し訳なさそうに、しかし妥協は許しそうにない口調でいった。

わかります、といって僕は頷いた。

「脅迫状に使われた封筒、中の紙、文字の特徴など、思い出せるかぎりのことを教えていただきたいのです」

「封筒はふつうの白いものです。表には定規を使って神林貴弘様と宛名が書いてありました。中に入っていたのはB5の白い紙で、ワープロかパソコンで印字されていました」

「文面は？」加賀は手帳にメモしながら尋ねてきた。

僕は覚えているかぎり正確に答えた。おまえと神林美和子との間に、兄妹を越えた関係があることを知っている、そのことを世間に公表されたくなければ――一度読んだだけなのに、彫刻刀で刻んだようにその文面は脳裏に残っていた。

加賀は全く表情を変えない。まるで以前から僕と美和子の関係に気づいていたようだ。だがそんなことがあるはずがなかった。

「わかりました。ありがとうございました」真っ直ぐに僕の目を見つめ、彼はいった。目をそらさないことが誠意だと信じている顔だった。

「脅迫状を出したのは駿河さんに間違いないんでしょう」と僕は訊いた。

ええ、と刑事は小さく頷いた。それから彼は、「もう一つ教えてください」といった。

どうぞ、と僕は応じた。

「あなたはなぜ――」そういった後、加賀は顔をしかめ、言葉を探すように目を伏せた。

彼の訊きたいことは、すぐにわかった。

「なぜ脅迫状の指示に従わなかったか、ですか」

「ええ。いやもちろん、それが正常な判断ではあるのですが」

「美和子」僕は床にしゃがみこんだままの妹に声をかけた。「辛いだろうけれど、あの結婚式の日のことを思い出してほしい。あの日の僕に、毒入りカプセルを仕込むチャンスがあっただろうか」

美和子は頬に手を当て、考え込んだ。すると彼女が答える前に、雪笹香織が口を挟んできた。

「花嫁の控え室で、美和子さんと二人きりになった時があるじゃないですか」

「よく知っていますね」

「それはまあ……何となく印象に残っているんです」

「たしかに僕が仕掛けるとしたら、あの時だったでしょうね。あの時以外はチャンスはありませんでした。それで――」といって僕は再び美和子を見た。「僕はピルケースに近づいただろうか」

美和子は首を振った。「近づかなかった。お兄ちゃんはピルケースに触れることもできなかった」

「そうだったね」

「どういうことです」と加賀が訊いた。

「ピルケースを入れたバッグは、着替えと一緒に部屋の奥に置いてあったんです」美和子が解説した。「入り口からは一番遠く、それに近づくためには靴を脱がなければなりません。あの時、兄は入り口のそばにいただけでした」

「そういうことなんですよ」と僕はいった。苦笑を浮かべても見せた。「告白しますとね。指示通り、カプセルを仕込んでやろうと考えていたんです。あの脅迫状は、僕の心理をじつによく見抜いていました。僕の心の底にあった穂高誠に対する憎しみを刺激しました。ふつうならばどんなに憎くても、殺すなんてことはとてもできないでしょう。でも脅迫され指示されたことで、その壁が簡単に壊れたんです。異常なことをしているという自覚はあっても、脅迫されているのだから仕方がないという思いが免罪符(めんざいふ)となって、良心を抑えつけてくれるわけです」

ところが、と僕は続けた。

「結局、そのチャンスがなかったんです。わかっていただけましたか。脅迫状の指示にしたがわなかったのではありません。したがえなかったのです」

駿河直之の章

神林貴弘の言動は、俺を地獄から救った。

まさか彼があんなふうに告白してくれるとは思わなかった。おまけに例のカプセルを提出してくれたのだから、俺にとってはまさに地獄に仏だ。おかげで俺に対する疑いは、かなり晴れたといえるだろう。

ひそひそ話をしていた神林貴弘と加賀刑事が俺たちのところに戻ってきた。神林は先程と同じ席につき、加賀は何分か前と同じ場所に立った。すべてが一周して、元の地点に帰ったようだった。違うのは状況がさらに混沌としてきたことだ。

「さあ、どうする加賀さん」俺はソファにもたれ、大きく足を組みかえた。「俺はたしかに脅迫状を出した。毒入りカプセルを同封してね。だけど、それは結局使われなかった。つまりこれで、俺がカプセルを盗みだしたことと穂高の死とは無関係ってことになったわけだ。一方雪笹さんが盗んだカプセルも使われないままだった。となると、穂高を殺した犯人は、やっぱりこの中にはいないということになるんじゃないのかな」

「自分の行為が殺人に結びつかなかったと知って、急に態度が大きくなったわね」雪笹香織が揶揄する口調でいった。「でもあなたのしたことは、殺人未遂にはなるんじゃないかしら。あるいは、殺人教唆とか」

「そういう言い方もできなくはないだろうな」と俺はいった。「だけど実際にはどうだろう。俺をその罪で起訴できるかな。脅迫状の文面がどの程度にリアルなものだったかは、今となっては誰にもわからない。冗談のつもりでやったことだと俺が主張すれば、それを否定するのは難しいはずだ。もちろん、悪質な悪戯だったことは認めるがね」

「もしも僕が指示にしたがって穂高さんを殺し、警察に摑まって脅迫状のことを話したとしても、そしてそれを書いたのがあなただとばれたとしても、そういうふうに主張するつもりだったんですね」神林貴弘が俺に向かっていった。

俺は指先で目頭のあたりを掻いた。

「もしもそういう事態になっていたら、当然そのように主張したでしょうね」

「卑怯ね」雪笹香織が短くいった。

「それはわかっている。でも、君にそれをいう資格があるのかい。俺がカプセルを盗むのを見ておきながら、ピルケースを俺に預けた君が」

「それは故意ではなかったといってるでしょう」

「さあ、それはどうだか。もしも俺がカプセルを盗んだことを知らなかったのなら、君が仕掛けるつもりだったんだろう？」

「変なことをいわないで」

やめてください、と鋭い声が飛んだ。発したのは神林美和子だった。彼女は立ち上がり、俺たちを睨みつけていた。

「あなたがたは人の命を何だと思っているんですか。彼の命を、取るに足らないものだとでも思っているんですか。そんなに簡単に彼のことを殺そうと思えるなんて、あたし、とても信じられません」神林美和子は立ったまま再び顔を手で覆った。その指の隙間から嗚咽が漏れていた。

沈黙が広い室内に満ちていった。彼女のすすり泣く声だけが、その沈黙の底に堆積していった。

「あなたを傷つけたいわけではないけれど、あの男はそうされても仕方のない人間だったんだ」と俺はいった。

「嘘ですっ」

「ところが嘘じゃないんだよ。そうでなければ、こんなに何人もの人間が殺したいと考えるはずがないだろう」

「あたしも」と雪笹香織が続けていった。「彼には生きる資格はなかったと思う」

神林美和子は立ち尽くしていた。返したい言葉はいくつもあるに違いなかった。怒りや悲しみ、悔しさといったものが、一斉に彼女を襲っているのかもしれなかった。あまりにもたくさんの思いが押し寄せてきたため、それを制御しきれず、ただ呆然としているしかないように見えた。

不思議だ、と俺は改めて思う。なぜこれほど純粋な娘が、あんなに汚れた男にひかれたのだろう。奴のどこに魅力を感じたのか。

それとも純粋だからこそ、汚れたものに憧れを抱くのか。

その時だった。加賀の低い声が響いた。「皆さんからのデータは、ほぼ出尽くしたようですね」

俺たちは加賀に注目した。刑事は全員の視線を受け止めてから、少し胸をそらせた。

「では、いよいよ肝心な話をすることにしましょう」

俺たちを見下ろす加賀の顔には、心なしか余裕が感じられた。それは虚勢には見えなかった。

「肝心な話、とはどういうことかな」俺は訊いた。

「もちろん、毒入りカプセルを仕込んだのはこの中の誰か、という話です」加賀が声の調子を上げていった。

雪笹香織の章

「君は今まで何を聞いていたんだ。全員の話を総合すると、犯人はこの中にはいないということになるじゃないか」駿河がいらついた声でいった。

「そうでしょうか。私にしてみれば、ようやく全体の半分が見えたというレベルなんですがね」

「半分？　何を根拠にそんなことを……」

駿河の言葉を無視し、加賀は先程テーブルの上に置いた十二枚の十円玉を再び集め始めた。それを手の中でじゃらじゃら鳴らしてから、あたしたちを見回した。

「さっきは穂高さんの鼻炎用カプセルの数が、どのように減っていったかを検証しました。今度は、浪岡準子さんが作った毒入りカプセルについて同じことをしてみたいと思います。浪岡さんも、やはり新品の鼻炎薬を購入しているわけですから、元々カプセルは十二個あったはずです」

加賀は先程と同様に、テーブルの上に十円玉を十二個並べていった。あたしたちは手品師の手許(てもと)を見つめるように身を乗り出した。

「しかし、すべてのカプセルに毒が仕込まれたわけではありませんでした。仕込むのに失敗したのか、分解された状態のカプセルが一つ、硝酸ストリキニーネの瓶の横に置いてありました」そういって加賀は一番右端の十円玉を取った。

そうだった、とあたしは思い出した。彼がいったように、分解されたカプセルがたしかに一つ落ちていた。

「つまり毒入りカプセルは十一個あった可能性があるわけです。で、雪笹さん」加賀が突然あたしに質問した。「あなたが浪岡さんの部屋に入った時、瓶の中にはカプセルが八個入っていたとおっしゃいましたね」

ええ、とあたしは顎を引いた。

加賀はテーブルの上の十円玉を、八個と三個に分けた。

「解剖の結果では、浪岡準子さんが飲んだ量は一錠である可能性が濃厚ということになっています」そういって、三個の中から一つを取った。「さて、残りの二個はどこへ消えたんでしょう」

「狙いがよくわからないな」神林貴弘が発言した。「なぜそういう攻め方をするんですか。誰に毒入りカプセルを仕込むことができたか、というアプローチをすべきだと思うんですが」

「ところがそうではないんです。今回の事件の謎を解くには、すべてのカプセルの行方を追う必要があるのです。じつはこれまで皆さんの話を延々と伺ってきた最大の目的は、そこにあるといえます」

「今までの話を総合すると、もう答えは一つしかないと思うんだけどな」駿河がいった。

「ほう」加賀は駿河の顔を見返した。「どういう答えでしょうか」

「難しく考える必要はないんじゃないか。二個消えたことが不思議だというなら、そのことをまず疑ってみたらどうだい。つまり、実際にはこうだったかもしれないじゃないか」

駿河がテーブルに手を伸ばした。彼の指先は、分かれていた二個の十円玉を、残りの八個と一緒にした。

「なるほどね」あたしは頷きながらいった。「あたしが嘘をついているというわけね。本当は瓶には十個残っていた。そのうちの三つを、あたしは盗んだ。だけど盗んだのは一つだといって、未使用の毒入りカプセル一つを加賀さんに渡す。後の二つは穂高さん殺しに使った――そういいたいのね」

「俺は唯一の可能性について話しているだけだよ。君のほかにカプセルを盗めた人間がいるかい？」

「いるわよ」

「誰だ」

あたしは黙って彼の胸元を指差した。彼は後ろにのけぞった。

「おいおい、俺が一錠しか盗んでいないことは、ほかでもない、君が証言してくれたんじゃなかったのかい」

「よく考えてみたら、あたしに証言できるのは、七錠残っていたはずのカプセルがいつの間にか六錠になっていた、ということだけだった」

「それで充分じゃないか。だから俺が盗んだのは一錠だ」

「その時に盗んだのは一錠だけだったんでしょ。でも、盗んだのが、その時だけだったとはかぎらない」

「何だと？」駿河は目をつり上がらせた。

「あたしが浪岡さんの部屋に入ったのは、あなたと穂高さんが彼女の死体を運び終えた後だった。ということは、その時すでにカプセルを盗んでいたということも考えられるのよね」

「じゃあ俺は、カプセルを二回盗んだというわけかい」

「そういうことになるわね」

「どうしてそんなことをしなきゃいけないんだ」

「それはあたしにはわからない。十錠ある中から、とりあえず二錠盗んだけれど、失敗した時のことを考えて、後からもう一錠盗んだのかもしれない」

「こじつけだ」

「そうかしら。あなたがあたしを疑う根拠と、全く同じ次元の話だと思うけど」

「オーケー、じゃあ俺が君のいうように実際には三錠盗んでいたとしようや。そのうちの一錠を脅迫状に添えて、神林さんの部屋に入れておいた。つまり俺は穂高殺しは神林さんに委ねたわけだ。それにもかかわらず、どうしてまた俺自身が、カプセルを仕込まなきゃいけないんだ。自分でするぐらいなら、最初から神林さんを利用することなんか考えないぜ」

「それが巧妙なトリックだったのかもしれない。あなたは二段構えの計画を立てたのよ。要するに、神林さんが脅迫に屈しなかった場合のことも考えてあったわけ。その場合でもあなたが自分で仕掛けたカプセルのせいで、穂高さんは死ぬことになる。で、万一自分に疑いがかかった場合には、脅迫状のことを告白するつもりだった。今あなたがいったように、神林さんを利用するつもりだった人間が、わざわざ自分でカプセルを仕掛けたりするはずがないとふつうは思うから、結果的に容疑を免れるという作戦よ」

あたしの説明を聞き、駿河はお手上げのポーズをとった。

「参ったな。よくそんな回りくどいことを考えついたものだ」

「あたしとしては、かなり信憑性のある推理のつもりなんだけど」

「もしそれが本当なら、この場で自殺してやるよ。二錠のうちの一つを穂高に飲ませたわけだから、最後の一錠が残っているはずだからな」駿河は自分の胸を叩いていった。

駿河直之の章

雪笹香織のでまかせに、俺は思わず頭が熱くなった。十錠ある中からとりあえず二錠盗んだだと？　そのうえで、あとからさらに一錠盗んだ？　いい加減なことをいってくれる。

「興味深い話をありがとうございました」加賀が間に入ってきた。「あなた方がおっしゃった説はどちらも、可能性のある話だと思います。つまり今の状況では、どちらを犯人とも断言できない。いや、お二人だけでなく、まだ誰にでも犯人となりうる可能性があるといっていいと思います」

「少なくとも僕の容疑は晴れたと思うんですけどね」神林貴弘がいった。「僕は浪岡準子さんの部屋がどこにあるのかも知らない。彼女を見たのも、あの土曜日が初めてでした。彼女が毒入りカプセルを作っていたことも知らない。僕が手に入れられたのは、脅迫状に添えてあったカプセル一つだけです。そのカプセルを提出したわけですから、もう完全に潔白だと信じていただけると思うんですが」

いつの間にか彼の後ろに移動していた神林美和子も、兄の言葉に同意するように頷いていた。神林貴弘の説には隙がないように俺にも思われた。

だが加賀は頷かなかった。眉を寄せ、こめかみのあたりを掻いた。

「残念ですが、話はそう簡単にはいかないんです」

「なぜですか。僕には毒を入手するチャンスがないじゃないですか」

　ところが加賀は答えず、なぜか俺のほうを向いた。

「毒入りカプセルの入っていた瓶は、浪岡さんが持っていたとおっしゃいましたね。それを死体と共に部屋に運んだ、と」

「そうだ」と俺は答えた。

「何のために彼女は瓶を持っていたと思いますか。自殺するためだけにしては、薬の量が多すぎますよね」

「そりゃあもちろん、隙を見て穂高の薬瓶とすり替えようと思っていたんだろう」

「ところがあなた方がいたので断念した、というわけですか」

「たぶんな」

「でも」と加賀はいった。「そう簡単に諦められるものでしょうか。思いを遂げられる可能性、つまり穂高さんも一緒に死んでくれるかもしれないという望みを、ほんの少しでも残しておきたいと考えたのではないでしょうか」

「それはそうでしょうけど、できないものは仕方がないでしょ」雪笹がいった。「鼻炎薬の瓶は、穂高さんから美和子さんの手に渡ってしまったわけだし」

「瓶をすり替えるのは断念しなければならなかったでしょうね」

加賀の言い方には明らかに何かを含んだものがあった。

「何がいいたいんだ」

「美和子さんから聞いた話によると、イタリアンレストランに行く前、穂高さんはここへ来てリビングボードの引き出しを開け、例のピルケースを取り出したそうですね」

そのとおりだったので、俺は頷いた。ほかの者も同様だ。

加賀は続けた。「その時、ちょっとした出来事があったようですね。穂高さんが空だと思っていたピルケースに、カプセルが二つ入っていた」

最初に、あっと声を出したのは神林美和子だった。俺も息を飲んだ。

「古い薬を飲むのはよくないという美和子さんのアドバイスを受け、穂高さんはカプセルをゴミ箱に捨てたと聞いています。このゴミ箱です」そういうと加賀は大股でリビングボードに近づき、そばに置いてあったゴミ箱を取り上げた。「ところがこの中に、そのカプセルは入っていません。それ以後誰も手を触れていないはずなのに、です。考えられることはただ一つ。誰かが隙を見て、回収したのです」

「あの二つのカプセルは、準子さんが仕込んだものだったのか……」俺はいった。声がかすれた。

「あくまでも推理、ですがね」

「しかしその推理が当たっていたとしても、あそこに入っていたカプセルが彼女が仕込んだものだということは、誰にもわからないんじゃないか」

「そうですね。その場面を見ていないかぎりは」

「そうだろ。じゃあ、誰が見ていたと——」

そこまでいいかけて、俺ははっとして一人の人物の顔を見た。

もしも浪岡準子がこっそりとこのリビングルームに忍び込んだのだとしたら、それは俺たちが二階にいる時だろう。

あの時一階にいたのは一人だけだ。

その一人——神林貴弘がゆっくりと顔を上げ、加賀のほうに首を回した。

「あの日、僕はここにいました。でも浪岡さんが勝手に上がり込んでピルケースに何か仕込むのを、ソファに座って黙って見ていたというんですか」

「もしあなたがここにいたなら、浪岡準子さんは上がり込むことができなかったはずです。おそらくあなたがトイレにでも立っている間に、彼女は忍び込んだのではないでしょうか。そしてトイレから戻ったあなたは、偶然彼女がピルケースに何か入れるのを目撃した、というわけです」

「そんな作り話をよく……」

「単なる作り話でないことをわかっていただくために、もう一つ別の話を聞いていただきましょう」加賀はさっと全員の顔に視線を走らせてからいった。「もう一つの殺しについての話です」

雪笹香織の章

「もう一つの殺し？」神林貴弘が怪訝そうに訊いた。「何ですか、それは。何かの比喩ですか」

「いいえ、言葉通りの意味です。比喩でも何でもありません。今回の事件の中で、もう一つの殺しが行われていたのです」

「おい、あんた、まさか」駿河が吃っていった。「浪岡準子さんは殺されたんだ、とかいうんじゃないだろうな」

「それはかなりのどんでん返しですね」加賀は少し笑った。「しかし、それは違います。彼女は自殺です」

「だったら……」

「そのもう一つの殺しの被害者に関する情報は、その被害者が担ぎ込まれた病院の医師から警察にもたらされたものです。病院に運ばれた時、その被害者はすでに息絶えていましたが、念のために解剖したところ、硝酸ストリキニーネによる中毒死と判断されたので、事件と何か関係があるかもしれないと思い、警察に連絡したということでした」

「誰が殺されたんですか？　そんな事件、新聞やテレビでも見た覚えがないけど」と、あたしはいった。

「この世で起きていることすべてが報道されるわけではありません。それはどこの街でも起きそうな、目立たない、平凡な殺しだったのです。しかしその殺しに、毒入りカプセルの一つが使われていたのです」

「それにしても殺人が起きたのなら、どこかで報道されるはずじゃないですか。ましてや穂高さん殺しの件と関係しているのであれば」

「私は」加賀は真剣な眼差しをこちらに向けてきた。「もう一つの殺しがあった、とはいいましたが、殺人があった、とはいってませんよ」

「えっ?」

「浪岡準子さんが仕込んだ得体(えたい)の知れないカプセルを手に入れたとしても、その中身が毒かどうかはわかりません。神林さんは何とかして、それを確かめようと考えました。カプセルの中身は毒物なのか、もしそうだとしても効き目はどの程度のものなのか」

「人の行動を勝手に想像してもらいたくないな」今まで丁寧で穏やかな口調を保っていた神林貴弘も、ついに尖った物言いをした。

「想像ではありません。証拠に基づく推論です。事件前夜、神林さんは夜の街を歩き、実験台にできそうなターゲットを探しました。そして格好の犠牲者と出会ったのです。気の毒なその被害者は、何も知らずに夜の散歩を楽しんでいました。恋人に会うつもりだったのかもしれないし、遊びに行って、マイホームに帰る途中だったのかもしれません。神林さんと会いさえしなければ、いつもと同じように平穏無事な夜を過ごせたはずでした。しかし被害者は神林さんと出会ってしまった。そして巧みにカプセルを飲まされてしまったのです。硝酸ストリキニーネ。その効果は絶大でした。被害者はおそらく、さほど苦しむことなく死に至ったはずです。近所に住む優しい男性が気づき、病院に運ばれるまで、被害者は道端に倒れたままでした。もちろんその時には、神林さんは立ち去っていました」そう話した後、加賀はなぜか駿河のほうを向いて、ぽつりと呟いた。「だからサリーは幸せなんだ」

駿河が、あっというように口を開いた。何か思い当たったことがあるようだ。

「実験台となった被害者の胃袋は開かれ、毒と共に何を食べたのかも明らかになっています。神林さん、ここまでお話しすれば、単に想像だけでものをいっているのではないということもおわかりいただけると思うのですが」

神林貴弘は膝の上で指を組んでいた。その手が細かく震えていた。首筋の血管は膨らんでいた。

神林貴弘の章

あの瞬間、ふっと心の中に何かが入り込んだ、としかいいようがない。白い服で庭に現れた女性がリビングボードの引き出しを開け、ピルケースらしきものに何か入れるのを目撃した時のことだ。

加賀刑事の想像力に僕は舌を巻いた。彼の話にいくらも補足することはなかった。まさに彼のいうとおりだ。トイレに行って、リビングルームに戻ってくる時、ドアの隙間から見えたのだ。

彼女が仕込んだものが毒かどうかはわからなかった。それを確かめたいと思った。確かめた方法もまた、加賀刑事の推理通りだった。

このカプセルを穂高誠に飲ませたら――その不吉な思いつきに、僕は心を奪われた。

「加賀さんよ、これで俺と雪笹さんの疑いは晴れたんじゃないかな」駿河がいった。「消えた二つのカプセルの行き場所が判明したわけだ。つまり浪岡準子さんが作った毒入りカプセルが、誰の手に渡って、どう処理されたかが、すべて明らかになった。俺や雪笹さんが盗んだカプセルは、結局使われなかったんだ。後は、警察と神林さんの話ということになるんじゃないか」

「僕はやっていません。僕は犯人じゃない」

「それはまあ、あなたはそう主張するでしょうがね……」駿河は僕から目をそらした。

「待ってください。私の話はまだ終わってませんよ。カプセルの数について、続きがあります」加賀がいった。

「まだ何かあるんですか」雪笹香織が眉をひそめた。

「いよいよ最後の話です。これまでの話から、雪笹さんが浪岡さんの部屋で初めて瓶を見た時、カプセルが八錠残っていたことは事実のようです。そのうち一つを雪笹さんは取ったといい、駿河さんがさらに一つを取ったとおっしゃっている。しかしそれではまだ数が合わないのです。一錠足りない」

「足りない？　そんなはずはないでしょ。部屋には六錠残ってたと、以前あたしにおっしゃったじゃないですか」

「部屋に残っていたカプセルを合計すれば六錠だったという意味です」加賀はにやりと笑った。「さっきもいったでしょう。分解された状態のカプセルが一つ落ちていたのです。あれを含めて六錠ということです。したがって瓶の中に残っていたのは五錠ということになる。雪笹さん、あなたの話によれば、あなたがカプセルを一つ盗んだ時点では、瓶の中には六つ残っていたはずだ。そこからさらに一錠、どこかに消えているのです」

「そんな馬鹿な……」雪笹香織は絶句した後、その切れ長な目を駿河に向けた。「あなた……あれからもう一度、浪岡さんの部屋に忍び込んだの？」

「そうして、毒入りカプセルをもう一つ盗んだというのかい？　冗談はよしてくれ。なぜそんなことをする必要がある」

「それについては、先程雪笹さんがおっしゃった説がそのまま使えそうですね」加賀がいう。「つまり計画は二段構えだったというわけです。神林さんが実行できなくても、自分が自ら毒を仕掛けられるようにしておいた」

「いつだ？　俺にいつ毒を仕掛けるチャンスがあった？」

「美和子さんが美容室から控え室に移動した時よ」雪笹香織が断言するようにいった。「バッグを美容室に置き忘れていたの。ほんの数分間だったけど、あの時なら仕掛けられたかもしれない」

その時のことは僕も覚えていた。美容室から出てきた西口絵里と顔を合わせた。たしか午前十一時頃だった。

「ふざけるなよ。その時なら俺は穂高と打ち合わせ中だ。打ち合わせが終わった後も、しばらくラウンジにいた」

「穂高さんと？　要するに証人はこの世にいないわけね」

冷たくいった雪笹の顔を、駿河は睨みつけた。やがてその鋭い視線を加賀刑事に移した。

「誰かがさらにもう一錠カプセルを盗んだのだとしても、それができるのは俺だけじゃないぜ。わかるだろう?」

「あたしが盗んだというの?」

「そうはいってない。君と俺とは五分五分だといってるんだ」

「あたしこそ、チャンスなんかなかったわよ」

「さあ、それはどうかな」

「何がいいたいの」

「俺がピルケースを渡したボーイは、新郎用控え室の入り口にあれを置いたといっていた。君がこっそり中身をすり替えることも可能だったはずだ」

「なぜあたしがそんなことをするのよ」

「君の最初の思惑では、俺に毒を仕掛けさせるつもりだったんだろ。ところが俺が何もせずにピルケースをボーイに預けたものだから、あわてて自分で仕掛けに行ったというわけさ」

「あきれた。よくそんなでたらめが思いつくわね」

「先にいいだしたのはそっちだぜ」

駿河直之と雪笹香織は睨みあい、やがて相手から目をそむけた。

だがやがて駿河がくすくすと笑いだした。

「くだらない言い争いをしてしまった。俺たちのどちらかが犯人だなんていうふうに考える必要はないんだった。毒入りカプセルを余分にもう一つ持っている人間が、一人いるんだからな」そういって僕のほうを見た。

「あ……そうだった」雪笹香織も、うっかりしていたというように、同調してこちらを向いた。

「さっきもいったでしょう。僕にはカプセルを仕掛けるチャンスがなかったんです。だからあなたから送られてきたカプセルにしても、使えなかったんです」

「さあ、それはどうかな。何か盲点があるのかもしれない」

「いい加減なことを、そういうあなたこそ犯人じゃないんですか」

僕の言葉に、駿河は鋭い視線で応えてきた。

重苦しい沈黙の時が流れた。その中で美和子のすすり泣く声が次第に大きくなっていった。彼女は頭を抱え、苦しそうにかぶりを振った。

「あたしもう何が何だかわからない。誰が犯人でもいい。とにかく早く答えを教えて」

誰が犯人でもいい――。

この瞬間、霧が晴れるように僕の心の視界が開けた。これまでどうしても見ることのできなかったものが、突然見えた。

そうだったのか。

美和子にとって重要なことは、犯人が誰か、ではないのだ。愛する婚約者を殺した犯人を自分が突き止めた、という事実こそが大切に違いない。それを成し遂げることにより、ふっうに人を愛した女になれると信じている。

いわば彼女は演じているのだ。

そしてその演技は、もっと前から——穂高を愛するという時点から始まっていたのではないだろうか。

歪んだ愛しか知らない彼女は、彼を愛する女を演じることで、過去の呪縛から逃れようとしたのだ。

愛する相手は彼でなくてもよかった。だから彼を殺した犯人もまた、誰でもいいのだ。

その時だった。加賀が低い声で、しかしはっきりといった。「答えは、出ていますよ。美和子さん」

全員が彼に注目した。教えてください、と美和子が切実な声を出した。

「これまでの皆さんの話を聞き、どのようにして事件が起きたのか、はっきりとわかりました。いわばジグソーパズルが完成したようなものです。後は最後のピースをはめ込むだけです」

加賀は上着の内ポケットに手を入れた。そして、あるものを出してきた。それは三枚のポラロイド写真だった。

「最後のピースはこの中にあります」そういって彼はテーブルの上にそれらの写真を投げた。

そこに写っているのは、いずれも今度の事件において、最重要ともいえる証拠品だった。だからこそ加賀刑事にしても、現物を持ち歩くわけにはいかないのだろう。美和子のバッグ、薬瓶、ピルケースの三点だ。

「これが何か」と僕は訊いてみた。

加賀は立ったまま、写真を指差した。

「じつをいいますと、ここに写っている品物の中の一点には、身元不明の指紋が付いていたのです。あなた方のものでも、穂高さんのものでもありませんでした。事件とは関係のない指紋なのだろう――捜査本部ではそう解釈していたようです。しかし私は、一人だけ、その指紋の持ち主ではないかと思われる人物がいることに気づいたのです。そしてその予想は当たりました。何のことはありません。付いていて当然の人物の指紋が残っていたにすぎないのです。今までのお話を伺って、この指紋の謎も解けました」

加賀は写真を差していた指を、ゆっくりと上げていった。

「ほかの方には何のことやらさっぱりわからないでしょうね。しかし一人だけ、今私がいったことの意味が理解できたはずです。そして理解できる人間こそが、穂高さんを殺害した犯人なのです」

加賀はいった。「犯人はあなたです」

●本書は一九九九年二月、小社ノベルスとして刊行され、二〇〇二年三月に講談社文庫に収録されたものの新装版です。

|著者| 東野圭吾　1958年、大阪府生まれ。大阪府立大学電気工学科卒業後、生産技術エンジニアとして会社勤めの傍ら、ミステリーを執筆。1985年『放課後』（講談社文庫）で第31回江戸川乱歩賞を受賞、専業作家に。1999年『秘密』（文春文庫）で第52回日本推理作家協会賞、2006年『容疑者Xの献身』（文春文庫）で第134回直木賞、第6回本格ミステリ大賞、2012年『ナミヤ雑貨店の奇蹟』（角川文庫）で第7回中央公論文芸賞、2013年『夢幻花』（PHP文芸文庫）で第26回柴田錬三郎賞、2014年『祈りの幕が下りる時』（講談社文庫）で第48回吉川英治文学賞、2019年、出版文化への貢献度の高さで第1回野間出版文化賞を受賞。他の著書に『新参者』『麒麟の翼』『希望の糸』（いずれも講談社文庫）など多数。最新刊は『クスノキの女神』（実業之日本社）。

私が彼を殺した　新装版

東野圭吾

2023年7月14日第1刷発行
2024年7月10日第8刷発行

発行者——森田浩章
発行所——株式会社　講談社
東京都文京区音羽2-12-21　〒112-8001
電話　出版　(03) 5395-3510
　　　販売　(03) 5395-5817
　　　業務　(03) 5395-3615

Printed in Japan

講談社文庫
定価はカバーに
表示してあります

デザイン—菊地信義
本文データ制作—講談社デジタル製作
印刷———株式会社KPSプロダクツ
製本———株式会社国宝社

ISBN978-4-06-532584-1

講談社文庫刊行の辞

二十一世紀の到来を目睫に望みながら、われわれはいま、人類史上かつて例を見ない巨大な転換期をむかえようとしている。

世界も、日本も、激動の予兆に対する期待とおののきを内に蔵して、未知の時代に歩み入ろうとしている。このときにあたり、創業の人野間清治の「ナショナル・エデュケイター」への志を現代に甦らせようと意図して、われわれはここに古今の文芸作品はいうまでもなく、ひろく人文・社会・自然の諸科学から東西の名著を網羅する、新しい綜合文庫の発刊を決意した。

激動の転換期はまた断絶の時代である。われわれは戦後二十五年間の出版文化のありかたへの深い反省をこめて、この断絶の時代にあえて人間的な持続を求めようとする。いたずらに浮薄な商業主義のあだ花を追い求めることなく、長期にわたって良書に生命をあたえようとつとめるところにしか、今後の出版文化の真の繁栄はあり得ないと信じるからである。

同時にわれわれはこの綜合文庫の刊行を通じて、人文・社会・自然の諸科学が、結局人間の学にほかならないことを立証しようと願っている。かつて知識とは、「汝自身を知る」ことにつきていた。現代社会の瑣末な情報の氾濫のなかから、力強い知識の源泉を掘り起し、技術文明のただなかに、生きた人間の姿を復活させること。それこそわれわれの切なる希求である。

われわれは権威に盲従せず、俗流に媚びることなく、渾然一体となって日本の「草の根」をかたちづくる若く新しい世代の人々に、心をこめてこの新しい綜合文庫をおくり届けたい。それは知識の泉であるとともに感受性のふるさとであり、もっとも有機的に組織され、社会に開かれた万人のための大学をめざしている。大方の支援と協力を衷心より切望してやまない。

一九七一年七月

野間省一

浜口倫太郎 廃校先生
浜口倫太郎 AI崩壊
原田伊織 明治維新という過ち〈日本を滅ぼした吉田松陰と長州テロリスト〉
原田伊織 列強の侵略を防いだ幕臣たち〈続・明治維新という過ち〉
原田伊織 〈明治維新という過ち・完結編〉虚像の西郷隆盛 虚構の明治150年
原田伊織 三流の維新 一流の江戸〈明治は「徳川近代」の模倣に過ぎない〉
葉真中(はまなか)顕(あき) ブラック・ドッグ
原 雄一 宿命〈國松警察庁長官を狙撃した男・捜査完結〉
濱野京子 With you(ウィズユー)
橋爪駿輝 スクロール
パリュスあや子 隣人X
平岩弓枝 花嫁の日
平岩弓枝 はやぶさ新八御用旅(一)〈東海道五十三次〉
平岩弓枝 はやぶさ新八御用旅(二)〈中仙道六十九次〉
平岩弓枝 はやぶさ新八御用旅(三)〈日光例幣使道の殺人〉
平岩弓枝 はやぶさ新八御用旅(四)〈北前船の事件〉
平岩弓枝 はやぶさ新八御用旅(五)〈諏訪の妖狐〉
平岩弓枝 はやぶさ新八御用旅(六)〈紅花染め秘帳〉
平岩弓枝 新装版 はやぶさ新八御用帳(一)〈大奥の恋人〉
平岩弓枝 新装版 はやぶさ新八御用帳(二)〈江戸の海賊〉
平岩弓枝 新装版 はやぶさ新八御用帳(三)〈又右衛門の女房〉
平岩弓枝 新装版 はやぶさ新八御用帳(四)〈鬼勘の娘〉
平岩弓枝 新装版 はやぶさ新八御用帳(五)〈御守殿おたき〉
平岩弓枝 新装版 はやぶさ新八御用帳(六)〈春月の雛〉
平岩弓枝 新装版 はやぶさ新八御用帳(七)〈寒椿の寺〉
平岩弓枝 新装版 はやぶさ新八御用帳(八)〈春怨 根津権現〉
平岩弓枝 新装版 はやぶさ新八御用帳(九)〈王子稲荷の女〉
平岩弓枝 新装版 はやぶさ新八御用帳(十)〈幽霊屋敷の女〉
東野圭吾 放課後
東野圭吾 卒業
東野圭吾 学生街の殺人
東野圭吾 魔球
東野圭吾 十字屋敷のピエロ
東野圭吾 眠りの森
東野圭吾 宿命
東野圭吾 変身
東野圭吾 天使の耳
東野圭吾 ある閉ざされた雪の山荘で
東野圭吾 同級生
東野圭吾 名探偵の呪縛
東野圭吾 むかし僕が死んだ家
東野圭吾 虹を操る少年
東野圭吾 パラレルワールド・ラブストーリー
東野圭吾 天空の蜂
東野圭吾 名探偵の掟
東野圭吾 悪意
東野圭吾 嘘をもうひとつだけ
東野圭吾 赤い指
東野圭吾 流星の絆
東野圭吾 新装版 浪花少年探偵団
東野圭吾 新装版 しのぶセンセにサヨナラ
東野圭吾 新参者
東野圭吾 麒麟の翼
東野圭吾 パラドックス13
東野圭吾 祈りの幕が下りる時
東野圭吾 危険なビーナス
東野圭吾 時生(トキオ)〈新装版〉

東野圭吾　希望の糸
東野圭吾　どちらかが彼女を殺した〈新装版〉
東野圭吾　私が彼を殺した〈新装版〉
東野圭吾　仮面山荘殺人事件〈新装版〉
東野圭吾作家生活25周年祭り実行委員会　東野圭吾公式ガイド〈読者1万人が選んだ東野作品人気ランキング発表〉
東野圭吾作家生活35周年実行委員会 編　東野圭吾公式ガイド〈作家生活35周年ver.〉
平野啓一郎　高瀬川
平野啓一郎　ドーン
平野啓一郎　空白を満たしなさい(上)(下)
百田尚樹　永遠の0
百田尚樹　輝く夜
百田尚樹　風の中のマリア
百田尚樹　影法師
百田尚樹　ボックス！(上)(下)
百田尚樹　海賊とよばれた男(上)(下)
平田オリザ　幕が上がる
東　直子　さようなら窓
蛭田亜紗子　凜
樋口卓治　ボクの妻と結婚してください。

樋口卓治　続・ボクの妻と結婚してください。
樋口卓治　喋る男
平山夢明　魂豆腐〈大江戸怪談どたんばたん(土壇場譚)〉
平山夢明 宇佐美まこと ほか　超怖い物件
東川篤哉　純喫茶「一服堂」の四季
東川篤哉　居酒屋「一服亭」の四季
東山彰良　流
東山彰良　女の子のことばかり考えていたら、1年が経っていた。
平田研也　小さな恋のうた
日野　草　ウエディング・マン
平岡陽明　僕が死ぬまでにしたいこと
ビートたけし　浅草キッド
ひろさちや　すらすら読める歎異抄
藤沢周平　新装版 春秋の檻〈獄医立花登手控え(一)〉
藤沢周平　新装版 風雪の檻〈獄医立花登手控え(二)〉
藤沢周平　新装版 愛憎の檻〈獄医立花登手控え(三)〉
藤沢周平　新装版 人間の檻〈獄医立花登手控え(四)〉
藤沢周平　新装版 闇の歯車
藤沢周平　新装版 市塵(上)(下)

藤沢周平　新装版 決闘の辻
藤沢周平　新装版 雪明かり
藤沢周平　義民が駆ける〈レジェンド歴史時代小説〉
藤沢周平　喜多川歌麿女絵草紙
藤沢周平　闇の梯子
藤沢周平　長門守の陰謀
古井由吉　この道
藤田宜永　樹下の想い
藤田宜永　女系の総督
藤田宜永　女系の教科書
藤田宜永　血の弔旗
藤田宜永　大雪物語
藤　水名子　紅嵐記(上)(中)(下)
藤原伊織　テロリストのパラソル
藤本ひとみ　新・三銃士 少年編・青年編〈ダルタニャンとミラディ〉
藤本ひとみ　皇妃エリザベート
藤本ひとみ　失楽園のイヴ
藤本ひとみ　密室を開ける手
藤本ひとみ　数学者の夏

藤本ひとみ　死にふさわしい罪
福井晴敏　亡国のイージス(上)(下)
福井晴敏　終戦のローレライ I〜IV
藤原緋沙子　遠花火〈見届け人秋月伊織事件帖〉
藤原緋沙子　春疾風〈見届け人秋月伊織事件帖〉
藤原緋沙子　暖鳥〈見届け人秋月伊織事件帖〉
藤原緋沙子　霧の路〈見届け人秋月伊織事件帖〉
藤原緋沙子　鳴子守〈見届け人秋月伊織事件帖〉
藤原緋沙子　夏ほたる〈見届け人秋月伊織事件帖〉
藤原緋沙子　笛吹川〈見届け人秋月伊織事件帖〉
藤原緋沙子　青嵐〈見届け人秋月伊織事件帖〉
椹野道流　亡羊の嘆〈鬼籍通覧〉
椹野道流　新装版 暁天の星〈鬼籍通覧〉
椹野道流　新装版 無明の闇〈鬼籍通覧〉
椹野道流　新装版 壺中の天〈鬼籍通覧〉
椹野道流　新装版 隻手の声〈鬼籍通覧〉
椹野道流　新装版 禅定の弓〈鬼籍通覧〉
椹野道流　池魚の殃〈鬼籍通覧〉
椹野道流　南柯の夢〈鬼籍通覧〉

深水黎一郎　ミステリー・アリーナ
深水黎一郎　マルチエンディング・ミステリー
藤谷　治　花や今宵の
古市憲寿　働き方は「自分」で決める
船瀬俊介　〈万病が治る！ 20歳若返る！〉かんたん「1日1食」!!
藤野可織　ピエタとトランジ
古野まほろ　身元不明〈特殊殺人対策官 箱崎ひかり〉
古野まほろ　陰陽少女
古野まほろ　陰陽少女〈妖刀村正殺人事件〉
古野まほろ　禁じられたジュリエット
藤崎　翔　時間を止めてみたんだが
藤井邦夫　大江戸閻魔帳
藤井邦夫　三つの顔〈大江戸閻魔帳(二)〉
藤井邦夫　渡世人〈大江戸閻魔帳(三)〉
藤井邦夫　笑う女〈大江戸閻魔帳(四)〉
藤井邦夫　罰当り〈大江戸閻魔帳(五)〉
藤井邦夫　福の神〈大江戸閻魔帳(六)〉
藤井邦夫　野暮天〈大江戸閻魔帳(七)〉
藤井邦夫　仇討ち異聞〈大江戸閻魔帳(八)〉

福澤徹三 糸柳寿昭　忌み地〈怪談社奇聞録〉
福澤徹三 糸柳寿昭　忌み地 弐〈怪談社奇聞録〉
福澤徹三 糸柳寿昭　忌み地 惨〈怪談社奇聞録〉
福澤徹三 糸柳寿昭　忌み地 屍〈怪談社奇聞録〉
福澤徹三　作家ごはん
藤井太洋　ハロー・ワールド
藤野嘉子　生き方がラクになる 60歳からは「小さくする」暮らし
富良野　馨　この季節が嘘だとしても
藤井聡太 山中伸弥　前人未到
藤井聡太 丹羽宇一郎　考えて、考えて、考える
伏尾美紀　北緯43度のコールドケース
ブレイディみかこ　ブロークン・ブリテンに聞け〈社会・政治時評クロニクル 2018-2023〉
辺見　庸　抵抗論
星　新一　エヌ氏の遊園地
星　新一 編　ショートショートの広場 ①〜⑨
本田靖春　不当逮捕
保阪正康　昭和史 七つの謎
堀江敏幸　熊の敷石
本格ミステリ作家クラブ編　ベスト本格ミステリ TOP5〈短編傑作選002〉

松岡圭祐 探偵の探偵
松岡圭祐 探偵の探偵Ⅱ
松岡圭祐 探偵の探偵Ⅲ
松岡圭祐 探偵の探偵Ⅳ
松岡圭祐 水鏡推理
松岡圭祐 水鏡推理Ⅱ〈インパクトファクター〉
松岡圭祐 水鏡推理Ⅲ〈パレイドリア・フェイス〉
松岡圭祐 水鏡推理Ⅳ〈アノマリー〉
松岡圭祐 水鏡推理Ⅴ〈ニュークリアフュージョン〉
松岡圭祐 水鏡推理Ⅵ〈クロノスタシス〉
松岡圭祐 探偵の鑑定Ⅰ
松岡圭祐 探偵の鑑定Ⅱ
松岡圭祐 万能鑑定士Qの最終巻〈ムンクの〈叫び〉〉
松岡圭祐 黄砂の籠城(上)(下)
松岡圭祐 シャーロック・ホームズ対伊藤博文
松岡圭祐 八月十五日に吹く風
松岡圭祐 生きている理由
松岡圭祐 黄砂の進撃
松岡圭祐 瑕疵借り

松原始 カラスの教科書
益田ミリ 五年前の忘れ物
益田ミリ お茶の時間
マキタスポーツ 一億総ツッコミ時代〈決定版〉
丸山ゴンザレス ダークツーリスト〈世界の混沌を歩く〉
松田賢弥 したたか 総理大臣・菅義偉の野望と人生
真下みこと #柚莉愛とかくれんぼ
松野大介 インフォデミック〈コロナ情報氾濫〉
松居大悟 またね家族
前川裕 逸脱刑事
前川裕 感情麻痺学院
三島由紀夫 TBSヴィンテージクラシックス編 告白 三島由紀夫未公開インタビュー
三浦綾子 ひつじが丘
三浦綾子 岩に立つ
三浦綾子 あのポプラの上が空〈新装版〉
三浦明博 滅びのモノクローム
三浦明博 五郎丸の生涯
宮尾登美子 新装版 天璋院篤姫(上)(下)
宮尾登美子 新装版 一絃の琴

宮尾登美子 東福門院和子の涙(上)(下)〈レジェンド歴史時代小説〉
皆川博子 クロコダイル路地
宮本輝 骸骨ビルの庭(上)(下)
宮本輝 新装版 二十歳の火影
宮本輝 新装版 命の器
宮本輝 新装版 避暑地の猫
宮本輝 新装版 ここに地終わり 海始まる(上)(下)
宮本輝 新装版 花の降る午後(上)(下)
宮本輝 新装版 オレンジの壺(上)(下)
宮本輝 にぎやかな天地(上)(下)
宮本輝 新装版 朝の歓び(上)(下)
宮城谷昌光 夏姫春秋(上)(下)
宮城谷昌光 花の歳月
宮城谷昌光 重耳(全三冊)
宮城谷昌光 介子推
宮城谷昌光 孟嘗君 全五冊
宮城谷昌光 子産(上)(下)
宮城谷昌光 湖底の城〈呉越春秋〉一
宮城谷昌光 湖底の城〈呉越春秋〉二

講談社文庫　目録

宮内悠介　偶然の聖地
宮乃崎桜子　綺羅の皇女(1)
宮乃崎桜子　綺羅の皇女(2)
三國青葉　損料屋見鬼控え 1
三國青葉　損料屋見鬼控え 2
三國青葉　損料屋見鬼控え 3
三國青葉　福猫屋〈お佐和のねこだすけ〉
三國青葉　福猫屋〈お佐和のねこかし〉
三國青葉　福猫屋〈お佐和のねこわずらい〉
宮西真冬　誰かが見ている
宮西真冬　首の鎖
宮西真冬　友達未遂
宮西真冬　毎日世界が生きづらい
南杏子　希望のステージ
嶺里俊介　だいたい本当の奇妙な話
嶺里俊介　ちょっと奇妙な怖い話
溝口敦　喰うか喰われるか〈私の山口組体験〉
村上龍　愛と幻想のファシズム(上)(下)
村上龍　村上龍料理小説集

村上龍　新装版 限りなく透明に近いブルー
村上龍　新装版 コインロッカー・ベイビーズ
村上龍　歌うクジラ(上)(下)
向田邦子　新装版 眠る盃
向田邦子　新装版 夜中の薔薇
村上春樹　風の歌を聴け
村上春樹　1973年のピンボール
村上春樹　羊をめぐる冒険(上)(下)
村上春樹　カンガルー日和
村上春樹　回転木馬のデッド・ヒート
村上春樹　ノルウェイの森(上)(下)
村上春樹　ダンス・ダンス・ダンス(上)(下)
村上春樹　遠い太鼓
村上春樹　国境の南、太陽の西
村上春樹　やがて哀しき外国語
村上春樹　アンダーグラウンド
村上春樹　スプートニクの恋人
村上春樹　アフターダーク
村上春樹 佐々木マキ 絵　羊男のクリスマス

村上春樹 佐々木マキ 絵　ふしぎな図書館
村上春樹 糸井重里　夢で会いましょう
村上春樹・文 安西水丸・絵　ふわふわ
U・K・ル=グウィン 村上春樹 訳　空飛び猫
U・K・ル=グウィン 村上春樹 訳　帰ってきた空飛び猫
U・K・ル=グウィン 村上春樹 訳　素晴らしいアレキサンダーと、空飛び猫たち
U・K・ル=グウィン 村上春樹 訳　空を駆けるジェーン
T・ファリッシュ 著 B・ルート 絵 村上春樹 訳　ポテト・スープが大好きな猫
村山由佳　天翔る
睦月影郎　密通妻
睦月影郎　快楽アクアリウム
向井万起男　渡る世間は「数字」だらけ
村田沙耶香　授乳
村田沙耶香　マウス
村田沙耶香　星が吸う水
村田沙耶香　殺人出産
村瀬秀信　気がつけばチェーン店ばかりでメシを食べている
村瀬秀信　それでも気がつけばチェーン店ばかりでメシを食べている
村瀬秀信　地方に行っても気がつけばチェーン店ばかりでメシを食べている

講談社文庫　目録

虫眼鏡　東海オンエアの動画が6.4倍楽しくなる本〈虫眼鏡の概要欄　クロニクル〉
森村誠一　悪道
森村誠一　悪道　西国謀反
森村誠一　悪道　御三家の刺客
森村誠一　悪道　五右衛門の復讐
森村誠一　悪道　最後の密命
森村誠一　ねこの証明
毛利恒之　月光の夏
森博嗣　すべてがFになる〈THE PERFECT INSIDER〉
森博嗣　冷たい密室と博士たち〈DOCTORS IN ISOLATED ROOM〉
森博嗣　笑わない数学者〈MATHEMATICAL GOODBYE〉
森博嗣　詩的私的ジャック〈JACK THE POETICAL PRIVATE〉
森博嗣　封印再度〈WHO INSIDE〉
森博嗣　幻惑の死と使途〈ILLUSION ACTS LIKE MAGIC〉
森博嗣　夏のレプリカ〈REPLACEABLE SUMMER〉
森博嗣　今はもうない〈SWITCH BACK〉
森博嗣　数奇にして模型〈NUMERICAL MODELS〉
森博嗣　有限と微小のパン〈THE PERFECT OUTSIDER〉
森博嗣　黒猫の三角〈Delta in the Darkness〉

森博嗣　人形式モナリザ〈Shape of Things Human〉
森博嗣　月は幽咽のデバイス〈The Sound Walks When the Moon Talks〉
森博嗣　夢・出逢い・魔性〈You May Die in My Show〉
森博嗣　魔剣天翔〈Cockpit on knife Edge〉
森博嗣　恋恋蓮歩の演習〈A Sea of Deceits〉
森博嗣　六人の超音波科学者〈Six Supersonic Scientists〉
森博嗣　捩れ屋敷の利鈍〈The Riddle in Torsional Nest〉
森博嗣　朽ちる散る落ちる〈Rot off and Drop away〉
森博嗣　赤緑黒白〈Red Green Black and White〉
森博嗣　四季　春～冬
森博嗣　φは壊れたね〈PATH CONNECTED φ BROKE〉
森博嗣　θは遊んでくれたよ〈ANOTHER PLAYMATE θ〉
森博嗣　τになるまで待って〈PLEASE STAY UNTIL τ〉
森博嗣　εに誓って〈SWEARING ON SOLEMN ε〉
森博嗣　λに歯がない〈λ HAS NO TEETH〉
森博嗣　ηなのに夢のよう〈DREAMILY IN SPITE OF η〉
森博嗣　目薬αで殺菌します〈DISINFECTANT α FOR THE EYES〉
森博嗣　ジグβは神ですか〈JIG β KNOWS HEAVEN〉
森博嗣　キウイγは時計仕掛け〈KIWI γ IN CLOCKWORK〉

森博嗣　χの悲劇〈THE TRAGEDY OF χ〉
森博嗣　ψの悲劇〈THE TRAGEDY OF ψ〉
森博嗣　イナイ×イナイ〈PEEKABOO〉
森博嗣　キラレ×キラレ〈CUTTHROAT〉
森博嗣　タカイ×タカイ〈CRUCIFIXION〉
森博嗣　ムカシ×ムカシ〈REMINISCENCE〉
森博嗣　サイタ×サイタ〈EXPLOSIVE〉
森博嗣　ダマシ×ダマシ〈SWINDLER〉
森博嗣　女王の百年密室〈GOD SAVE THE QUEEN〉
森博嗣　迷宮百年の睡魔〈LABYRINTH IN ARM OF MORPHEUS〉
森博嗣　赤目姫の潮解〈LADY SCARLET EYES AND HER DELIQUESCENCE〉
森博嗣　馬鹿と嘘の弓〈Fool Lie Bow〉
森博嗣　まどろみ消去〈MISSING UNDER THE MISTLETOE〉
森博嗣　地球儀のスライス〈A SLICE OF TERRESTRIAL GLOBE〉
森博嗣　レタス・フライ〈Lettuce Fry〉
森博嗣　僕は秋子に借りがある I'm in Debt to Akiko〈森博嗣自選短編集〉
森博嗣　どちらかが魔女 Which is the Witch?〈森博嗣シリーズ短編集〉
森博嗣　喜嶋先生の静かな世界〈The Silent World of Dr.Kishima〉
森博嗣　そして二人だけになった〈Until Death Do Us Part〉

山本一力 ジョン・マン3 望郷編
山本一力 ジョン・マン4 青雲編
山本一力 ジョン・マン5 立志編
椰月美智子 十二歳
椰月美智子 しずかな日々
椰月美智子 ガミガミ女とスーダラ男
椰月美智子 恋愛小説
柳広司 キング&クイーン
柳広司 怪談
柳広司 ナイト&シャドウ
柳広司 幻影城市
柳広司 風神雷神(上)(下)
薬丸岳 闇の底
薬丸岳 虚夢
薬丸岳 刑事のまなざし
薬丸岳 逃走
薬丸岳 ハードラック
薬丸岳 その鏡は嘘をつく
薬丸岳 刑事の約束
薬丸岳 Aではない君と
薬丸岳 ガーディアン
薬丸岳 刑事の怒り
薬丸岳 天使のナイフ〈新装版〉
薬丸岳 告解
山崎ナオコーラ 可愛い世の中
矢月秀作 ACT〈警視庁特別潜入捜査班〉
矢月秀作 ACT2 告発者〈警視庁特別潜入捜査班〉
矢月秀作 ACT3 掠奪〈警視庁特別潜入捜査班〉
矢野隆 我が名は秀秋
矢野隆 戦始末
矢野隆 乱
矢野隆 長篠の戦い〈戦百景〉
矢野隆 桶狭間の戦い〈戦百景〉
矢野隆 関ヶ原の戦い〈戦百景〉
矢野隆 川中島の戦い〈戦百景〉
矢野隆 本能寺の変〈戦百景〉
矢野隆 山崎の戦い〈戦百景〉
矢野隆 大坂冬の陣〈戦百景〉
矢野隆 大坂夏の陣〈戦百景〉
山内マリコ かわいい結婚
山本周五郎 さぶ〈山本周五郎コレクション〉
山本周五郎 白石城死守〈山本周五郎コレクション〉
山本周五郎 完全版日本婦道記(上)(下)〈山本周五郎コレクション〉
山本周五郎 戦国武士道物語 死處〈山本周五郎コレクション〉
山本周五郎 戦国物語 信長と家康〈山本周五郎コレクション〉
山本周五郎 幕末物語 失蝶記〈山本周五郎コレクション〉
山本周五郎 逃亡記 時代ミステリ傑作選〈山本周五郎コレクション〉
山本周五郎 家族物語 おもかげ抄〈山本周五郎コレクション〉
山本周五郎 繁あね〈美しい女たちの物語〉
山本周五郎 雨あがる〈映画化作品集〉
柳田理科雄 スター・ウォーズ 空想科学読本
柳田理科雄 MARVEL マーベル空想科学読本
靖子靖史 空色カンバス〈瑠空寺凸凹縁起〉
安本由佳 山本理沙 不機嫌な婚活
山中伸弥 平尾誠二・惠子 友情〈平尾誠二と山中伸弥「最後の約束」〉
山手樹一郎 夢介千両みやげ(上)(下)〈完全版〉
山口仲美 すらすら読める枕草子

講談社文庫　目録

講談社文庫　目録

和久井清水　水際のメメント〈きたまち建築事務所のリフォームカルテ〉

和久井清水　かなりあ堂迷鳥草子

和久井清水　かなりあ堂迷鳥草子２　盗蜜

和久井清水　かなりあ堂迷鳥草子３　夏塒

若菜晃子　東京甘味食堂

2024年6月14日現在